我怎样飞向了自由的天地

丁 玲 著

中国画报出版社·北京

图书在版编目（CIP）数据

我怎样飞向了自由的天地 / 丁玲著. -- 北京：中国画报出版社，2015.7
（插图典藏本）
ISBN 978-7-5146-1139-7

Ⅰ．①我… Ⅱ．①丁… Ⅲ．①散文集-中国-现代
Ⅳ．①I266

中国版本图书馆CIP数据核字(2015)第071021号

我怎样飞向了自由的天地　　丁　玲　著

出 版 人：于九涛
责任编辑：罗平峰
责任印制：焦　洋
出版发行：中国画报出版社
　　　　　（中国北京市海淀区车公庄西路33号　邮编：100048）
开　　本：32开（880mm×1230mm）
印　　张：8.25
字　　数：185千字
版　　次：2015年7月第1版　　2015年7月第1次印刷
印　　刷：北京通州皇家印刷厂
定　　价：30.00元

总编室兼传真：010-88417359　　版权部：010-88417359
发　行　部：010-68469781　　010-88414683（传真）

关于作者

丁玲（1904—1986），原名蒋伟，字冰之，湖南临澧人，现代女作家。主要作品有：小说《莎菲女士的日记》《水》《母亲》《太阳照在桑干河上》等；散文《五月》《秋收的一天》《风雨中忆萧红》《中国的春天》等。其中，长篇小说《太阳照在桑干河上》获斯大林文学奖。

丁玲1918年就读于桃源第二女子师范学校预科，次年转入长沙周南女子中学。1922年初赴上海，1923年经瞿秋白等人介绍，在中国共产党创办的上海大学中国文学系学习。1927年开始发表揭露旧中国黑暗现实的小说作品。1930年5月，加入中国左翼作家联盟，1931年出任"左联"机关刊物《北斗》的主编，成为鲁迅旗下一位具有重大影响的左翼作家，并于1932年加入中国共产党。1933年5月，丁玲被国民党特务绑架，拘禁于南京。1936年9月，在地下党组织的帮助下，丁玲逃离南京，奔赴陕北，成为到达中央苏区的第一位知名作家，受到毛泽东、周恩来等领导同志的欢迎。

新中国成立后，丁玲曾任中央文学研究所所长、中共中央宣传部文艺处处长、中国作家协会党组书记等职。20世纪50年代，她两次遭受极"左"路线的残酷迫害，下放到北大荒劳动12年，"文化大革命"期间又被投入狱5年。1979年平反后重返文坛。

1986年3月4日，丁玲因病在北京逝世，享年82岁。

不简单，"丁玲这个人"

丁玲（1904—1986），中国现代著名小说家、散文家，原名蒋伟，字冰之，除丁玲外，还使用过彬芷、丛喧、T.L、晓菡等笔名，湖南临澧人。幼年时，父亲病逝，随母亲辗转就读于长沙周南女子中学、岳云中学等。1922年到上海，进入平民女子学校。1923年，进入上海大学，受茅盾（沈雁冰）、田汉、瞿秋白等文学家和革命家影响较深。1925年到北京，结识胡也频、沈从文等。1927年，在《小说月报》发表《梦珂》《莎菲女士的日记》等成名作，走上文学创作的道路。1930年加入中国左翼作家联盟，开始从事左翼革命文学运动，主编《北斗》等杂志。1932年，加入中国共产党，担任"左联"党团书记等职。1933年，被国民党特务秘密绑架，囚禁在南京。1936年，她经多方营救获得自由，奔赴延安。抗日战争爆发后，她曾组织西北战地服务团，在军队从事战地文化宣传工作，后主编《解放日报》文艺副刊，创作了《"三八节"有感》《在医院中》等一批引起争议的作品。20世纪40年代后期，参加史无前例的解放区土地改革，并以这段生活经历为题材，创作了影响深远的长篇小说《太阳照在桑干河上》。新中国成立后，曾担任过《文艺报》《人民文学》主编，中央文学讲习所所长等职务。1957年被划为"右派"，下放到北大荒劳动，遭到粗暴批判和迫害。20世纪80年代后，有关部门逐步为她恢复了名誉和政治待遇，撤销了自20世纪50年代中后期以来笼罩在她身上的种种诬蔑和不实之词。

丁玲的一生，是坎坷曲折、充满磨难的一生，也是多姿多彩、丰富复杂的一生。她的散文,反映了她多姿多彩的人生历程,表现了她对人生、对世界、对历史的感悟和思索,在抒情、记人、叙事等方面,都取得了很高的艺术成就。《我怎样飞向了自由的天地》,可以看作丁玲的生命宣言。在这里,我们可以看到一个在"五四"新文化思潮的洗礼中成长起来的青春的现代精灵,如何在反抗陈旧、僵死的生活秩序中,挣脱旧制度和旧观念的束缚,飞向她理想中的"自由天地",开始了自己创造自己的生命历程。而《仍然是烦恼着》《五月》,则可以看作她进入了"自由天地"之后的苦恼和迷惘。作为一个现代大都市,上海的全景和总体性质,事实上完全超出了个人直接的感性经验所能把握的范围,《五月》用报纸拼贴式的写法,对此作了鸟瞰式的透析,写法大胆、别致而新颖,创造了一种把握现代大都市生活全景的认知方式。

　　从人生经历和情感体验来看,丁玲延安时期的散文创作,可以划分为两个阶段。最初阶段,是对延安"新生活"的充满了激情的歌颂和赞美。《秋收的一天》以叙事为主,却有着阳光下的热闹、喧嚷,以及色彩斑斓的画面感,充满了浓郁的抒情气息。《战斗是享受》一气呵成,完整、饱满、结实,洋溢着充沛的感情和富于时代特色的人生哲理,在雄浑的大自然力量里,领悟人的崇高,人的伟大。这两篇作品中的丁玲,仍然是早年那个凭借着理想主义信念和青春的生命激情,不顾一切向"自由天地"奔跑着、飞翔着的丁玲。相形之下,《"三八节"有感》则多了些历史的复杂性,把青春的生命激情,转化成了直面现实的勇气和胆识,作者对延安"新生活"的认识更丰富,也更深邃了。这篇作品发表后,很快受到了粗暴的大批判,"文化大革命"时期又再次被抛出来,接受更粗暴、更具侮辱性的"再批判",给丁玲带来了极大的伤害。

但是，粗暴的大批判并没有改变丁玲，没有动摇她对"自由天地"一如既往的追求，对"新生活"的热烈向往。《中国的春天》，就是她对20世纪50年代中国的"新生活"充满激情的赞美。写法上，和早年的《五月》一脉相承，情感基调，却发生了根本性的变化。划时代的巨大变化，重新在丁玲的散文创作中，投下了自己的影子。随后的《"牛棚"小品》等，则当然是另一种"新生活"，另一个"新时代"的记录，一种特殊的当代"中国经验"。到这里，丁玲完成了她"追求——挫折"的第三次人生循环。

丁玲的一生，就是不断追求光明，义无反顾地向着"自由天地"飞翔，而后跌进黑暗，而后又开始一轮新追求、新飞翔的一生。"虽九死其犹未悔"的人生信念，在她身上，得到了淋漓尽致的挥洒。她的散文，因此总是充满了希望，充满了青春的生命激情，充满了色彩斑斓的阳光感，给人以鼓舞，给人以力量。

一个人不会，也不可能完全生活在自己的世界里。向警予、鲁迅等人的影响，与瞿秋白、萧红等人的交往，既影响甚至形成了丁玲的人生道路，又是她丰富复杂的人生经历的重要组成部分。丁玲的一生，因此而在很大程度上，变成了一部现代女性的生活史，现代中国社会变迁史，甚至革命史。她的怀人系列散文，和叙述个人生命最隐秘一段经历的《魍魉世界》，就是"丁玲这个人"坎坷、复杂、丰富，以及因此而那样多姿多彩的人生经历的记录和反思。

在这个意义上，丁玲散文的魅力，不仅仅是艺术的魅力，更多的，是历史的复杂性和丰富性的魅力，是"丁玲这个人"的魅力。

目 录

1 / 我怎样飞向了自由的天地
6 / 仍然是烦恼着
9 / 五月
15 / 我的自白
21 / 秋收的一天
31 / 战斗是享受
34 / "三八节"有感
39 / 中国的春天
50 / "牛棚"小品
64 / 向警予同志留给我的影响
70 / 鲁迅先生于我
90 / 我所认识的瞿秋白同志
121 / 风雨中忆萧红
127 / 一个真实人的一生
150 / 魍魉世界

我怎样飞向了自由的天地

我出生的家庭,是一个没落的望族,这种家庭对于人一点好处没有。好容易我母亲冲到了社会上来而且成为一个小学校长。我也完全由我母亲的教育而做一个女子师范学校的预科生。但我的母亲由于环境和时代的限制,她的思想也不过要使得我将来有谋取职业的本领,不至于在家里受气,和一个人应该为社会上做一番事业。我自己呢,完完全全是一个糊涂的小孩子,从来也没有过什么思想,顶满意自己的环境,觉得自己很聪明,校长、教员、同学都喜欢我。可是这时忽然来了"五四","五四"的思想在那时因为我的年龄和知识都够不上接受什么,没有什么直接影响,但对于我的前途却有了很大的关系,我之所以有今天,实在不能不说是"五四"的功劳。

"五四"那年,我正在桃源女师预科读书。这个学校以前没有过什么社会活动。但"五四"的浪潮,也冲击到这小城市了。尤其是里面的一小部分同学。她们立刻成立了学生会,常常带领我们去游街、讲演、喊口号。我们开始觉得很茫然,她们为什么这样激动呢?

却也跟在她们后边，慢慢我有了一个思想："不能当亡国奴。"她们那时在学校里举行辩论会，讨论很多妇女问题、社会问题。教员很少同情她们，同学们大多数赞成她们。我很佩服其中的两个同学：杨代诚和王剑虹。可惜由于我那时班次低，年龄小，没有同她们在一起，然而只要有机会我就表示了我的态度。譬如有一次她们讲到女子剪发，同教员们做了很激烈的论争，教员讲话时，我们不鼓掌；王剑虹一讲话，我们就鼓掌。会后许多人都把辫子剪了，我也不假思索地跟着做。现在剪发是太平凡了，而且成为当然的现象，但那时却是件大事。我们因为没有辫子，四处遭受冷嘲或责骂。后来她们又办了一个贫民夜校，看见我喜欢活动，叫我去教珠算，学生们看见我比讲台的桌子高不了多少，都叫我"崽崽先生"。

这一群同学当时是我的指路明灯，她们唤起我对社会的不满，灌输给我许多问号，她们本身虽没有给我以满意的答复，却使我有追求真理的萌芽。后来我又随着王剑虹、杨代诚到了上海，她们把我领到广大的领域里。我们做了很好的朋友，茅盾先生在《丁玲传》里说到她们。现在让我纪念早死的剑虹，和致意活在南方的一知吧（一知即杨代诚）。

我的母亲是在常德，当时她如何受到"五四"的影响，我不大清楚。总之，当我暑假回到家时，我的母亲便同我谈到转学问题，她觉得一个人要为社会做事首先得改革这个社会，如何改革这个社会是今天必求的学问。一般的师范中学的课程，不能解决这个问题。她说长沙周南女子中学要进步得多，那里面有新思想。于是母亲自己把我送到长沙，把我托付给她的一个旧同学陶斯咏先生了。一年半以后，我母亲又放手让我随王剑虹到上海去，也基于这种思想，她要使我找着一条改革中国社会的路。

后来她自己也找到了这条路,她完全同意我,我们不只是母女关系,我们是同志,是知己。从那时离开她二十多年,我都在外奔波,她从没有后悔,而且向往着我的事业,支持我。我的母亲呵!你现在生活怎样?我们被反动者们封锁了,隔绝了,你无依无靠,但是你会挣扎的,你的生命力是强盛的。中国今天已经有了和平民主的曙光,中国的道路和我的道路都已经很明白的摆在中国人民的面前了,这二十多年的革命历史,多少先烈在前面牺牲了,他们的血,和我们的奋斗不是白费的。母亲呵!你愉快吧!祝福你健康地活在人间,不久的将来我们会再见的。母亲!

进了周南之后,幸运的是我那一班的国文教员陈启明先生是全校最进步的人物。我们那时把他看成一个神圣的人物。他是湖南第一师范毕业的学生,同当时即在湖南有名的毛泽东同志是同学。他订了许多的外边的杂志报纸,他在那些文章上用朱笔画上圈交给我们读,读不懂他便讲解。很多《新青年》上的文章成了教材。我们同学大部分都不大注意别的功课,喜欢谈论问题,反对封建的一切制度成为那时主要的课题。我在这种空气之中,自然也就变得多所思虑了,而且也有勇气和一切的旧礼教去搏斗。当我再回到家里的时候,首先我废除了那些虚伪的频繁的礼节,公开指斥那些腐化生活,跟着也得着我母亲的帮助把婚约解除了。大家都认为我是大逆不道,都责备我母亲对我的放任,可是我是多么骄傲。陈启明不只在思想上替我种下某些社会革命的种子,而且是多么鼓励我从事文学。在进周南以前,当我还在小学的时候,我便读过很多的小说,可是我的作文总不十分好。因为是用文言作文,有时还要我作四六文呢。陈启明介绍我读了许多新小说,新诗,我那时即读胡适的文章、诗和他的

· 我怎样飞向了自由的天地 ·

翻译小说,读康白情的诗,读秋瑾的《秋风秋雨愁煞人》,翻译小说《最后一课》、《二渔夫》等是我最喜欢的。当然那故事的情调,写普法战争,法国感到快要亡国的痛苦,是深合于那时我们的情绪的。于是我便学着写,写诗,写散文,还写过一篇小说,有两首小诗刊载在陈启明等编辑的《湘江日报》上。这些东西当然是非常幼稚,算不得什么写作,不过却培养了我的文学兴趣,使后来我在社会上四处碰壁无路可走的时候,我会想起用一支笔来写出我的不平,和对于中国社会的反抗,揭露统治阶级的黑暗。一直到现在,使我有这支笔为中国人民服务,陈启明先生给我的鼓励是有作用的。

陈启明因他的思想"过激",而被解聘,我们感到很大的难受,我随着几个年长的同学又跑到一个男子中学去读书。这时这几个同学因为年龄和知识都比我较大较高,大家都感觉到在这个学校里也学不到什么,她们便离开了学校,准备自修。我呢,总感觉得要向一个更遥远的更光明的地方去追求。恰巧王剑虹从上海回来了。她向我宣传陈独秀、李达他们在上海要办一个平民女子学校,她邀我一起去。我又得着我母亲的赞助,抱着满腔幻想到上海去了。自然,我并没有一下便找着光明大道,我打过几个圈子,碰了许多壁才走上正确的路的。但从这时我却飞到了一个较广阔,较自由的天地。我是放任过我自己,勇敢翱翔过,飞向天,被撞下地来,又展翅飞去,风浪又把我卷回来。我尽力回旋,寻找真理,慢慢才肯定方向,落到实际。我虽没有参加"五四",没赶得上,但"五四"运动却影响了我。我在"五四"浪潮极后边,它震动了我,把我带向前边。

1946年5月为《时代青年》写

1946年春,丁玲在晋察冀边区张家口市东山坡寓所。

仍然是烦恼着

看了这题目的读者们,请为我放心,我是找不到一些动人的牢骚来为这题目加解释的。说不要这样写也成,因为我的原意只图骗过自己,减少一点责难。要说清这原意,却不能不稍费一点笔墨呢。

说"烦恼"就是很使我厌着的一种话头,我其实是很不幸的,我不能写一些漂亮话,向人解释自己是一个很倒霉,很可同情的人。从前还学忍耐,把自己得来的一些刺激,一些伤心不平,放在自己心上生自己的气,然而现在,我把这一切都看得平淡了。我不会为那些善意的笑而感激,因为那隐藏在笑里面的一些东西,我已很熟悉了,连一笑也不能从我这里博去。对社会,我已没有梦想,就是说我不会再生烦恼。自己既不能把自己放逐到原始的野人中,又不能把自己锻炼成一架机器,自然地在这时代的轴中转着。但我天生的惰性,很会延搁,不让有时间来触着这不能解决的矛盾。

话是似乎夸大得把自己说得比一个出家人还无憎无恨了。然而真的,人却仍然是烦恼着。不知为什么,一些些毫不关己的事,却无理由地会引咎到自己身上,为了这,自己总是不安。譬如朋友的弟弟来了,明知道他来的目的,但自己的钱袋正空着,只好留心又留心,莫把话头引到上电影院去。看到他茫然地走后,又懊悔起来,应该把他留下,或者去向房东的娘姨想法先借一点,于是跑下楼去追,但连孩子的后影也不见了。心里就从此难过,又想不出补救的方法;因为想不出补救的方法,难过就延长了。有时见到别人生气,又摸不着头脑,心里也不安起来,以为是自己给人不快活了。那抱歉的心,比自己真的给人恼了更甚的。觉得只要别人快点好,不要生气,就把臂膀露出来,给人打几拳都好点。然而别人又不肯这样,所以以后不拘什么时间,自己还是以为曾触忤了人而负咎。这种只令人觉得迂腐可笑的一些自找的烦恼,明知别人在笑,自己仍不知所以,一遇到有这烦恼的机会,就仍然被窘迫的烦恼着。

　　近来这烦恼一天多似一天地压了下来,弄得自己更不知怎样才好。听说书快出版了,就向许多未来的读者们抱着歉意,又觉得对那些真真勉励我写文章的人不起,怕他们因为我把自己都信不过的一些东西汇集起来刊印而灰心。又担心书铺在我这本书上赔了钱……甚至看到别人扯谎,自己也难过,好像自己骗了人一样感到羞惭。因为如此,连时间,连思想,似乎都不为自己所有,被一些无谓的烦恼缠住了。而四处的责难更麇集拢来,朋友来信说忘记了他;家里又疑心我病了。答应了别人的稿子,不能偿还,听说预告登了出来,就连报也不敢看。别人是真不知道我的焦急和负咎的。书桌边,枕头边常常发现"第五次了,我告你,今天等你交了卷才发稿"的纸条,甚至"你对我都如此,真使我灰心"的纸条也见过。我只好说,若是有人知道我的苦衷,他是宁肯拿了皮鞭来打我而不向我那样说的。

今天呢,今天的情形更不同了。我一起身,频就把房子扫过,又抹过。调好了咖啡、牛奶,排在我面前。整本的稿纸打开着,在另一页上写

1926年6月17日,胡也频与丁玲在北京合影。

着:"这是我的希望,你知道的。"而且频就是那样笑,那样懂事地据着桌的对方,摆着要写小说的样子。我自然应该快乐,然而一看到稿纸就又烦恼了。我不知道从什么地方去捉住我的思想,去捉住文字来对付频,我只好呆望着他。频看到我不提笔,偏着脸问:"你不写吗?"我真不知怎样才好。我无法,写上一个题目:"仍然是烦恼着",在无法中,不得不继续写下来,写到这里仿佛可以塞责了,然而我却仍然要说:

"仍然是烦恼着。"

五 月

是一个都市的夜,一个殖民地的夜,一个五月的夜。

恬静的微风,从海上吹来,踏过荡荡的水面;在江边的大厦上,飘拂着那些旗帜:那些三色旗,那些星条旗,那些太阳旗,还有那些大英帝国的旗帜。

这些风,这些淡淡的含着碱性的风,也飘拂在那些酒醉的异国水手的大裤脚上,他们正从酒吧间、舞厅里出来,在静的柏油路上蹒跚着大步,徜徉归去。

这些风,这些醉人的微风,也飘拂在一些为香脂涂满了的颊上,那个献媚的娇脸,还鼓起那轻扬的、然而也倦了的舞裙。

这些风,静静的柔风,爬过了一些花园,飘拂着新绿的树丛,飘拂着五月的花朵,又爬过了凉台,蹿到一些淫猥的闺房里。一些脂粉的香,香水的香,肉的香。好些科长,部长,委员,那些官们,好些银行家,轮船公司的总办,纱厂的、丝厂的、其他的一些厂主们,以及一些鸦片吗啡的贩卖者,所有白色的、黄色的资本家和买办们,老板和公子们都在这里袒露了他们的丑态,红色的酒杯,持在善于运用算盘的手上。成天劳瘁于策划剥削和压迫的脑子,又充满了色情,而倒在滑腻的胸脯上了。

这些风,也吹着码头上的苦力,那些在黄色的电灯下,捐着、推着粮食袋、煤炭车,在跳板上,在鹅石路上,从船上到堆栈,从堆栈到船上,一趟,两趟,三十趟,四十趟,无休止地走着,手脚麻了,软了,风吹着他们的破衫,吹着滴下的汗点,然而,他们不觉得。

这些风也吹着从四面八方,从湖北、安徽,从陕西、河南,从大水里逃来的农民们,风打着他们饥饿的肚子,和呜咽着妻儿们的啼声。还有那些被炮火毁去家室的难民,那些因日本兵打来,在战区里失去了归宿的一些贫民,也麇集在一处,在夜的凉风里打抖,虽说这已经是倦人的五月的风。

这些风,轻轻地也吹散着几十处、几百处从烟筒里喷出的滚滚的浓烟,这些污损了皎皎的星空的浓烟。风带着煤烟的气味,也走到那些震耳的机器轧响的厂房里,整千整万的劳力在这里消耗着,血和着汗,精神和着肉体,呻吟和着绝叫,愤怒和着忍耐,风和着臭气,和着煤烟在这挤紧的人群中,便停住了。

在另外的一些地方,一些地下室里,风走不到这里来,弥漫着使人作呕的油墨气。蓝布的工人衣,全染污成黑色。在微弱的灯光底下,熟练地从许多地方,捡着那些铅字,挤到一块地方去。全世界的消息都在这里跳跃着,这些五月里的消息,这些惊人的消息呀!这里用大号字排着的有:

东北义勇军的发展:这些义勇军都是真正从民众里面,由工人们、农民们组织成的。他们为打倒帝国主义,为反对政府的不抵抗，为争取民族的解放和劳苦大众的利益而组织在一块，用革命战争回答着帝国主义的侵略。他们一天天的加多，四方崛起。不仅在东北。这些义勇军，这些民众的军队，在许多地方都出现了。而在好些地方，那些终年穿着破乱的军服的兵士，不准打帝国主义，只用来做军阀混战的炮灰的兵士，都从愤怒里站起来，掉转了枪口，打死了长官，成千的反叛了。

这里也排着有杀人的消息：南京枪毙了二十五个，湖南抓去了一百多，杀了一些，丢在牢里一些。河北有示威，抓去了一些人，杀了，丢在牢里了。广州有同样的消息，湖北安徽也同样，上海每天都戒严，马路上布防着武装的警察，外国巡捕和便衣包探，四处街口都有搜查的，女人们走过，只穿着夹袍的，也要被摸遍全身。然而传单还是发出了，示威的事还是常常遇到，于是又抓人，杀了些，也丢在牢里一些。

这里还排着各省会和乡村的消息：几十万、几百万的被水毁了一切的灾民，流离四方，饿着、冻着，用农民特有的强硬的肌肉和忍耐，挨过了冬天，然而还是无希望。又聚在一块，要求赈谷，那些早就募集了而没有发下的；要求工作，无论什么苦工都可以做，他们不愿意摊着四肢不劳动。然而要求没有人理，反而派来了弹压的队伍，于是他们也蜂起了，还有那些在厂里的工人，在矿区里的工人，为了过苛的待遇，打了工头，也罢工了。

还有的消息，安慰着一切有产者的，是"剿匪总司令"已经又到了南昌，好多新式的飞机、新式的大炮和机关枪，也跟着运去了；因为那里好些地方的农民、灾民，都和"共匪"打成了一片，造成一种非常大的对统治者的威胁，所以第四次的"围剿"又成为很迫切的事了。不仅这样，而且从五月起，政府决定每月增加两百万元，做"剿匪"军用。虽说所有的兵士已经七八个月没有发饷了，虽说有几十万的失业工人，千万的灾民，然而这与他们有什么关系呢，他们要保护的是帝国主义的殖民地，是资产阶级的利益。

另外却又有着惊人的长的通讯稿和急电：漳州"失守"了。没有办法，队伍退了又退，旧的市镇慢慢从一幅地图上失去又失去。然而新的市镇却在另一幅地图上标出来，沸腾着工农的欢呼，叫啸着红色的大纛，这是新的国家呀！

铅字排着又排着，排完了苏联的五年计划的成功，又排着日俄要开战了，日本搜捕了在中东路工作的苏联的办事人员，拘囚拷问。日本兵舰好多陆续离了上海而开到大连去了。上海的停战协定签了字，于是更多的日本兵调到东北，去打义勇军，去打苏联，而中国兵也才好去"剿匪"。新的消息也从欧洲传来，杜美尔的被刺，一个没有实权的总统，凶手是俄国人，口供是反苏维埃，然而却又登着那俄人曾是共产党，莫斯科也发出电报，否认同他们的关系。

铅字排着又排着，排完了律师们的启事，游戏场的广告，春药，返老还童，六〇六，九一四……又排到那些报屁股了，绮靡的消闲录，民族英雄的吹嘘，麻醉，欺骗……于是排完了，工人们的哈欠压倒了眼皮，可是大的机器还在转动，整张的报纸从一个大轮下卷出，而又折叠在许多人的手中了。

屋子里还映着黄黄的灯光，而外边在曙色里慢慢的天亮了。

太阳还没有出来，满天已放着霞彩，早起的工人，四方散开着。电车从厂里开出来了，铁轮在铁轨上滚，震耳的响声洋溢着。头等车厢空着，三等车里挤满了人。舢板在江中划去又划来。卖菜的,做小生意的,下工的,一夜没有睡、昏得要死的工人的群,上工的,还带着瞌睡,男人,女人,小孩,在脏的路上,在江面上慌忙地来来去去。这些路,这些江面是随处都留有血渍的,一些新旧的血渍,那些牺牲在前面的无产者战士的血渍。

太阳已经出来了。上海市又翻了个身,在叫啸、喧闹中苏醒了,如水的汽车在马路上流,流到一些公司门口。算盘打得震耳的响,数目字使人眼花。另一些地方在开会,读遗嘱,静默三分钟,随处是欺骗。

然而上海市要真的翻身了。那些厂房里的工人,那些苦力,那些在凉风里抖着的灾民和难民,那些惶惶的失业者,都默默的起来了,团聚在一起,他们从一些传单上,从那些工房里的报纸上,从那些能读报讲报的人的口上,从每日加在身上的压迫的生活上,懂得了他们自己的苦痛,懂得了许多欺骗,懂得应该怎样干,于是他们无所畏惧地向前走去,踏着那些陈旧的血渍。

1932年5月

"他们无所畏惧地向前走去,踏着那些陈旧的血渍。"

·我怎样飞向了自由的天地·

我的自白[①]

我今天来到光华,没有预备来讲什么,我们就随便谈谈吧。谈什么东西呢?哦!谈谈我自己吧。

我现在成为社会一般人所注目的人,之所以能引起别人对于我的特别兴趣,是因为我背叛了一切亲人,而特别对"一个人"亲近;最近则因为我是一个写小说的人了。

不久以前,因为一个不幸的事件,跟着就有人在报章上登着关于丁玲女士底凄楚的故事:说什么丁玲终日以泪洗面,扶孤返湘等消息。其实这是错误的,是一种模糊的印象。社会上,有人特别注意到我,关怀着我,这有许多是真正同情的赐予,而有许多人却甚无味。

我写小说已经三年了。我不敢说,写的有什么成绩;不过在我自己讲起来,确是以认真的态度,做了至善的努力,然而得到了什么?对于自己的作品,对于自身分析的批判,都曾下了功夫。

---

① 本文是1931年5月在光华大学的讲演。

我知道有许多人常谈到我,不过多为无聊的驱使,茶余酒后的消遣而已。

假如有人以为作者仍要继续努力,就应给作者一个很好的写的环境;不然,就可以禁止她,或就怎样指摘她,教导她。可是没有一个人拿出真正的态度来加以批评的。如今的文坛,都是一些卑劣的人充斥着。所有的读者都应肩起改正的责任啊。

昨天听见有人买《韦护》看——买作者的创作,作者觉得是一件十二分荣幸的事。今天到光华来,能同诸位在一起谈话,我亦觉得是十二分荣幸的。

现在因为找不着什么事情来讲,就来介绍《韦护》吧。我要再三声明,这不是演讲,只是闲谈。

我常批判自己的作品,感觉错误的地方非常之多,可是总无人给我一种诚恳的批判。希望诸位看了我的著作以后加以批判,使作者有精进的机会。

韦护是一个革命的人物。应该做的事,他都勇敢地去做。他遇见一个虚无思想甚深的女人,他对她无形中发生了热情的爱恋,后来进一步同她住在一起。不过另一面却感到非常痛苦,感觉无时间工作的痛苦。然而,竟为她的美丽,一种无可比拟的热爱所迷惑;后来总算给他摆开了。

我现在觉得我的创作,都采取革命与恋爱交错的故事,是一个缺点,现在不适宜了。不过那是去年写成的,与现在的环境大大不同了。

有许多人以为作品的内容,都与作者有关。如茅盾的"三部曲",有许多人觉得书中的女士们,都能一一指出,这个是谁,那个是谁,而且有十分肯定的意味。读到我的创作的人,大多以为我化身在作品里了。其实不然。本来我不反对作品中无作者的化身，不过我对于由幻想写出来的东西，是加以反对的。比如说，我们要写一个农人，一个工人，对于他们的生活不明白，乱写起来，有什么意义呢？

我在一个最亲爱的作家朋友身上，觉察他与社会的矛盾非常厉害。他曾同一个女人发生过那样的事情，他并未跑开，却被那女人感化了。他的爱情表现得十分好，写的情诗，非常之多，每一句都十分惹人爱；后来他的生活很苦。有一个时期他曾说这样一句话：

"一切爱情，一切生命都成为无用的东西了。"

他曾向我说过他们的事情。他说："我们的事情，正是一个很好的小说，不过我不能把它写出来，也没有人能代我写出啊。"我没有他的爱人那样有钱，我没有那种形态。而且，我又不是善写的人。他曾说，那女人十分的爱他。他写诗，特意写得那样缠绵。他心中充满了矛盾，他看重他的工作甚于爱她。他每日与朋友热烈地谈论一切问题，回家时，很希望他的爱人能关心他的工作，言论，知道一点，注意一点，但她对此毫无兴趣。他老老实实对我这样说过。我很希望我能把它完全笔之于书。本来，我以为老老实实的写出就算了，然而当时又不愿照着老套写出，加之以病，便耽搁下来，后来更因别种工作，就把它放弃了。不过后来也频向我说，如不愿照本来的计划写它，权当它是一件历史叙述一下吧。

后来我把它写成了。我以为写的还好，写的很深入。每天写七八页，每页七八百字。写的时候，是感觉得很快活的。那时，我每天沉思默想：假使我是书中的女人时，应怎样对付？我想用更好的方法写它,用辩证法写它,但不知怎样写,写好后,我拿给也频看,他说不好。我但愿他说不好,但不愿他说太坏。他说:太不行了,必须重写!我们为此大吵特吵起来。结果,我又重写一遍。

有人说:这东西早些日子写就好了,现在未免太迟了。有的朋友很不满意,说我把《韦护》赤裸裸的印上纸面了,但我以为与本来面目大不相同;但一点影子都没有,这也难说。

我这篇题材——《韦护》——很不好,依然取之于恋爱的事情。我觉得我写小说有一个缺点,我不能像他人写小说那样一下笔就写得很长。在我的作品里,我不愿写对话,写动作,我以为那样不好,那样会拘束在一点上。《韦护》中的人物,差不多都是我的朋友的化身,大家都有一看的必要。看了之后,请大家批评一下,给我一种进取的力量。

现在批评我的创作。哦!自己不好批评自己的东西。我很愿把自己觉得不好的地方说出来,然后再请大家给以批判。哦,还是不谈它吧。

我不相信,我除了写文章之外,就不能做别的事情。正因为丁玲是一个写文字的人,而又没有更多的人去写,所以我觉得写下去,或者有一点小小用处吧。我著作并不是为了几个稿费。我著作并不全靠灵感。实际上,事实是极关重要的。我希望大家给以忠实的批评,我亦更加特别注意着。

写的材料多得很,有人说,把作者自身有关的材料写完就算了。然绝不能这样说。我以后绝不再写恋爱的事情了,现在已写了几篇不关此类事情的作品。我也不愿写工人农人,因为我非工农,我能写出什么!我觉得我的读者大多是学生,以后我的作品的内容,仍想写关于学生的一切。因为我觉得,写工农就不一定好,我以为在社会内,什么材料都可写。现在我正打算写一个长篇,取材于我的家庭——啊啊!我讲得太多了。假使诸君不疲乏的话,我还可以继续讲下去。

现在讲我的家庭:我的家庭,现在还有三千人——远近亲戚都在内,彼此都十二分亲近。家中还算有钱,我的祖父,做过很大的官。我在家里看到父亲留下许多荣耀的衣服饰物,可是我的父亲在玩乐有趣之下,把家产都败光了。自父亲死后,那时我还很年幼,就从大家庭里脱离出来,我没有姊姊们受到大家庭熏染那样的深。我跟随母亲在学校里长大起来。连父亲的面目,我都记不清楚。可是,从他遗留的东西,我能窥出他的性情,他的举动。家中吃饭,非常热闹,每次开饭,都是好几桌。家中时常向外挑战,或任性购物。我听说父亲有一天叫工人整日做马鞍子的绣工,而他自己不会骑马;等做好后,他请旁人骑,自己在后面跟着跑。现在我的家庭里还少不了有这种人。我不会再享受这种生活了。我曾回家一次,为了我的创作,我很希望把家中的情形,详详细细弄个明白。

我的母亲在家里曾享过大家庭的福,而我得到什么?忧郁地,住在有二百多间屋子的门院里,床铺非常大,每张床都带着窗格子的。我这样讲,大家都会推想到一切吧。每天晚上,家人都怕进那无人住的空屋子。我曾做了土匪叔叔的侄女。那时的社会是一个非常混乱的局面。我的家中,差不多无一人读书,全在酒色之中完蛋。家中没有一个人像我这样有精神。说打架,没有一个可以称对手的。家中藏着许多杆枪,白天都躺在屋子里,不敢出来。

现在时候已经很晚,我不再噜苏下去。最后希望大家读了我的著作之后,给我以忠实的批评。

1931年5月

1931年,史沫特莱为丁玲摄于上海。

·我怎样飞向了自由的天地·

秋收的一天

夜晚刮了风,被窝怎么也盖不严,破了的窗户纸吹得沙沙地响,等不到天亮,人醒在炕上了。睡在山底下十四号房间里的薇底,本来一到四五点钟就睡不着了的,今晚似乎醒得更早了。听了听靠在她左边睡着的管玉,跟她往常一样,不管你什么时候醒,她总是呼噜呼噜地睡得香甜得很。她是不到吹起床号不醒的,甚至连号音也听不到,要同学叫着她才肯醒的时候也有。薇底于是转过身去,蜷着,缩着头,闭紧了眼,心里想着:"睡吧!睡吧!明天要上山了呢!"可是慢慢倒更清醒了似的,朦朦胧胧地回忆到上午的秋收动员大会,实际却是很清楚地呈现在眼前。"为什么大家那么兴奋而愉快呢?"她一面怀疑地问着,那些动人的场景和演说词,便像银幕一般地连续映了出来。自从柳润波用朗诵诗似的演说向全体同学挑战,那些被刺激了的青年的心谁也忍不住不响亮地给他以回答。小干部(指小组长)们更忙了起来,重新在他的小组里征求新的意见,以便提出更高的目标作为竞赛条件。要不是主席善于主持会场,将讨论中心移到组织和技术上去,那会议不知要延长到多久了。自然,薇底没有感觉到自己在大会上也曾如何地激动和昂奋。她的身体不算怎么好,神经和心脏都有一点衰弱,每一上山便气喘头晕心跳,但这次她决定参加重劳动。她的小干部和生产分会的分队长都劝她,要她留在学校里编《秋收小报》,可是仍抵不过她的执拗。每一回忆到已往的心情(锄草时她是做轻劳动的),就觉得难受。近来自信身体已经强健得多,并且也想借此机会锻炼一下,所以她很高兴地做了一些准备上山的工作。所谓准备也就是除了修理一双好走路的鞋子之外,还在头天送走了来看她的孩子,和睡得早一点而已。这也就是说她不敢在吹了熄灯号之后还延捱一会儿,思索什么问题了。然而不到月亮下山她便醒了,翻来翻去都睡不熟,该是多倒霉的事啊!

睡在她右边的刘素,患着厉害的神经衰弱,常常失眠的,听到她的转侧,便轻轻地问道:"薇底!你睡不着吗?"

"唔,没有什么。"她不想多说话,她的确还希望睡一会儿。

刘素因为这次仍不能上山,眼看着过去一道做轻劳动工作的同志,都意气扬扬地答应别人:"没有关系,我做得了。"或是骄傲地直爽地告诉别人:"我这次参加重劳动了。我要上山了。"现在只有她还要留在学校。虽说她并不是完全不劳动,大约要做点厨房里的工作。虽说同志们都很体谅她,安慰她,可是她能大声地告诉人"我是留在厨房里的"么?她总觉得苦闷,时时想找人倾吐。她同薇底并不同组,但因为睡在一块,有时总交换一些谈话,虽说两人并没有什么深厚的友谊,彼此之间的印象似乎还不坏的。尤其刘素认为薇底是一个非常能了解人和体谅人的,不管她外表看来是一个不细心,不大管别人闲事的样子。可是现在薇底却给她失望了,薇底显得很冷淡,她虽不怪她,却感到异常地寂寞。

这时月亮下去了,窗户外边显得一片黑。可是从很远的地方,这里那里的,一些没有调子的号音,透过辽阔的原野,四方地飞送着,在一些山脚下流荡。而在东方,在山那边的东方,一些半透明的曙色升上来了。

辘轳在响,有谁在打水了,大约是帮厨的同学吧。

只要起床号一吹,这宇宙便完全变了样。那营房似的,工房似的一长排房子里,几十个门口便吐出一串串的人来。这些在晨雾中活动的个体,挟着凌云的气概奔忙着,跳跃着,歌唱着。而满山,从不知多少门洞里,高高低低都泻下一些人的流,他们张着鼻孔呼吸,叫嚣,故意要显出矫健似的,从那峻嶒的路上,跳着冲到山下来。于是河的这头,那头,河的中央,那里有一些岩石,都站满人了。水被扰动着,跳跃着往下流,任性地冲激着岩石,欢愉地吼叫。但这只有一刻的工夫,河边又恢复了晨间的宁静:没有照着阳光的山头,沉郁地笼罩在青色的、紫色的、淡淡的烟雾中;寂寂的原野,荒凉的小径,虽说有一些牲口的脚印,总像不大有人来过似的;只有那些河边的小石上,还留着被溅湿的清凉的水渍。

这时,人又摊开在满院子,满屋檐前,从厨房里打了菜来的,从水房抬了开水来的,集拢在饭锅边,又散开,而且比往日更嘈杂。只听到一些女同志尖厉的叫声:

"镰刀磨了么?"

"要多灌些开水呢。"

"你快些把脸盆擦干净,我要去领米呢。"

·我怎样飞向了自由的天地·

"喂,绳子,绳子准备好了么?"

有些人变得像小孩子了,互相叮咛着,其实是并没有什么意思,不过人需要说话,就那么幼稚地、热情地说着。

什么都准备好了。身上都挂得有东西,摇摇晃晃,天天看熟了的几个人,似乎又添了一些新鲜的东西,互相有趣地审视着,而在集合哨中挤在一团排起队伍了。

四班已经出发了,三班的组长还在讲话。人们用焦急的心情听着,同时悄悄地换动着在寒风里赤着的两只脚。

本来是排好了队的,可是一开步走,人们就向前抢去了。歌声零落地唱了起来,太阳从山上,那条人走的小路上迈步往上移了。

队伍走到河边停下来了。后边的人意识到将遇着的问题:"桥没有修好么?"可是有的在脱鞋子,有的就连鞋子也踏进水里去了。人人心里都有一个感觉,但不说出来。虽是旧历八月的河水,却实在有些刺骨。大家在河里急速地拔步,水四溅着,哗啦哗啦地响。

"本来是排好了队的,可是一开步走,人们就向前抢去了。"

看见薇底卷高了裤脚管,赤着脚,满不在乎地踩下水去了,使悄悄踌躇的另一个女同志林可也下了最后的决心,勇气百倍地弯着腰去解鞋带子。

"林可,你别踩水了,让刘素背你过去吧,你不是病刚好吗?"林可的小干部关切地来阻止她。但她深幸自己已经走到水里。她在管玉旁边走着,管玉的背上背着一个坏了脚的女同志。前前后后都在赞扬她。同她比起来显得颇为孱弱的林可,虽说不被人注意,但心中却很自满,她并不需要旁人帮助,她同大伙儿一样,凉的、深的河水阻挠不了她,她走过去了。

薇底感到脚指头痉挛起来了,并不去理它,上了岸就慢步地跑,谦虚地回答一些送过来慰问的颜色和话语。

路是走熟了的,开荒来过,播种来过,锄草时也来过,现在是第四次了。山沟里的草,还显着没有经过霜的碧绿,丰厚地铺在小道的两旁,上面凝结着新缀上的露珠。草丛里伸出不少的小酸枣树,红的小枣密密地排列在多刺的枝头上,用着清晨特有的润泽,引诱着生疏的人群。

走到半山上的分队长们在叫了:"二分队这边来。""三分队的上那西边的山头去。"

糜子全身浴着露水,打湿了行人的衣裳,那些刚刚成熟的穗饱满地、含羞似的深深地弯着腰,垂下脸儿。太阳已经照在上面了,黄色的,荡漾的海水似的一直涌到山尽头。生产分会的指导员一边表演着割的姿势,一边挥舞着镰刀,在天空画着大圆圈说:

"同志们,我们今天的工作,就是消灭这庞大的山头。"

"把它消灭!把它消灭!"轻松地有谁在唱着。

于是一个组一个组地分开,组里边又把工作分配好,生产工具握在熟练工人的手里。身体棒的当苦力,把收割好的糜子运到山顶打谷场去;劳动力差些的,在镰刀的后边清捡着割下的穗子,把它捆扎好。工作分配完,有些人赶忙就走到前面去了。落在后边的人便唧咕着:"小鬼,请你注意,我们是集体行动,不是个人逞强,把镰刀给我吧!"

分队长来回地巡查,到这边说几句,又到那边说几句。

"同志们,请注意,我们不但要求量,而且要求质……"

"十一组的同志捡得干净……"

"放在地下和捆扎都要轻些,熟了的糜子很容易脱落的……"

"李同志,镰刀要斜着上来,腿分开,不然要割着腿的。"

人与刀不停地动着,割完了的又转移着地方,开始还有一些不惯,慢慢便熟练了。如同蚕吃桑叶似的,山的边缘上一块块地露出另一种黄色来。

收割的确比开荒省力,可是腰却更容易痛。既然弯着弯着似乎都伸不直了,就让它那么个姿势吧,勉强伸直倒是满难受的。看来捆扎是容易得多了,却也有它的苦处,腿没有休息,上去又下来,将别人割下的收拢在一处,用力地扎着,那些粗糙的茎,便在手指上毫无顾忌地擦着。小刺钻到肉里去了,血跟着流出来,可是手又插进去,手上起了一层毛,密的、红的小栗在表皮上浮起来了。而那些苦力,把衣服都脱了,只穿一条短裤,汗还在往下滴,四五大捆的糜子从头上一直压到屁股下,身子弯成九十度,偻着腰在不平的泥土里慢慢地往上爬。腿骨酸痛了,下山时都有些站不住,却还是坚持着。他们不愿意掉换工作,他们心里想:"要是我们不能做,他们不是更不能么!"

·我怎样飞向了自由的天地·

休息的时候，大家把四肢摊在地上，太阳已经把土地晒得很温暖，抽着烟，极目到天边的几团白云上，消受着山头的大气。风拂在炙热的面孔上，感到一阵异样的舒服的微凉。另外有些好闹的同志，团坐着在说笑话，新的《秋收小调》也编出来了，而且唱着：

一把镰刀明晃晃的晃呀嗳哟
明晃明晃明晃的嗳哟
大家努力上山冈
刀儿快，谷儿黄……

秋天的陕北的山头，那些种了粮食的山头是只有大胆的画家才能创造出的杰作，它大块地涂着不同的、分明的颜色，紫、黄、赭、暗绿。它扫着长的、平淡的、简单的线条，它不以纤丽取好，不旖旎温柔，不使人吟味玩赏，它只有一种气魄，厚重、雄伟、辽阔，使你感染着这爽朗的季节，使你浸溶在里面，不须人赞赏，无言的会心就够了。

中午在山上吃了带来的饭。在家烧饭的同学，抬着水送上山来，本来是来慰劳山上的人的，可是他们那副气喘汗流的样子，倒被包围在一片道谢声中。

饭后一点钟的休息里，散开了躺着的人都拿起一本书来了，大家都记得生产与学习的结合，谁也不愿意做一个落伍者，三天后还有一个讨论会呢。

下午的空气，更为热闹了，大家都想早一点回去，因为好些组都要准备中秋的晚会呢。指导员过来了，传述着四支（指第四支部,也就是一班)的成绩。四支虽说是生手,可是他们有真的骨干,他们工人同志多些,他们的任务已经快完成了。

到三点半钟的时候,三支(第三支部)也收工了。凯旋式的,倒挑着几件衣裳,提着空壶空桶,一点也不感到脚步的迟重,倒显得有些轻飘之感地唱着歌走回来了。也有些同志,走不动,掉在后边,吃力地慢慢地走,同组的人便拿着东西陪着他闲谈。

桥已经修好了,却还有人从水中走回去,这时水不冷了,而人却需要洗涤。

大家鼓着余勇,又消灭了晚饭的一顿肉。因为劳累了一天,吃饭时反而更兴奋,大家嘈嘈杂杂地笑着闹着。

吃过晚饭,有的上街买开晚会吃的东西去了。因为晚上不上自习,所以也有人到两个大学(抗大和女大)找朋友去玩,也有上南门外去看戏的,听说民众剧团又演《查路条》。因此学校里倒显得安静了。

薇底什么地方也没有去,洗过澡的身体,又疲乏又舒服,她懒懒地躺在炕上,随意翻着一本小说。刘素也躺在旁边拿着一本《中国妇女》,却没有看,她在看薇底的晒得通红的然而却非常安详的面孔。她想着她的历史,薇底在生命的途程上,是只有比她有更多的坎坷,然而她为什么显得却更单纯、愉快、坚定呢?人是应该明朗的,阴暗是不可爱的。她以为她更爱起薇底来了。她忍不住要去扰乱她了:

"薇底!我记得你说过,愉快是一种美德。以前我不懂,现在我懂了,愉快是一种美德。"

"你为什么又想到这句话了呢?"薇底丢开书,用着甜的眼光抚摩着有点瘦削、有点斑纹的面孔。

"因为你是那么愉快,使我摸不清,薇底,一切生活的困恼,似乎从没有影响到你似的,你是在什么地方养成这一种心情的?"

"你以为我都是这样的吗?我从前忧愁得很呢,是一个不快乐的人呢。自从来到这里,精神上得到解放,学习工作都能由我发展,我不必怕什么人,敢说敢为,集体的生活于我很相宜。我虽说很渺小,却感到我的生存。我还能不快乐么?我对你倒是另一种感觉,我常常拿你来勉励我自己,我想,要是我的身体也像刘素一样,我能像她那么努力么?"一种怜惜与爱慕,很自然地从她眼中流露出来。

也许刘素还打算向她诉说的,这时却又没有那种需要,她只详细地询问着收割的情形。薇底也问着厨房里的工作,她告诉她今天中午的洋芋,同学们都说好吃极了,晚上的肉也极使大家满意。

月亮照到炕上来了,她们还在谈着收割的事,她们还在考虑、计划、担心。别的一切的事,都不在她们心上。

薇底的小干部买了许多好吃的东西回来了。他们与他们的邻组合开一个晚会,他来叫薇底。薇底欢愉地从炕上跳起来用了一种小儿得饼的心情哼着一个刚学会的小调,而且摇着刘素:"我要你参加我们的晚会。"

刘素踌躇了一下,愉快地翻过身来了。

洒满了月光的院子里,一团一团的人围坐着,不倦地谈着闹着,他们忘记了一天的辛苦,也忘记了又将来到的第二个辛苦的一天。直到吹过了熄灯号才不得已地互相道别,回到自己的房间去。学校又回复到原始似的寂静,孤零零的圆月悬挂在高空,远

·我怎样飞向了自由的天地·

近的山上不时有几声狼叫,或是狐狸的叫声。宇宙在等着,等着太阳出来,等着太阳出来后的明丽的山川,和在山川中一切生命的骚动啊!

1939年秋天,延安马列学院

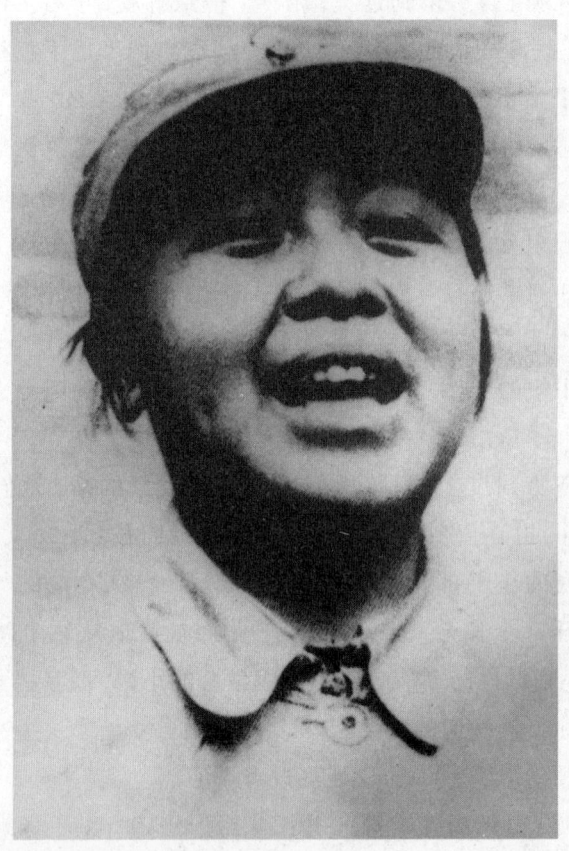

1938年,丁玲在延安。

·我怎样飞向了自由的天地·

战斗是享受

　　连午睡都不想睡,挂牵着什么似的站在屋门边看天色,不知为什么总怕下雨。可是下午风暴来了,黄沙漫天卷来,盖过了土围子的雉堞,盖过了山脚下的小小树林,盖过了对面的大山,风把人要吹倒似的,乌云挟着雨点飞驰地压过来。于是远近的群山振动了,轰隆轰隆的响着雷鸣。急遽的电光,切破天空。激涨的河流,像要摆脱地面发狂的飞腾叫啸,大的雨点,倾泻下来,压倒了新抽芽的瓜藤。绑在棍子上的西红柿像生长在湖里的小树。雨把窗纸都舐走了,雨从那空处溅过,屋瓦上一处一处流下水来。不到一刻工夫半截屋子成了池塘。人一下把悄悄担心着会下雨的心情忘记了,反变得非常开朗和喜悦,隔壁房子里的歌声,像调不好的二胡弦子的声音,也不使人感到讨厌了。只想冒着冷雨冲出去,在从山上流下来的黄色瀑布里迎着水流往上走,让那些无知的水来冲激着自己;要去迈步在那被淹的小路上,看曾掩藏在那里的小蛇又躲到什么地方。但人却再不能走到河边了,河身已经吞没了所有的沙滩,那些曾散步过的地方,洗过脚的地方,拣过石子的地方,都流着污浊的浪涛。这里连躲在石崖下战栗的生物也找不到了。人像在原始时代,抵抗着洪水,而顺着头发和面孔流下去的凉水却多使人抖擞,击打而来的劲风,多使人感到存在,使人傲岸啊!可是风雨终会停止的,但等不到它停止,当空间还洒着霏霏细雨的时候,不知从什么地方跳来一些人,起先还少,慢慢增多了,有一二十人,这些人都赤裸着身体,冲到涨着大水的激流里,他们飞速地跑,敏捷地从河里捞取一些木材,他们彼此叫唤着,冲到河的深处,激流大涛几乎把他们卷走,但他们却又举着一截大木从翻滚的水中走来了。两岸的人便惊叹着(河的两岸已经站了好些人)。这些人不知道寒冷,这时是很冷的呵!这些人不知道惊险,拿生命去和水搏斗,就只因为是捞取那一点点木材吗?他们那么快乐地嘶叫,互相鼓舞,不甘落后的奋勇,就只是一点点小利而使他们那样高兴的吗?他们是在享受着他们最高的快乐,最大的胜利的快乐,而这快乐是站在两岸的人不能得到的,是不参加战斗,不在惊涛骇浪中搏斗,不在死的边沿上去取得生的胜利的人无从领略到的。只有在不断的战斗中,才会感到生活的意义,生命的存在,才会感到青春在生命内燃烧,才会感到光明和愉快呵!

1941年9月

1941年,丁玲担任陕甘宁边区文化协会副主任、中共中央机关报《解放日报》文艺副刊主编。

"三八节"有感

"妇女"这两个字,将在什么时代才不被重视,不需要特别的被提出呢?

年年都有这一天。每年在这一天的时候,几乎是全世界的地方都开着会,检阅着她们的队伍。延安虽说这两年不如前年热闹,但似乎总有几个人在那里忙着。而且一定有大会,有演说的,有通电,有文章发表。

延安的妇女是比中国其他地方的妇女幸福的。甚至有很多人都在嫉羡地说:"为什么小米把女同志吃得那么红胖?"女同志在医院,在休养所,在门诊部都占着很大的比例,似乎并没有使人惊奇,然而延安的女同志却仍不能免除那种幸运:不管在什么场合都最能作为有兴趣的问题被谈起。而且各种各样的女同志都可以得到她应得的非议。这些责难似乎都是严重而确当的。

女同志的结婚永远使人注意,而不会使人满意的。她们不能同一个男同志比较接近,更不能同几个都接近。她们被画家们讽刺:"一个科长也嫁了么?"诗人们也说:"延安只有骑马的首长,没有艺术家的首长,艺术家在延安是找不到漂亮的情人的。"然而她们也在某种场合聆听着这样的训词:"他妈的,瞧不起我们老干部,说是土包子,要不是我们土包子,你想来延安吃小米!"但女人总是要结婚的。(不结婚更有罪恶,她将更多的被作为制造谣言的对象,永远被诬蔑。)不是骑马的就是穿草鞋的,不是艺术家就是总务科长。她们都得生小孩。小孩也有各自的命运:有的被细羊毛线和花绒布包着,抱在保姆的怀里;有的被没有洗净的布片包着,扔在床头啼哭,而妈妈和爸爸都在大嚼着孩子的津贴(每月二十五元,价值二斤半猪肉),要是没有这笔津贴,也许他们根本就尝不到肉味。然而女同志究竟应该嫁谁呢,事实是这样,被逼着带孩子的一定可以得到公开的讥讽:"回到家庭了的娜拉。"而有着保姆的女同志,每一个星期可以有一天最卫生的交际舞,虽说在背地里也会有难听的诽语悄声的传播着,然而只要她走到哪里,哪里就会热闹,不管骑马的,穿草鞋的,总务科长,艺术家们的眼睛都会望着她。这同一切理论都无关,同一切主义思想也无关,同一切开会演说也无关。然而这都是人人知道,人人不说,而且在做着的现实。

离婚的问题也是一样。大抵在结婚的时候,有三个条件是必须注意到的。一、政治上纯洁不纯洁;二、年龄相貌差不多;三、彼此有无帮助。虽说这三个条件几乎是人人具备(公开的汉奸这里是没有的。而所谓帮助也可以说到鞋袜的缝补,甚至女性的安慰),但却一定堂皇地考虑到。而离婚的口实,一定是女同志的落后。我是最以为一个女人自己不进步而还要拖住她的丈夫为可耻的,可是让我们看一看她们是如何落后的。她们在没有结婚前都抱着有凌云的志向,和刻苦的斗争生活,她们在生理的要求和"彼此帮助"的蜜语之下结婚了,于是她们被逼着做了操劳的回到家庭的娜拉。她们也惟恐有"落后"的危险,她们四方奔走,厚颜地要求托儿所收留她们的孩子,要求刮子宫,宁肯受一切处分而不得不冒着生命的危险悄悄地去吃堕胎的药。而她们听着这样的回答:"带孩子不是工作吗?你们只贪图舒服,好高骛远,你们到底做过一些什么了不起的政治工作!既然这样怕生孩子,生了又不肯负责,谁叫你们结婚呢?"于是她们不能免除"落后"的命运。一个有了工作能力的女人,而还能牺牲自己的事业去作为一个贤妻良母的时候,未始不被人所歌颂,但在十多年之后,她必然也逃不出"落后"的悲剧。即使在今天以我一个女人去看,这些"落后"分子,也实在不是一个可爱的女人。她们的皮肤在开始有褶皱,头发在稀少,生活的疲惫夺取她们最后的一点爱娇。她们处于这样的悲运,似乎是很自然的,但在旧社会里,她们或许会被称为可怜,薄命,然而在今天,却是自作孽,活该。不是听说法律上还在争论着离婚只须一方提出,或者必须双方同意的问题么?离婚大约多半是男子提出的,假如是女人,那一定有更不道德的事,那完全该女人受诅咒。

我自己是女人,我会比别人更懂得女人的缺点,但我却更懂得女人的痛苦。她们不会是超时代的,不会是理想的,她们不是铁打的。她们抵抗不了社会一切的诱惑,和无声的压迫,她们每人都有一部血泪史,都有过崇高的感情(不管是升起的或沉落的,不管有幸与不幸,不管仍在孤苦奋斗或卷入庸俗),这对于来到延安的女同志说来更不冤枉,所以我是拿着很大的宽容来看一切被沦为女犯的人的。而且我更希望男子们,尤其是有地位的男子,和女人本身都把这些女人的过错看得与社会有联系些。少发空议论,多谈实际的问题,使理论与实际不脱节,在每个共产党员的修身上都对自己负责些就好了。

然而我们也不能不对女同志们,尤其是在延安的女同志有些小小的企望;而且勉励着自己,勉励着友好。

世界上从没有无能的人,有资格去获取一切的。所以女人要取得平等,得首先强己。我不必说大家都懂得。而且,一定在今天会有人演说的"首先取得我们的政权"的大话,我只说作为一个阵线中的一员(无产阶级也好,抗战也好,妇女也好),每天所必须注意的事项。

第一、不要让自己生病。无节制的生活,有时会觉得浪漫,有诗意,可爱,然而对今天环境不适宜。没有一个人能比你自己还会爱你的生命些。没有什么东西比今天失去健康更不幸些。只有它同你最亲近,好好注意它,爱护它。

第二、使自己愉快。只有愉快里面才有青春,才有活力,才觉得生命饱满,才觉得能担受一切磨难,才有前途,才有享受。这种愉快不是生活的满足,而是生活的战斗和进取。所以必须每天都做点有意义的工作,都必须读点书,都能有东西给别人,游惰只使人感到生命的空白,疲软,枯萎。

第三、用脑子。最好养成一种习惯,改正不作思索,随波逐流的毛病。每说一句话,每做一件事,最好想想这话是否正确?这事是否处理的得当,不违背自己做人的原则,是否自己可以负责。只有这样才不会有后悔。这就叫通过理性,这,才不会上当,被一切甜蜜所蒙蔽,被小利所诱,才不会浪费热情,浪费生命,而免除烦恼。

第四、下吃苦的决心,坚持到底。生为现代的有觉悟的女人,就

·我怎样飞向了自由的天地·

要认定牺牲一切蔷薇色的温柔的梦幻。幸福是暴风雨中的搏斗,而不是在月下弹琴,花前吟诗。假如没有最大的决心,一定会在中途停歇下来。不悲苦,即堕落。而这种支持下去的力量却必须在"有恒"中来养成。没有大的抱负的人是难于有这种不贪便宜,不图舒服的坚忍的。而这种抱负只有真正为人类,而非为自己的人才会有。

1942年"三八节"清晨

附记:文章已经写完了,自己再重看一次,觉得关于企望的地方,还有很多意见,但因发稿时间紧迫,也不能整理了。不过又有这样的感觉,觉得有些话假如是一个首长在大会中说来,或许有人认为痛快,然而却写在一个女人的笔底下,是很可以取消的。但既然写了就仍旧给那些有同感的人看看吧。

1938年3月8日,丁玲在西安市陕西各界妇女举行的"三八"纪念大会上讲话。

中国的春天

——为苏联《文学报》而写

今天,是一九五二年春天的日子,是温和的阳光落在我书桌上的时候,是雪在悄悄融化的时候,是我阔步走在莫斯科广场的时候,是苏联的和平建设、高度的文化教育着我的时候,一个题目来到我的生活里面。它像淡黄色的阳光一样来到我的书案上,它清楚地美丽地被写在我的洁白的稿纸之上,它深刻地印入我的脑子里:啊,"中国的春天",中国的春天啊!"中国"这个字不就是春天的化身么?当你想起中国的时候,你就看见无处不是新鲜,一切新事物都在绚丽的阳光之下、在温柔的和风之下发芽,蓬蓬勃勃地生长着,四处都感觉得到有一种不可压制的力量。这个力量正如果戈理所形容过的永远追不着的三驾马车,"地面在它底下飞扬着尘土,桥在发吼,一切都留在它的后面。"中国啊!中国正在奔向光明,奔向集体化,奔向毛泽东所指示的方向。

·我怎样飞向了自由的天地·

"中国",春天的中国,当我要为你讴歌的时候,从我的心中,好像升起了一股喷泉。我无法清理这些汹涌的热情,也来不及找到恰当的语言。我羡慕莫斯科大剧院的歌手,他们的确能把他们所要表现的,所应该表现的情感,倾泻无余,而又恰如其分地感染着人们的心。但我不管这些,我要欢呼!我要用我的全力欢呼:中国!人民的中国,毛泽东的中国啊!你带来了浓郁的春的气息,百花齐放;带来了生命,活泼有力而且是温暖和幸福!

然而,当我为你讴歌的时候,为你的今天而讴歌的时候,我却不得不想起了你的昨天——严寒的冬天。你曾经用过多么艰难的步子,走了一个长长的历史阶段。你在几十年之中,把九百六十万平方公里的土地,翻了一个身,你使五万万人都自由地站立起来,你打倒了几千年的封建制度,你在自己的领土上消灭了万恶的法西斯、帝国主义侵略者。你发扬了中国人民传统的美德,勤劳和勇敢;你又在肃清资产阶级所留下的腐化的庸俗的思想。中国是在斗争之中长大的,她还在斗争中。她为着她的理想,要战胜一切阻碍她前进的力量。

现在,让我们回到一个古老的时代去吧。是果戈理的时代,是托尔斯泰的时代,是谢甫琴科的时代,是高尔基的童年的时代,我诞生了,诞生在中国的二十世纪的第一个十年中。虽说在俄罗斯已经是"暴风雨中的海燕"时期,有了列宁和斯大林领导的革命,但我出生的那个乡村,有什么不同于果戈理小说中、谢甫琴科的诗句中的情形呢?今天苏联的儿童,戴着红领巾,走到儿童宫去学习科学和艺术。可是,是些什么东西在那时教育着我呢?当我还是一个应当捉迷藏和跳绳的幼年,没有什么旁的,只有封建地主家庭的黑暗腐朽和一切暴政,以及吃人的礼教。

人们都是这样。人们得学习着忍受,锻炼坚强的意志,和储蓄着一切反抗的力量。我没有学习到什么,和我同时代的许多人一样,只学到一个思想:"旧的应该打毁,要砍断一切锁链!要冲破牢笼,为了光明,为了祖国,要做一个时代的、社会的、家庭的叛逆。"

我也曾有过最可羡慕的青春。我应该充满了生的喜悦。我应该去跳舞,去滑冰。可是我有什么可以骄傲的呢?我只是像一只灯蛾,四处乱闯地飞,在黑暗中找寻光明。我甚至像一个老妇人,伏在地上,亲着潮湿的土地而哭泣。我觉得我的身子太轻了,负载不了这时代的苦痛。我曾在中国有名的杭州住过,这曾为中外诗人们所称赞过的地方。但我只能在山巅上高歌,以排遣我的抑郁。我甚至一点也感觉不到湖山的美丽。我也曾踯躅在旧北京的街头,如一个饕餮者贪馋地去吞食知识,想从西方文化中得到道路。我到今天还不愿仔细地去回忆那可悲的青年时代,应该像春花一样美丽的时代,却填满了忧愁、愤慨、挣扎和反抗。然而我也应该感到愉快,就在这样的年代中,我慢慢地走到了实际,我找到了真理,我和人民在一起,我站在一个多么可爱的人的麾下,毛泽东的麾下,充当一名小小的兵士。我和许多年轻人一样,投身到热烈的革命的火焰当中。我们已经不再醉酒狂歌,而是举起革命的火把,唱着"起来,饥寒交迫的奴隶……"我们已经再不徘徊街头,而是以整齐的步伐,向反动者进军!我们是在毛泽东的指导下,开始了新的生命。曾经是多么困苦的,但走过来了,走在到光明去的大道上了,走到一个有伟大理想的大道上了。我们有马克思列宁主义,我们有斯大林,我们有毛泽东!

中国人民在毛泽东的旗帜下,进行着复杂的、曲折的、异常艰苦的革命斗争。早在一九二六年间我们就曾经胜利过。可是绅士们再也不能酣睡了,他们发抖,他们叫嚣,连知识分子的脸也变白了。于是反动者们出卖了革命,出卖了人民胜利的果实。我们还能忘记一九二七年反动者给予我们的血的教训么?我们走到哪里,哪里都在逮捕和屠杀。四处都布满了白色恐怖。但是,啊!你,毛主席,你把红旗在井冈山上高高升起,你像一线阳光照在人民心头,你像黑夜中海上的灯塔,你指引着革命的方向,鼓舞了人们的斗志,你把希望和信心传播给人们。第二次国内革命战争在南北十几个省份野火般的燃烧起来了!革命的力量聚集起来了,革命的经验在积累着。毛主席!你知道现在的这些老区的人们是多么骄傲地谈着他们的过去,远远近近的人民又多么向往着这革命的圣地啊!

人们最不忘的,永远要被诗人们当作歌颂的题材的,是二万五千里的长征。铁的红军,从江西走到陕北,他们在崎岖的山路上,在惊险的浪涛中,在没有飞鸟也没有野草的雪岭上,在无边无际的草泽中行进。他们还通过一个少数民族区,又通过一个少数民族区。他们前边有敌人,后边有追兵,左边是反动派,右边是地主们的武装,可是没有什么东西可以阻挡这"铁流"。他们创造了一个奇迹又一个奇迹,当一个红军的兵士在月夜的草原上,想起了家乡的歌谣的时候,他跟着就想起了那睡在离他们不远的毛主席。他们就再也不能睡了,他们要守护这块土地。他们就要擦亮他们的枪,为着那个睡在他们不远地方的毛主席去杀敌。二万五千里的长征胜利了。这长征,这胜利,本身就是一首伟大的史诗。诗人们写了,留下了不少的诗篇,可是我们最爱读的，百读不厌的，写出了这气吞山河的长征的诗的，也还是这史诗最重要的创作者，毛泽东同志。我们愿意再温习一下这感情，我们愿意再朗诵这首名诗：

红军不怕远征难，万水千山只等闲。
五岭逶迤腾细浪，乌蒙磅礴走泥丸。
金沙水拍云崖暖，大渡桥横铁索寒。
更喜岷山千里雪，三军过后尽开颜。

"红军不怕远征难，万水千山只等闲。"

中国革命的中心到了陕北，毛主席住在延安。延安这小小的偏僻的山城，便成为世界的名城。抗日的统一战线在这里，抗日战争的胜利也在这里，革命的力量扩大和巩固在这里，马克思列宁主义的理论学习也在这里。延安啊!你曾经培养了多少干部,改造了多少人的思想。你那个大礼堂上,到今天还留着毛主席的题字:"实事求是"。所有在延安住过的人,都曾把你当一个家,唯一的家,都舍不得离开,离开了便永远怀念。陕北的人民,原就是长于歌唱的人民,自从有了毛主席,他们就更会歌唱了,更爱歌唱了。老农民孙万福见了毛主席,口诵了许多的诗,到现在这首歌唱遍了中国二十几个省:"高楼万丈平地起,盘龙卧虎高山顶,解放区的太阳红又红,咱们的领袖毛泽东!"农民李增正唱出了所有人们心中的话:"东方红,太阳升,中国出了个毛泽东,他为人民谋幸福,他是人民大救星。"这个歌,我在莫斯科听到过,在斯大林格勒听到过,在格鲁吉亚的首都梯比里斯也听到过。苏联的朋友们啊!我想你们会懂得我听了这陕北小调后所涌起的无尽的情感啊!

抗日战争胜利了,解放战争胜利了,毛主席引导着我们从一个胜利到一个胜利。胜利的红旗,人民解放的红旗,和平的红旗从北往南插,从东又插到西。全中国解放了。新中国诞生了。从世界的东方,升起了曙光。全世界爱好和平的人们,拍手欢呼。中国的解放,给世界和平增加了多少力量。新中国是站在拥护和平的一面,站在苏联的一面,站在斯大林同志的一面!

那一天,一九四九年的十月一日。北京的天,蓝湛湛的,北京的人们穿着新衣,心里被烧着似的兴奋,心随着歌声,随着"万岁"的呼声飞向一个地方:天安门。人的河流也奔向天安门。天安门前的广场上是一片人的海,旗帜的海。红色的波浪翻滚着。人们重复着一个声音:"毛泽东万岁!"人人仰首望,天安门上也站满了人,人人在人丛中找,啊!那个高大的个子正是人民心上的人,啊!毛泽东!啊,毛主席!我们要永远跟着你,永远服务于人民,做一个不掉队的小兵。这一天,毛主席站出来了,人人都看见了他,他的声音响彻了天安门,响彻了北京,响彻了全中国,也响彻了全世界。他宣布了新中国的诞生,中央人民政府的成立,新的一切,便从这一天开始了。春天来了,中国的春天啊!

在春天的中国,人民的生活,起着巨大的变化。天津有一个姚大娘,她曾经这样说过:"我,是一个穷苦老婆子。过去,在日本和国民党统治的时候,挨饿受冻,受尽欺凌侮辱。我男人蹬三轮车,摔坏了腿没钱治,我儿子卖冰,拉大车,赚来的钱不够全家人吃山芋面的。孩子们饿得哭,我生小孩两天没进一口汤水,饿得眼前冒金星,从炕上摔下来……"可是现在呢,她说:"解放后我们的日子一步登了天,我们吃得饱,穿得暖,再也不受气。我两个儿子都在工厂有了工作。"这个姚大娘在镇压反革命运动中,她逮住了一个特务。人民四处表扬了她,她便又说道:"这本来是我分内的事,可是人民却那么热情地拥护我,送我很多锦旗和礼物,请我到各处做报告,报上也登了我。我心里真说不出是怎么个滋味。我黑夜睡不着觉就想:这别是做梦吧,一个穷人还能有今天?连市长见了面还和我握握手。"她猛地坐了起来,看见满屋子悬挂的耀眼的镜子、色彩缤纷的锦旗,她忽然在这些中间看见一张相片,毛主席的相片,她于是兴奋地叹道:"这是真的啊!我有了今天不就是他,毛主席、共产党给我的么?"

人民的生活改善了,人们的要求便也不同了。七十岁的老人们也每天夹着书本去到识字班,他们不愿落在年轻人后边。湖南《大众报》在报纸上讨论土地改革、生产、时事问题,有一千个左右的农民很热情地写稿来参加讨论。全国农业劳动模范李顺达，农业生产合作社的旗帜，他在一九五一年的七月写信给毛主席，说的是他思想认识上的变化。他从一个普通农民懂得了城乡关系，懂得了工人阶级的领导作用，懂得了要关心政治，学习马克思列宁主义！农村里在大量地使用新的技术和新的农具，他们从变工互助慢慢地走到农业生产合作社。他们采用按劳动日计酬的办法，他们还逐渐地增加着公有的生产资料。而且在东北的北满草原上，在松花江的南岸，一个幸福的集体农庄出现了。庄员们按社会主义的原则，各尽所能，按劳分配。他们一年一年地改进了管理方法。他们有丰富的收成。他们过着幸福的生活，他们每家有几间房子，房子里有电灯。他们有过节日的衣裳，书架上摆上了新书。他们读《社会发展史》，他们读《米丘林生平》，有人读《我们的目的是共产主义》，有人读《新文学教程》。这个完全理想的生活实现了，这个新闻正被全国农民注意着，他们正走向苏联农民那样幸福的环境。他们的灿烂的前程，就是我们大家的远景。赶上去啊！全中国的农民啊！这并不辽远，只要我们努力，我们很快便要同他们一样的哪。

工业的成就，数不清。铁路增多了，江河畅流了。人们坐着宽敞的新的列车，飞驰着前进，车窗外展现出那么美丽的肥沃的辽阔的田野。车窗内人们听着音乐，读着书。"一定要把淮河修好"是毛主席的伟大号召，人民响应了这个号召，三百万人组成了一支雄壮的大军，他们要改变历史，要和自然斗争。工人用技术教育着农民，干部团结着技术专家，他们联合在一起展开了和洪水赛跑、和时间赛跑的激烈战斗。淮河修好了，千百年来为灾为害的祸水驯服了。他们有了闸，有了水库，还要有电气化。淮河将要成为一条美丽的河，一条可爱的河了。

工人阶级摆脱了压迫，成为国家的领导阶级后，就自然生发了主人翁的感觉，树立起新的劳动态度，生产率一天天提高，一个新纪录压倒一个新纪录。他们提出劳动竞赛，他们订立爱国公约，他们展开了技术改进和合理化建议运动。劳动模范像雨后春笋地争着出来了。这短短的白纸写不尽他们的新的成绩，和那些光荣的名字。而且他们进工人学校了，进人民大学了，进中央文学研究所了。他们的文章登在《人民日报》上，登在《工人日报》上，登在《文艺报》上，登在《人民文学》上；他们在劳动人民文化宫演了他们自己的戏，《不是蝉》这个戏自石家庄演到太原，又从北京演到上海，工人们爱看，作家们为他们开座谈会。他们要件件事都走在前边。

人们在一切的运动中，迅速地变了样。人们抛弃了自私自利，生长了爱国主义和国际主义。抗美援朝了，人人都起来保卫和平，这里示威，那里游行。年轻人上了前线。老太太们也拿着簿子，征求人们在和平书上签名。我们的志愿军从一九五○年十月到现在一直是和朝鲜人民军并肩作战，不顾美帝国主义残酷的轰炸和全世界人民反对的细菌武器的袭击。绿山烧成黑山，黑山又被炸成黄山，土地变色了，鲜明的红旗却屹立在阵地上。在最艰难的日子里，他们把来自祖国的香烟盒中的画片钉在战壕里，"祖国啊，我要为你战斗到底！"全中国的老老小小都明白，我们的战士最可爱。他们是人民的战士，是和平的保卫者，他们永远忠于自己的神圣的职责。

中国是胜利了，中国到处都充满了春天的阳光，中国正走在开满鲜花的道路上。喝水的要不忘挖井的人，是谁使我们这样？老百姓都在歌唱，是毛主席的恩情，是共产党的主张，是斯大林同志的教导和苏联人民的帮助。中苏两国人民永远的牢不可破的友谊,成了世界和平的保障。

中国胜利了,中国四处都充满了春天的阳光,中国正走在开满鲜花的道路上。毛主席告诉我们:这只是万里长征走完了第一步。我们还要进行长期的复杂而艰苦的斗争,才能保住我们已得的胜利,才能获得更大的胜利。中国人民一定按照毛主席的指示,逐步进到社会主义和共产主义。

今天,是一九五二年的春天的日子,是中国在原来的成就上更向前飞跃发展的时候。我跟随着中国人民,爬过了一座山,又一座山,渡过了一个浪潮又一个浪潮,到现在走进了这幸福的年代。我越活下去,我就越充满了爱。我爱新生的一切,我爱这朝气勃勃的祖国。我爱新的人民,在毛泽东教养下,一切都变得那样好的人民。我看见我们的妇女都打破了封建的锁链,得到了解放,她们在各种岗位上都和男子们一样。我看见我们的孩子们也戴着红领巾,受着日趋完美的教育。我看见我们的老年人都年轻了,满怀着对世界的希望。我看见落后的正在变好,劳动改造了他们。我们已不再褴褛,过去苍白的面孔上,现在已经充满了血色。中国人是多么漂亮而有精神的人啊!我到处看见的都是阳光,我到处都感觉得到生的气息、生的力量和生的喜悦。我曾经悲叹过的、忧愁过的中国,现在到处都是欢乐,到处都听到雄壮的歌。我曾经以我的笔作为武器,去揭露黑暗,反抗暴力,现在我要以我的笔去歌颂新生活的一切。虽然在我的鬓边,已经悄悄地爬上了白发,但我却觉得好像生命才开始。我同中国一样,同中国人民一样,有的是充沛的力量。我好像成天都在诗的境界,诗的句子常常涌到我的心中,我要为中国而创作,我要为毛主席而创作。我常有一个希望,让春天的中国在我的创作中发芽吧,生长吧。让我好好拥抱着春天的中国!

1952年3月写于莫斯科,4月改于北京

1952年3月15日,苏联部长会议决定授予长篇小说《太阳照在桑干河上》斯大林文学奖。当时,丁玲正在苏联访问,于发布授奖当日摄于莫斯科。

·我怎样飞向了自由的天地·

"牛棚"小品

窗后

　　尖锐的哨声从过道这头震响到那头,从过道里响彻到窗外的广场。这刺耳的声音划破了黑暗,蓝色的雾似的曙光悄悄走进了我的牢房。垂在天花板上的电灯泡,显得更黄了。看守我的陶芸推开被子下了炕,匆匆走出了小屋,返身把门带紧,扣严了门上的搭袢。我仔细谛听,一阵低沉的嘈杂的脚步声,从我门外传来。我更注意了,希望能分辨出一个很轻很轻而往往是快速的脚步声,或者能听到一声轻微的咳嗽和低声的甜蜜的招呼……
　　"啊呀!他们在这过道的尽头拿什么呢?啊!他们是在拿笤帚,要大扫除;还要扫窗外的广场。"如同一颗石子投入了沉静的潭水,我的心跃动了。我急忙穿好衣服,在炕下来回走着。我在等陶芸,等她回来,也许能准许我出去扫地。即使只准我在大门内、楼梯边、走廊里打扫也好。啊!即使只能在这些地方洒扫,不到广场上去,即使我会腰酸背疼,即使我……我就能感到我们都在一同劳动,一同在劳动中彼此怀想,而且……啊!多么奢侈的想望啊!当你们一群人扫完广场回来,而我仍在门廊之中,我们就可以互相睨望,互相凝视,互相送过无限的思念之情。你会露出纯静而挚热的、旁人谁也看不出来的微笑。我也将像三十年前那样,从那充满了像朝阳一样新鲜的眼光中,得到无限的鼓舞。那种对未来满怀信心、满怀希望,那种健康的乐观,无视任何艰难险阻的力量……可是,现在我是多么渴望这种无声的、充满了活力的支持。而这个支持,在我现在随时都可以倒下去的心境中,是比三十年前千百倍地需要,千百倍地重要啊!

没有希望了!陶芸没有回来。我灵机一动,猛然一跃,跳上了炕,我战战兢兢地守候在玻璃窗后。一件从窗棂上悬挂着的旧制服,遮掩着我的面孔。我悄悄地从一条窄窄的缝隙中,向四面搜索,在一群扫着广场的人影中仔细辨认。这儿,那儿,前边,窗下,一片、两片……我看见了,在清晨的、微微布满薄霜的广场上,在移动的人群中,在我窗户正中的远处,我找到了那个穿着棉衣也显得瘦小的身躯,在厚重的毛皮帽子下,露出来两颗大而有神的眼睛。我轻轻挪开一点窗口挂着的制服,一缕晨光照在我的脸上。我注视着的那个影儿啊,举起了竹扎的大笤帚,他,他看见我了。他迅速地大步大步地左右扫着身边的尘土,直奔了过来,昂着头,注视着窗里微露的熟识的面孔。他张着口,好像要说什么,又好像在说什么。他,他多大胆啊!我的心急遽地跳着,赶忙把制服遮盖了起来,又挪开了一条大缝。我要你走得更近些,好让我更清晰地看一看:你是瘦了、老了、还是胖了的更红润了的脸庞。我没有发现有没有人在跟踪他,有没有人发现了我……可是,忽然我听到我的门扣在响,陶芸要进来了。我打算不理睬她,不管她,我不怕她将对我如何发怒和咆哮。但,真能这样吗?我不能让她知道,我必须保守秘密,这个幸福的秘密。否则,他们一定要把这上边一层的两块玻璃也涂上厚厚的石灰水,将使我同那明亮的蓝天,白雪覆盖的原野,常常有鸦鹊栖息的浓密的树枝,和富有生气的、人来人往的外间世界,尤其是我可以享受到的缕缕无声的话语,无限深情的眼波,从此告别。于是我比一只猫的动作还轻还快,一下就滑坐在炕头,好像只是刚从深睡中醒来不久,虽然已经穿上了衣服,却仍然恋恋于梦寐的样子。她开门进来了,果然毫无感觉,只是说:"起来!起来洗脸,捅炉子,打扫屋子!"

于是一场虚惊过去了,而心仍旧怦怦怦地跳着。我不能再找寻那失去的影儿了。哨音又在呼啸,表示清晨的劳动已经过去。他们又将回到他们的那间大屋,准备从事旁的劳动了。

这个玻璃窗后的冒险行为,还使我在一天三次集体打饭的行进中,来获得几秒钟的、一闪眼就过去的快乐。每次开饭,他们必定要集体排队,念念有词,鞠躬请罪,然后挨次从我的窗下走过,到大食堂打饭。打饭后,再排队挨次返回大"牛棚"。我每次在陶芸替我打饭走后(我是无权自己去打饭的,大约是怕我看见了谁,或者怕谁看见了我吧),就躲在窗后等待,而陶芸又必定同另外一伙看守走在他们队伍的后边。因此,他们来去,我都可以站在那个被制服遮住的窗后,悄悄将制服挪开,露出脸面,一瞬之后,再深藏在制服后边。这样,那个狡猾的陶芸和那群凶恶的所谓"造反战士",始终也没能夺去我一天几次、每次几秒钟的神往的享受。这些微的享受,却是怎样支持了我度过最艰难的岁月,和这岁月中的多少心烦意乱的白天和不眠的长夜,是多么大地鼓舞了我的生的意志啊!

"他们来去,我都可以站在那个被制服遮住的窗后。"

书 简

　　陶芸原来对我还是有几分同情的。在批斗会上,在游斗或劳动时,她都曾用各种方式对我给予某些保护,还常常违反众意替我买点好饭菜,劝我多吃一些。我常常为她的这些好意所感动。可是自从打着军管会的招牌从北京来的几个人,对我日日夜夜审讯了一个月以后,陶芸对我就表现出一种深仇大恨,整天把我反锁在小屋子里严加看管,上厕所也紧紧跟着。她识不得几个字,却要把我写的片纸只字,翻来捡去,还叫我念给她听。后来,她索性把我写的一些纸张和一支圆珠笔都没收了,而且动不动就恶声相向,再也看不到她的好面孔了。

　　没有一本书,没有一张报纸,屋子里除了她以外,甚至连一个人影也见不到,只能像一个哑巴似的呆呆坐着,或者在小屋中踱步。这悠悠白天和耿耿长夜叫我如何挨得过?因此像我们原来住的那间小茅屋,一间坐落在家属区的七平方米大的小茅屋,那间曾被反复查抄几十次,甚至在那间屋里饱受凌辱、殴打,那曾经是我度过多少担惊受怕的日日夜夜的小茅屋,现在回想起来,都成了一个辉煌的、使人留恋的小小天堂!尽管那时承受着狂风暴雨,但却是两个人啊!那是我们的家啊!是两个人默默守在那个小炕上,是两个人围着那张小炕桌就餐,是两个人会意地交换着眼色,是两个人的手紧紧攥着、心紧紧连着,共同应付那些穷凶极恶的打砸抢分子的深夜光临……多么珍贵的黄昏与暗夜啊!我们彼此支持,彼此汲取力量,排解疑团,坚定信心,在困难中求生存,在绝境中找活路。而现在,我离开了这一切,只有险恶浸入我寂寞的灵魂,死一样的孤独窒息着我仅有的一丝呼吸！什么时候我能再痛痛快快看到你满面春风的容颜？什么时候我能再听到你深沉有力的语言？现在我即使有冲天的双翅，也冲不出这紧关着的牢笼！即使有火热的希望，也无法拥抱一线阳光！我只能低吟着我们曾经爱唱的地下斗争中流传的一首诗："因徒，时代的因徒，我们并不犯罪。我们都从那火线上扑来，从那阶级斗争的火线上扑来。凭它怎么样压迫，热血依然在沸腾……"

一天，我正在过道里捅火墙的炉子，一阵哨音呼啸，从我间壁的大屋子里涌出一群"牛鬼蛇神"，他们急速地朝大门走去。我暗暗抬头观望，只见一群背上钉着白布的人的背影，他们全不掉头看望，过道又很暗，因此我分不清究竟谁是谁，我没有找到我希望中的影子。可是，忽然，我感觉到有一个东西，轻到无以再轻地落到我的脚边。我本能地一下把它踏在脚下，心怦怦地跳了起来，多好的机会啊，陶芸不在。我赶忙伸手去摸，原来是一个指头大的纸团。我来不及细想，急忙把它揣入怀里，蹓进小屋，塞在铺盖底下。然后我安定地又去过道捅完了火炉，把该做的事都做完了，便安安稳稳地躺在铺上。其实，我那时的心啊，真像火烧一样，那个小纸团就在我的身底下烙着我，烤着我，表面的安宁，并不能掩饰我心中的兴奋和凌乱。"啊呀！你怎么会想到，知道我这一时期的心情？你真大胆！你知不知道这是犯法的啊！我真高兴，我欢迎你大胆！什么狗屁王法，我们就要违反！我们只能这样，我们应该这样……"

不久，陶芸进来了。她板着脸，一言不发，满屋巡视一番，屋子里一张桌子，一把椅子，没有引起她丝毫的怀疑。她看见我一副疲倦的样子，吼道："又头痛了？"我嗯了一声，她不再望我了，返身出去，扣上了门扣。我照旧躺着。屋子里静极了，窗子上边的那层玻璃，透进两片阳光，落在炕前那块灰色的泥地上。陶芸啊！你不必从那门上的小洞洞里窥视了，我不会让你看到什么的，我懂得你。

当我确信无疑屋子里真正只剩我一个人的时候，才展开那个小纸团。那是一片花花绿绿的纸烟封皮。在那被揉得皱皱巴巴的雪白的反面，密密麻麻排着一群蚂蚁似的阵式，只有细看，才能认出字来！你也是在"牛棚"里，在众目睽睽下生活，你花了多大的心思啊！

上面写着："你要坚定地相信党、相信群众、相信自己、相信时间，历史会作出最后的结论。要活下去！高瞻远瞩，为共产主义的实现而活，为我们的孩子们而活，为我们的未来而活！永远爱你的。"

这封短信里的心里话，几乎全是过去向我说过又说过的。可是我好像还是第一次听到，还是那么新鲜，那么有力量。这是冒着大风险送来的！在现在的情况底下，还能有什么别的话好说呢？……我一定要依照这些话去做，而且要努力做到，你放心吧。只是……我到底能做什么呢？我除了整天在这不明亮的斗室中冥想苦想之外，还能做什么呢？我只有等着，等着……每天早晨我到走廊捅炉子，出炉灰，等着再发现一个纸团，等着再有一个纸团落在我的身边。

果然，我会有时在炉边发现一叶枯干了的包米叶子，一张废报纸的一角，或者找到一个破火柴盒子。这些聪明的发明，给了我多大的愉快啊！这是我唯一的精神食粮，它代替了报纸，代替了书籍，代替了一切可以照亮我屋子的生活的活力。它给我以安慰，给我以鼓励，给我以希望。我要把它们留着，永远地留着，这是诗，是小说，是永远的纪念。我常常在准确地知道没有人监视我的时候，就拿出来抚摸、收拾，拿出来低低地反复吟诵，或者就放在胸怀深处，让它像火一般贴在心上。下边就是这些千叮嘱、万叮嘱、千遍背诵、万遍回忆的诗句：

"他们能夺去你身体的健康，却不能抢走你健康的胸怀。你是海洋上远去的白帆，希望在与波涛搏斗。我注视着你啊！人们也同我一起祈求。"

"关在小屋也好，可以少听到无耻的谎言；没有人来打搅，沉醉在自己的回忆里。那些曾给你以光明的希望，而你又赋予他们以生命的英雄；他们将因你的创作而得名，你将因他们而永生。他们将在你的回忆里丰富、成长，而你将得到无限愉快。"

"忘记那些迫害你的人的名字，握紧那些在你困难时伸过来的手。不要把豺狼当人，也不必为人类有了他们而失望。要看到远远的朝霞，总有一天会灿烂光明。"

"永远不祈求怜悯，是你的孤傲；但总有许多人要关怀你的遭遇，你坎坷的一生，不会只有我独自沉吟，你是属于人民的，千万珍重！"

"黑夜过去，曙光来临。严寒将化为春风，狂风暴雨打不倒柔嫩的小草，何况是挺拔的大树！你的一切，不是哪个人恩赐的，也不可能被横暴的黑爪扼杀、灭绝。挺起胸来，无所畏惧地生存下去！"

"我们不是孤独的，多少有功之臣、有才之士都在遭难受罪。我们只是沧海一粟，不值得哀怨！振起翅膀，积蓄精力，为将来的大好时机而有所作为吧。千万不能悲观!"

"……………"

这些短短的书简,可以集成一个小册子,一本小书。我把它扎成小卷,珍藏在我的胸间。它将伴着我走遍人间,走尽我的一生。

可惜啊!那天,当我戴上手铐的那天,当我脱光了衣服被搜身的那天,我这唯一的财产,我珍藏着的这些诗篇,全被当作废纸而毁弃了。尽管我一再恳求,说这是我的"罪证",务必留着,也没有用。别了,这些比珍宝还贵重的诗篇,这些同我一起受尽折磨的纸片,竟永远离开了我。但这些书简,却永远埋在我心间,留在我记忆里。

别 离

春风吹绿了北大荒的原野,天气一天比一天暖和,按季节,春播已经开始了。我们住在这几间大屋子、小屋子里的人,一天比一天少了。听说,有的已经回了家,回到原单位;有的也分配到生产队劳动去了。每个人心中都将产生一个新的希望。

五月十四日那天,吃过早饭,一个穿军装的人,来到了我的房间,我意识到我的命运将有一个新的开始。我多么热切地希望回到我们原来住的那间小屋,那间七平方米大的小茅屋,那个温暖的家。我幻想我们将再过那种可怜的而又是幸福的、一对勤劳贫苦的农民的生活啊!

我客气地坐到炕的一头去,让来人在炕中间坐了下来。他打量了我一下,然后问:"你今年多大年纪?"

我说:"六十五岁了。"

他又说:"看来你身体还可以,能劳动吗?"

"我一直都在劳动。"我答道。

他又说:"我们准备让你去劳动,以为这样对你好些。"

不懂得他指的是什么,我没有回答。

"让你去××队劳动,是由革命群众专政,懂吗?"

我的心跳了一下。××队,我理解,去××队是没有什么好受的。这个队的一些人我领教过。这个队里就曾经有过一批一批的人深夜去过我家,什么事都干过。但我也不在乎,反正哪里都会有坏家伙,也一定会有好人,而且好人总是占多数。我只问:"什么时候去?"

"就走。"

"我要清点一些夏天的换洗衣服,能回家去一次吗?"我又想到我的那间屋子了,我离开那间小屋已经快十个月了,听说去年冬天黑夜曾有人砸开窗户进去过,谁知道那间空屋现在成了什么样子!

"我们派人替你去取,送到××队去。"他站了起来,想要走的样子。

我急忙说:"我要求同C见一面,我们必须谈一些事情,我们有我们的家务。"

我说着也站了起来,走到门边去,好像他如不答应,我就不会让他走似的。

他沉吟了一下,望了望我,便答应了。然后,我让他走了,他关上了门。

难道现在还不能让我们回家吗?为什么还不准许我们

在一道？我们究竟犯了什么罪？自从去年七月把我从养鸡队（我正在那里劳动），揪到这里关起来，打也打了，斗也斗了，审也审了。现在农场的两派不是已经联合起来了吗？据说要走上正轨了，为什么对我们还是这样没完没了？真让人不能理解！

实际我同C分别是从去年七月就开始了的。从那时起我就独自一人被关在这里。到十月间才把这变相的牢房扩大，新涌进来了一大批人，C也就住在我间壁的大"牛棚"里了。尽管不准我们见面，碰面了也不准说话，但我们总算住在一个屋顶之下，而且总还可以在偶然的场合见面。我们有时还可以隔着窗户瞭望，何况在最近几个月内我还收到他非法投来的短短的书简。现在看来，我们这种苦苦地彼此依恋的生活，也只能成为供留恋的好景和回忆时的甜蜜了。我将一个人到××队去，到一个老虎队去，去接受"革命群众专政"的生涯了。他又将到何处去呢？我们何时才能再见呢？我的生命同一切生趣、关切、安慰、点滴的光明，将要一刀两断了。只有痛苦，只有劳累，只有愤怒，只有相思，只有失望……我将同这些可恶的魔鬼搏斗……我决不能投降，不能沉沦下去。死是比较容易的，而生却很难；死是比较舒服的，而生却是多么痛苦啊！但我是一个共产党员（尽管我已于一九五七年底被开除了党籍，十一年多了。我一直是这样认识，这样要求自己和对待一切的），我只能继续走这条没有尽头的艰险的道路，我总得从死里求生啊！

门呀然一声开了，C走进来。整个世界变样了，阳光充满了这小小的黑暗牢房。我懂得时间的珍贵，我抢上去抓住了那两只伸过来的坚定的手，审视着那副好像几十年没有见到的面孔,那副表情非常复杂的面孔。他高兴,见到了我;他痛苦,即将与我别离;他要鼓舞我去经受更大的考验,他为我两鬓白霜、容颜憔悴而担忧;他要温存,却不敢以柔情来消融那仅有的一点勇气;他要热烈拥抱,却深怕触动那不易克制的激情。我们相对无语,无语相对,都忍不住让热泪悄悄爬上了眼睑。可是随即都摇了摇头,勉强做出一副苦味的笑容。他点了点头,低声说:"我知道了。"

"你到什么地方去?"我悄然问他。

"还不知道。"他摇了摇头。

他从口袋里拿出来一张钞票,轻轻地而又慎重地放在我的手中。我知道这是他每月十五元生活费里的剩余,仅有的五元钱。但我也只得留下,我口袋里只剩一元多钱了。

他说:"你尽管用吧,不要吃得太省、太坏,不能让身体垮了。以后,以后我还要设法……"

我说我想回家取点衣服。

他黯然说道:"那间小屋别人住下了,那家,就别管它了。东西么,我去清理,把你需要的捡出来,给你送去。你放心好了。我一定每月给你写信。你还要什么,我会为你设法的。"

我咽住了。我最想说的话,强忍住了。他最想说的话,我也只能从他的眼睛里看到。我们的手,紧紧攥着;我们的眼睛,盯得牢牢的,谁也不能离开。我们马上就要分别了。我们原也没有团聚,可是又要别离了。这别离,这别离是生离呢,还是死别呢?这又有谁知道呢?

"砰"地一下,房门被一只穿着翻毛皮鞋的脚踢开了。一个年轻小伙瞪着眼看着屋里。

我问:"干什么?"

他道:"干什么!时间不早了,带上东西走吧!"

我明白这是××队派来接我的"解差"。管他是董超,还是薛霸,反正得开步走,到草料场劳动去。

于是,C帮助我清理那床薄薄的被子,和抗战胜利时在张家口华北局发给的一床灰布褥子,还有几件换洗衣服。为了便于走路,C把它们分捆成两个小卷,让我一前一后地那么背着。

这时他迟疑了一会儿,才果断地说:"我走了。你注意身体。心境要平静,遇事不要激动。即使听到什么坏消息,如同……没有什么,总之,随时要做两种准备,特别是坏的准备。反正,不要怕,我们已经到了现在这种地步,还有什么可怕的呢?我担心你……"

我一下给他吓傻了,我明白他一定瞒着我什么。他现在不得不让我在思想上有点准备。唉,你究竟还有什么更坏的消息瞒着我呢?

他见到我呆呆发直、含着眼泪的两眼,便又宽慰我道:"什么事也没有发生,都是我想得太多,怕你一时为意外的事而激动不宁。总之,事情总会有结局的。我们要相信自己。事情不是只限于我们两个人。也许不需要很久,整个情况会有改变。我们得准备有一天要迎接光明。不要熬得过苦难,却经不住欢乐。"他想用乐观引出我的笑容,但我已经笑不出来了。我的心,已为这没有好兆头的别离压碎了。

他比我先离开屋子。等我把什么都收拾好,同那个"解差"离开这间小屋走到广场时,春风拂过我的身上。我看见远处槐树下的井台上,站着一个向我挥手的影子,他正在为锅炉房汲水。他的臂膀高高举起,好像正在无忧地、欢乐地、热烈地遥送他远行的友人。

1979年3月中旬于北京友谊医院

1979年1月,丁玲回到北京,全家在北京合影。

向警予同志留给我的影响

一九一〇年、一九一一年的时候,是一个大革命的时代。在我们湖南那个小县城常德,也酝酿着风暴。几个从日本学习法政回国的年轻人成了积极的活动分子,他们同外地联系,在县城里倡导许多新鲜事物,参与辛亥革命的前奏,女子要读书成了时代的呼声。经过筹备,一九一一年新年刚过,常德女子师范开学了。

那时我随着守寡的母亲在这里肄业。三十岁的母亲在师范班,七岁的我在幼稚班。这事现在看来很平常,但那时却轰动了县城。开学那天,学生们打扮得花枝招展,有的坐着绿呢大轿,有的坐着轿行的普通的小轿,一乘一乘鱼贯地来到学校的大门内、二门外停下来。围着看稀罕的人很多。我们幼稚班也排成队,挤在礼堂两边。我母亲穿得很素净,一件宝蓝色的薄羊皮袄和黑色的百褶绸裙。她落落大方的姿态,很使我感到骄傲呢。她们整齐地排列着,向"至圣先师孔子"的牌位叩头万福,向校里一群留着长须、目不斜视、道貌岸然的老师叩头。空气严肃极了。

这以后,我、表姐、表哥、表弟都随着我母亲步行上学、下学。

·我怎样飞向了自由的天地·

1911年,丁母余曼贞(右一)在常德女子师范学校任教时与诸好友合影。左三为著名女革命家向警予烈士。

街道两边常常有人从大门缝里张望我们。有些亲戚族人就在背后叽叽喳喳,哪里见过一个名门的年轻寡妇这样抛头露面!但我母亲不理这些,在家里灯下攻读,在校里广结女友。常常有她的同学到我家里来,她们总是谈得很热闹,我们小孩家也玩得很起劲。

到了春天,舅舅花园里的花几乎都开了的时候,一天,母亲的朋友们又来做客了,七个人占坐了整个书楼。她们在那里向天礼拜,分发兰谱。兰谱印着烫金的花边和文字,上边写着誓约,大意是:姐妹七人,誓同心愿,振奋女子志气,励志读书,男女平等,图强获胜,以达到教育救国之目的。七个人中,年龄最大的是我母亲,最小的便是后来参加共产党的著名妇女领袖向警予同志。向警予同志那时才十七岁,长得非常俊秀端庄,年龄虽小,却非常老成,不苟言笑。我母亲比她几乎大一倍,却非常敬重她,常常对我说,"要多向九姨(向警予在家里排行第九)学习"。

她们向天叩拜后,互相鞠躬道喜,我舅妈也来向她们祝贺。

她们就在书楼上饮酒,凭栏赏花,畅谈终日,兴致淋漓,既热闹,又严肃,给我们小孩留下了终生难忘的印象,使我们对她们充满了敬爱和羡慕。从这以后,我这个孤儿有了许多亲爱的阿姨。这在我的童年生活中,留下了许多温暖。

辛亥革命那几天,借宿在学校里的向警予阿姨和另外几个阿姨都住在我们家里,一同经受那场风暴中的紧张、担心、忧郁、哀悼、兴奋和喜悦。不久放寒假,再开学时,母亲带着我们到长沙,住进稻田第一女子师范学校,向警予等六位阿姨也来了,都住在这个学校。我在小学一年级,课余常常到她们师范部去玩。那时我家生活是较贫困的,母亲把被子留给我和弟弟,自己只剩一床薄被。向警予同我母亲挤在一张床上,盖两床薄被。她还送过我们两听牛肉罐头,每餐我可以吃上几丁丁。

母亲在长沙只待了一年,因为没有钱继续念下去,托人在桃源县找到一个小学教员的缺位,便带着弟弟去桃源,把我留在长沙,寄宿在第一女师的幼稚园里。每天放学回来,幼稚园里静悄悄的,我常独个流连在运动场上,坐会儿摇篮,荡会儿秋千。这时,向警予阿姨就来看我了,带两块糕,一包花生,更好的是带一两个故事来温暖我这幼稚的寂寞的心灵。

后来,我又随母亲转到常德女子小学,母亲担任学监。遇到寒暑假,向警予同志每次回溆浦或去长沙,都必定要经过常德。从溆浦到常德坐帆船,从常德到长沙坐小火轮,在等候班轮的时候,就可以在常德住一两天或三四天,这时向警予大都是住在母亲的学校里。向警予同志就像一只传粉的蝴蝶那样,把她在长沙听到的、看到的、经历过的种种新闻、新事、新道理,把个人的抱负、理想,都仔细地讲给我母亲听。母亲如饥似渴地把她讲的这些，一点一滴都吸收过来，指导自己的行动，并且拿来教育我和她的学生们。原来她们结拜为姐妹时，无非是要求男女平等、教育救国等等。这时我母亲已把这位最小的阿姨看作一位完全的先知先觉，对她言听计从，并且逐渐接受她介绍的唯物史观、解放工农等这些最先进的理论。

一九一八年，向警予同志决定去法国勤工俭学，赴长沙途中路过常德，曾向我母亲宣传。我母亲也为之心动。但她是靠薪水维持生活的，路费无法筹措，而且还有我的牵累。这事不仅使我母亲心动，连我刚从小学毕业，准备投考师范的这颗年轻的心，也热过一阵。我们没有能随向警予同志远渡重洋，但我们对她的远行却寄予了无限的希望和美好的祝愿。

这年夏天，我考入了桃源第二女师。向警予同志在溆浦的学生朱含英等也同时考入。我们是同班同学，她们对我如同亲姐妹，经常对我讲向警予校长如何教育学生，走访学生家庭，对学生少责备，只是以身作则，严肃不苟，博得了学生的敬爱。我听了就更加懂得，为什么我母亲能和她那样行径一致，而那时她是多么年轻啊！因此，除了我母亲以外，那时我最信奉的便是九姨了。

她在法国经常给我母亲来信，介绍外面世界的一些新思潮，寄来了她和蔡和森同志并坐阅读马克思主义书籍的照片，还有她和蔡大姐等女同志的合影。她远行万里，有了新的广大的天地，却不忘故旧，频通鱼雁，策励盟友，共同前进。我母亲就因为经常得读她的文章书信，又读到《向导》、《新青年》等书刊，而积极参加社会工作。

一九二三年暑假，我在上海又见到向警予同志了。她像过去一样，穿着布短衫，系着黑色的褶裙，温文沉静。她向我描述她回国时的一段情景,那神态声音,至今还留在我的记忆中。她说:"我刚到广州,踏上码头,就围上来许多人说,'来看女革命党呀!'那时广州的女子很少剪发,都梳成〜形,横在后脑上,吊着耳环,穿着花短衫和花长裙,看我这副样子,确是特别。我当时一看,围拢来的人这样多,不正是宣传的好机会么。我不管他们是否听得懂我的话,就向他们讲解起妇女解放的必要来了。居然有人听懂了,还鼓掌咧!"听到这些,我对她真是佩服极了。当时我是做不到的。我和一些同学们因为剪发和朴素的服装而经常招来一些人的非议和侧目,这只能引起我的反感和厌恶,走避唯恐不及,哪里还会有心在众目睽睽之下,向他们宣传演讲呢?

但她并不是喜欢说话的人。有时她和蔡和森同志整天在屋里看书,静静的就像屋子里没有人一样。尽管那时我对某些漂浮在上层、喜欢夸夸其谈的少数时髦的女共产党员中的熟人有些意见,但对她我是只有无限敬佩的,认为她是一个真正革命的女性,是女性的楷模。

我不是对什么人都有说有笑的。我看不惯当时我接触到的个别共产党员的浮夸言行,我还不愿意加入共产党。自然就会有人在她面前说我是什么无政府主义思想,说我孤傲。因此她对我进行了一次非常委婉的谈话。她谈得很多,但在整个谈话中,一句也没有触及我的缺点或为某些人所看不惯的地方。她只是说:"你母亲是一个非凡的人,是一个有理想、有毅力的妇女。她非常困苦,她为环境所囿,不容易有大的作为,她是把全部希望寄托在你身上的。……"她的话句句都打到我的心里。我知道我是我母亲精神的寄托,我是她唯一的全部的希望。我那时最怕的也就是自己不替她争气,不成材,无所作为;我甚至为此很难过。我真感谢向警予同志,我永远不会忘记她的话,不会忘记她对我的教育和她对我母亲的同情、了解。可是,当时我什么也没有说。我固执地要在自由的天地中飞翔,从生活实践中寻找自己的道路。自然,一个时期内,我并没有很好地如意地探索到一条真正的出路,我只是南方、北方,到处碰壁又碰壁。我悲苦,我挣扎,我奋斗。正在这时,大革命被扼杀了,在听到许多惨痛的消息的时候,最后却得到九姨光荣牺牲的噩耗。这消息像霹雳一样震惊了我孤独的灵魂,像巨石紧紧地压在我的心上。我不能不深深地回想到,当我还只是一个毛孩子时就有了她美丽的崇高的形象;当我们母女寂寞地在人生的道路上蹒跚前行时,是她像一缕光、一团火引导着、温暖着我母亲。尽管后来,她忙于革命工作,同我母亲来往逐渐稀少,但她一直是我母亲向往和学习的模范。我想到我母亲书桌上的几本讲唯物主义的书和《共产党宣言》,就感到她的存在与力量。虽然我对她的活动没有很多的了解,但她的坚韧不倦的革命精神总是在感召着我。有的人在你面前,可能发过一点光,也会引起你的景仰,但容易一闪而逝。另外一种人却扎根在你心中,时间越久,越感到他的伟大,他的一言一行都永远令人深思;向警予同志在我的心里就是这样的。我没有同她一块工作过,读她的文章也很少;在她的眼中,我只是一个不懂事的小孩子,但她对我一生的做人,对我的人生观,总是从心底里产生作用。我常常要想到她,愿意以这样一位伟大的革命女性为榜样而坚定自己的意志。我是崇敬她的,永远永远。

1979年10月于北京

·我怎样飞向了自由的天地·

鲁迅先生于我

一

我开始接触新文学,是在一九一九年我到长沙周南女校以后。这以前我读的是四书,古文,作文用文言。因为我不喜欢当时书肆上出售的那些作文范本,不喜欢抄书,我的作文经常只能得八十分左右。即使老校长常在我的作文后边写很长的批语,为同学们所羡慕,但我对作文仍是没有多大兴趣。我在课外倒是读了不少小说,是所谓"闲书"的。大人们自己也喜欢看,就是不准我们看。我母亲则是不禁止,也不提倡,她只要我能把功课做好就成。自然,谁也没有把这些"闲书"视为文学,谁也不认为它有一点什么用处。

周南女校这时有些新风。我们班的教员陈启明先生是比较进步的一个,他是新民学会的会员。他常常把报纸上的重要文章画上红圈,把《新青年》、《新潮》介绍给同学们看。他讲新思想、讲新文学。我为他所讲的那些反封建、把现存的封建伦理道德翻个个儿的言论所鼓动。我喜欢寻找那些"造反有理"的言论。施存统先生的《非孝论》的观点给我印象很深。我对我出身的那个大家庭深感厌恶,觉得他们虚伪、无耻、专横、跋扈、腐朽、堕落、势利。因此,我喜欢看一些带政治性的、讲问题的文艺作品。但因为我年龄小,学识有限,另一些比较浅显的作品,诗、顺口溜才容易为我喜欢。那时我曾当作儿歌背诵,至今还能记忆的有:

> 两个黄蝴蝶,
> 双双飞上天;
> 不知为什么,
> 一个忽飞还。
> 剩下那一个,
> 孤单怪可怜。
> 也无心上天,
> 天上太孤单。

俞平伯、康白情的诗也是我们喜欢背的。后来人一天天长大,接触面多了,便又有了新的选择。一九二一年,湖南有了文化书社。我从那里买到一本郭沫若的诗集《女神》,读后真是爱不释手。我整天价背诵"一的一切,一切的一",或者就是:

> 九嶷山上的白云有聚有消,

> 洞庭湖中的流水有汐有潮。
> 我们心中的愁云呀,啊!
> 我们眼中的泪涛呀,啊!
> 永远不能消!
> 永远只是潮!

我,还有我中学的同学们,至少是我的好朋友,我们的幼小的心是飘浮的,是动荡的。我们什么都接受,什么都似懂非懂,什么都使我们感动。我们一会儿放歌,一会儿低吟,一会儿兴高采烈,慷慨激昂,一会儿愁深似海,仿佛自个儿身体载负不起自己的哀思。我那时读过鲁迅的短篇小说,可是并没有引起我的注意。那时读小说是消遣,我喜欢里面有故事,有情节,有悲欢离合。古典的《红楼梦》、《三国演义》、《西厢记》,甚至唱本《再生缘》、《再造天》,或还读不太懂的骈体文鸳鸯蝴蝶派的《玉梨魂》都比《阿Q正传》更能迷住我。因此那时我知道新派的浪漫主义的郭沫若,闺秀作家谢冰心,乃至包天笑,周瘦鹃。而林琴南给我印象更深,他介绍了那么多的外国小说给我们,如《茶花女》、《曼郎摄氏戈》、《三剑客》、《钟楼怪人》、《悲惨世界》,这些都是我喜欢的。我想在阅世不深、对社会缺乏深刻了解的时候,可能都会是这样的。

一九二二、二三年我在上海时期,仍只对都德的《最后一课》有所感受,觉得这同一般小说不同,联系到自己的国家民族,促人猛省。我还读到其他一些亡国之后的国家的一些作品,如波兰显克微支的《你往何处去》。我也读了文学研究会耿济之翻译的一些俄国小说。我那时偏于喜欢厚重的作品,对托尔斯泰的《活尸》、《复活》等，都能有所领会。这些作品便日复一日地来在我眼下，塞满我的脑子，使我原来追求革命应有所行动的热情，慢慢转到了对文学的欣赏。我开始觉得文学不只是消遣的，而是对人有启发的。我好像悟到一些问题，但仍是理解不深，还是朦朦胧胧，好像一张吸墨纸，把各种颜色的墨水都留下一点淡淡的痕迹。

一九二四年我来到北京。我的最好的、思想一致的挚友王剑虹在上海病逝了。她的际遇刺痛了我。我虽然有了许多新朋友，但都不能代替她。我毫无兴味地学着数理化，希望考上大学，回过头来当一个正式的学生。我又寂寞地学习绘画，希望美术能使我翻滚的心得到平静。我常常感到这个世界是不好的，可是想退出去是不可能的，只有前进。可是向哪里前进呢？上海，我不想回去了；北京，我还挤不进去；于是我又读书，这时是一颗比较深沉的心了。我重新读一些读过的东西，感受也不同了，"鲁迅"成了两个特大的字，在我心头闪烁。我寻找过去被我疏忽了的那些深刻的篇章，我从那里认识真正的中国，多么不幸，多么痛苦，多么黑暗！啊，原来我身上压得那样沉重的就是整个多难的祖国，可悲的我的同胞呵！我读这些书是得不到快乐的。我总感到呼吸迫促，心里像堵着一堆什么，然而却又感到有所慰藉。鲁迅，他怎能这么体贴人情、细致、尖锐、深刻地把中国社会，把中国人解剖得这样清楚，令人凄凉，却又使人罢手不得。难道我们中华儿女能无视这个有毒的社会来侵袭人，迫害人，吞吃人吗？鲁迅，真是一个非凡的人吧！我这样想。我如饥似渴地寻找他的小说、杂文、翻旧杂志，买刚出版的新书，一篇也不愿漏掉在《京报副刊》、《语丝》上登载的他的文章，我总想多读到一些,多知道一些,他成了唯一安慰我的人。

二

一九二五年三月间,我从香山搬到西城辟才胡同一间公寓里。我投考美术学校没有考上,便到一个画家办的私人画室里每天素描瓶瓶罐罐、维纳斯的半身石膏像和老头像。开始还有左恭同志,两个人一道;几次以后,他不去了,只我一个人。这个画家姓甚名谁,我早忘了;只记得他家是北方普通的四合院,南屋三间打通成一大间,布置成一个画室,摆六七个画架,陈设着大大小小不同形状的瓶瓶罐罐,还有五六个半身或全身的石膏人像,还有瓶花,这都是为学生准备的。学生不多,在不同的时间来。我去过十几次,只有三四次碰到有人。学生每月交两元学费,自带纸笔。他的学生最多不过十来个,大约每月可收入二十来元。我看得出他的情绪不高,他总是默默地看着我画,有时连看也不看,随便指点几句,有时赞赏我几句,以鼓励我继续学下去。我老是独自对着冰冷的石膏像,我太寂寞了。我努力锻炼意志,想象各种理由,说服自己,但我没有能坚持下去。这成了我一生中有时要后悔的事,如果当初我真能成为一个画家,我的生活也许是另一个样子,比我后来几十年的曲折坎坷可能要稍好一点;但这都是多余的话了。

这时,有一个从法国勤工俭学回来的学生教我法文,劝我去法国。他叫我"伯弟",大概是小的意思。他说只要筹划二百元旅费,到巴黎以后,他能帮助我找到职业。我同意了,可是朋友们都不赞成,她们说这个人的历史、人品,大家都不清楚,跟着他去,前途渺茫,万一沦落异邦,不懂语言,又不认识别的人,实在危险。我母亲一向都是赞成我的,这次也不同意。我是不愿使母亲忧郁的,便放弃了远行的幻想。为了寻找职业,我从报纸上的广告栏内,看到一个在香港等地经商的人征求秘书,工资虽然只有二十元,却可以免费去上海、广州、香港。我又心动了。可是朋友们更加反对,说这可能是一个骗子,甚至是一个人贩子。我还不相信,世界就果真像朋友们说的那样,什么地方都满生荆棘,遍设陷阱,我只能有在友情的怀抱中进大学这一条路吗?不,我想去试一试。我自诩是一个有文化,有思想的人,怎么会轻易为一个骗子,或者是一个人贩子所出卖呢?可是母亲来信了,不同意我去当这个秘书,认为这是无益的冒险,我自然又打消了这个念头。可是,我怎么办呢?我的人生道路,我这一生总得做一番事业嘛!我的生活道路,我将何以为生呢?难道我能靠母亲微薄的薪水,在外面流浪一生吗?我实在苦闷极了!在苦闷中,我忽然见到了一线光明,我应该朝着这唯一可以援助我的一盏飘忽的小灯走过去,我应该有勇气迈出这一步。我想来想去,只有求助于我深信指引着我的鲁迅先生,我相信他会向我伸出手的。于是我带着无边的勇气和希望,给鲁迅先生写了一封信,把我的境遇和我的困惑都仔仔细细坦白详尽地陈述了一番,这就是《鲁迅日记》一九二五年四月三十日记的"得丁玲信"。信发出之后,我日夜盼望着,每天早晚都向公寓的那位看门老人问:"有我的信吗?"但如石沉大海,一直没有得到回信。两个星期之后,我焦急不堪,以致绝望了。这时王剑虹的父亲王勃山老先生邀我和他一路回湖南。他是参加纪念孙中山先生的会来到北京的,现在准备回去。他说东北军正在进关,如不快走,怕以后不好走,南北是否会打仗也说不定。在北京我本来无事可做,没有入学,那个私人画室也不去了。唯一能系留我的只是鲁迅先生的一封回信,然而这只给我失望和苦恼。我还住在北京干什么呢?归去来兮,胡不归?母亲已经快一年没有见到我了,正为我一会儿要去法国,一会儿要当秘书而很不放心呢。那么,我随他归去吧,他是王剑虹的父亲,也等于是我的父亲,就随他归去吧。这样我离开了春天的北京,正是繁花似锦的时候。我跟随王勃山老人搭上南下的军车,是吴佩孚的军队南撤,火车站不卖客车票,许多人,包括我们都抢上车,挤得坐无坐处,站无站处。我一直懊恼地想:"干吗我要凑这个热闹?干吗我要找这个苦吃?我有什么急事要回湖南?对于北京,住了快一年的北京,是不是就这样告别了?我前进的道路就是这样地被赶着,被挤在这闷塞的车厢里吗?我不等鲁迅的回信,那么我还有什么指望得到一个光明的前途呢?"

鲁迅就是没有给我回信。这件事一直压在我的心头。我更真切地感到我是被这世界遗弃了的。我觉得自己是一个渺小的人,鲁迅原可以不理我;也许我的信写得不好,令人讨厌,他可以回别人的信,就是不理睬我。他对别人都是热情的,伸出援助之手的,就认为我是一个讨厌的人,对我就要无情。我的心受伤了,但这不怪鲁迅,很可能只怪我自己。后来,胡也频告诉我,我离北京后不久,他去看过鲁迅。原来他和荆有麟、项拙三个人在《京报》编辑《民众文艺周刊》,曾去过鲁迅家,见过两三次面。这一天,他又去看鲁迅,递进去一张"丁玲的弟弟"的名片,站在门口等候。只听鲁迅在室内对拿名片进去的佣工大声说道:"说我不在家!"他只得没趣地离开,以后就没有去他家了。我听了很生气，认为他和我相识才一个星期，怎么能冒用我弟弟的名义，天真的幼稚的在鲁迅先生面前开这种玩笑。但责备他也无用了。何况他这次去已是我发信的三个星期以后了，对鲁迅的回信与否，没有影响。不过我心里总是不好受的。

后来，我实在忘记是什么时候的后来了，我听人说，从哪里听说也忘记了，总之，我听人说，鲁迅收到我信的时候，荆有麟正在他的身边。荆有麟说，这信是沈从文化名写的，他一眼就认得出这是沈从文的笔迹，沈从文的稿子都是用细钢笔尖在布纹纸上写的这种蝇头小楷。天哪，这叫我怎么说呢？我写这封信时，还不认识胡也频，更不认识沈从文。我的"蝇头小楷"比沈先生写的差远了。沈先生是当过文书，专练过字的嘛。真不知这个荆有麟根据什么作出这样的断言。而我听到这话时已是没有什么好说了的时候。去年，湖南人民出版社专门研究鲁迅著作的朱正同志告诉我说，确是有这一误会。他抄了一段鲁迅先生给钱玄同的信作证明，现转录如下：

一九二五年七月二十日鲁迅致钱玄同信云：

> 且夫"孥孥阿文"（指沈从文——朱正注），确尚无偷文如欧阳公（指欧阳兰）之恶德，而文章亦较为能做做者也。然而敝座之所以恶之者，因其用一女人之名，以细如蚊虫之字，写信给我，被我察出为阿文手笔，则又有一人扮作该女人之弟来访（指胡也频），以证明实有其扮……（《鲁迅书信集》上卷第七十二页）

三

大革命失败后,上海文坛反倒热闹起来了,鲁迅从广州来到上海,各种派别的文化人都聚集在这里,我正开始发表文章,也搬到了上海,原来我对创造社的人也是十分崇敬的,一九二二年我初到上海,曾和几个朋友以朝圣的心情找到民厚里,拜见了郭沫若先生,邓均吾先生,郁达夫先生出门去了,未能见到。一九二六年我回湖南,路过上海,又特意跑到北四川路购买了一张创造社发行的股票。虽然只花了五元,但对我来说已是相当可观的数目了。可是在这时,我很不理解他们对鲁迅先生的笔伐围攻。以我当时的单纯少知,也感到他们革命的甲胄太坚,刀斧太利,气焰太盛,火气太旺,而且是几个人,一群人攻击鲁迅一个人。正因我当时无党无派,刚刚学写文章,而又无能发言,便很自然地站到鲁迅一边。眼看着鲁迅既要反对当权的国民党的新贵,反对复古派,反对梁实秋新月派,还要不时回过头来,招架从自己营垒里横来的刀斧和射来的暗箭,我心里为之不平。我又为鲁迅的战斗不已的革命锋芒和韧性而心折。而他还在酣战的空隙里,大力介绍、传播马克思的无产阶级革命理论。我读这些书时,感到受益很多,对鲁迅在实践和宣传革命文艺理论上的贡献,更是倍加崇敬。我注视他发表的各种长短文章,我丝毫没有因为他不曾回我的信而受到的委屈影响我对他的崇拜。我把他指的方向当作自己努力的方向,在写作的途程中,逐渐拨正自己的航向。当我知道了鲁迅参加并领导左翼作家联盟工作时,我是如何的激动啊!我认为这个联盟一定是最革命最正确的作家组织了。自然,我知道"左联"是共产党领导的,然而在我,在当时一般作家心目中,都很自然地要看看究竟是哪些人,哪些具体的人在"左联"实现党的领导。一九三〇年五月,潘汉年同志等来找我和胡也频谈话时,我们都表示乐意即刻参加。当九月十七日晚"左联"在荷兰餐馆花园里为庆祝鲁迅五十寿诞的聚餐后,也频用一种多么高兴的心情向我描述他们与鲁迅见面的情形时,我也分享了那份乐趣。尽管我知道,他并没有、也不可能向鲁迅陈述那件旧事,我心里仍薄薄地拖上一层云彩,但已经不是灰色的了!我觉得我同鲁迅很相近,而且深信他会了解我的,我一定能取得他的了解的。

一九三一年五月间吧,我第一次参加"左联"的会议,地点在北四川路一个小学校里,与会的大多数人我都是新相识。我静静地坐在那里,没有发言。会开始不久,鲁迅来了,他迟到了。他穿一件黑色长袍,着一双黑色球鞋,短的黑发和浓厚的胡髭中间闪烁的是一双铮铮锋利的眼睛,然而在这样一张威严肃穆的脸上却现出一副极为天真的神情,像一个小孩犯了小小错误,微微带点抱歉的羞涩的表情。我不须问,好像他同我是很熟的人似的,我用亲切的眼光随着他的行动,送他坐在他的座位上。怎么他这样平易,就像是全体在座人的家里人一样。会上正有两位女同志发言,振振有词地批评"左联"的工作,有一位还说什么"老家伙都不行,现在要靠年轻人"等等似乎很有革命性,又很有火气的话。我看见鲁迅仍然是那么平静地听着。我虽然没有跑上前去同他招呼,也没有机会同他说一句话,也许他根本没有看见我,但我总以为我看见过他了,他是理解我的,我甚至忘了他没有回我信的那件事。

第一次我和鲁迅见面是在北四川路他家里。他住在楼上,楼下是一家西餐馆，冯雪峰曾经在这楼下一间黑屋子里住过。这时我刚刚负责《北斗》的编辑工作，希望《北斗》能登载几张像《小说月报》有过的那种插图，我自己没有，问过雪峰，雪峰告诉我，鲁迅那里有版画，可以问他要。过几天雪峰说，鲁迅让我自己去他家挑选。一九三一年七月三十日，我和雪峰一道去了。那天我兴致非常好，穿上我最喜欢的连衣裙。那时上海正时兴穿旗袍，我不喜欢又窄又小又长的紧身衣，所以我通常是穿裙子的。我在鲁迅面前感到很自由，一点也不拘束。他拿出许多版画，并且逐幅向我解释。我是第一次看到珂勒惠支的版画，对这种风格不大理会，说不出好坏。鲁迅着重介绍了几张，特别拿出《牺牲》那幅画给我，还答应为这画写说明。这就是《北斗》创刊号上发表的那一张。去年我看到一些考证资料，记载着这件事，有的说是我去要的，有的说是鲁迅给我的。事情的经过就是这样，是我去要的，也是鲁迅给的。我还向鲁迅要文章，还说我喜欢他的文章。原以为去见鲁迅这样的大人物，我一定会很拘谨，因为我向来在生人面前是比较沉默，不爱说话的。可是这次却很自然。后来雪峰告诉我，鲁迅说"丁玲还像一个小孩子"。今天看来，这本是一句没有什么特殊涵义的普通话，但我当时不能理解，"咳，还像个小孩子！我的心情已经为经受太多的波折而变得苍老了，还像个小孩子！"我又想："难道是因为我幼稚得像个小孩子吗？或者他脑子里一向以为我可能是一个被风雨打蔫了的衰弱的女人，而一见面却相反有了小孩子的感觉？"我好像不很高兴我留给他的印象，因此这句话便牢牢地留在我的记忆里。

从一九三一年到三三年春天，我记不得去过他家几次。或者和他一道参加过几次会议，我只记得有这样一些印象。鲁迅先生曾向我要《水》的单行本，不止一本，而是要了十几本。他也送过我几本他自己的书。我印象最深的是他给我的书都包得整整齐齐，比中药铺的药包还四四方方，有棱有角。有一次谈话，我说我有脾气，不好。鲁迅说："有脾气有什么不好？人嘛，总应该有点脾气的。我也是有脾气的。有时候，我还觉得有脾气也很好。"我一点也没有感到他是为宽我的心而说这话的，我认为他说的是真话。我尽管说自己有脾气，不好，实际我压根儿也没有改正过，我还是很任性的。

有一次晚上，鲁迅与我、雪峰坐在桌子周围谈天，他的孩子海婴在另一间屋里睡觉。他便不开电灯，把一盏煤油灯捻得小小的，小声地和我们说话。他解释说，孩子要睡觉，灯亮了孩子睡不着。说话时原有的天真表情，浓浓的绽在他的脸上，这副神情一直留在我的记忆

1933年，丁玲的长篇小说《母亲》第一次印刷发行时在报纸上刊登的广告。

里。我觉得他始终是一个毫不装点自己,非常平易近人的人。

一九三三年我被国民党绑架,幽禁在南京。鲁迅先生和宋庆龄女士,还有民权保障同盟其他知名人士杨杏佛、蔡元培诸先生在党和左翼文人的协同下,大力营救,向国民党政府发出强烈抗议。国际名人古久烈、巴比塞等也相继发表声明。国内外的强烈的舆论,制止了敌人对我的进一步迫害。国民党不敢承认他们是在租界上把我绑架走的,也不敢杀我灭口。国民党被迫采取了不杀不放,把我"养起来"的政策。鲁迅又转告赵家璧先生早日出版我的《母亲》,又告知我母亲在老家的地址,仔细叮咛赵先生把这笔稿费确实寄到我母亲的手中。

一九三六年夏天,我终于能和党取得联系,逃出南京,也是由于曹靖华受托把我的消息和要求及时报告给鲁迅,由鲁迅通知了刚从陕北抵达上海的中央特派员冯雪峰同志。是冯雪峰同志派张天翼同志到南京和我联系并帮助我逃出来的。遗憾的是我到上海时,鲁迅正病重,又困于当时的环境,我不能去看他,只在七月中旬给他写了一封致敬和慰问的信。哪里知道就在我停留西安,待机进入陕北的途中,传来了鲁迅逝世的噩耗。我压着悲痛以"耀高丘"的署名给许广平同志去了一封唁函,这便是我一生中给鲁迅先生三封信中唯一留存着的一封。现摘录于下:

> 无限的难过汹涌在我的心头……我两次到上海,均万分想同他见一次,但因为环境的不许可,只能让我悬想他的病躯,和他扶病力作的不屈精神!现在却传来如此的噩耗,我简直不能述说我的无救的缺憾了!……

这哀恸是属于我们大众的,我们只有拼命努力来纪念世界上这一颗陨落了的巨星,是中国最光荣的一颗巨星!……

而鲁迅先生留给我的文字则是一首永远印在心头,永远鞭策我前进的一首绝句,就是大家都知道的《悼丁君》:

> 如磐夜气压重楼,
> 剪柳春风导九秋。
> 瑶瑟凝尘清怨绝,
> 可怜无女耀高丘。

前年我回到北京以后,从斯诺的遗作里看到,鲁迅同他谈到中国的文学时也曾奖誉过我。去年到中国访问的美国友人伊罗生先生给了我一本在美国出版的英译中国短篇小说集《草鞋脚》,这是一九三四年鲁迅与茅盾同志一同编选交他出版的,里面选择了我的《莎菲女士的日记》和《水》两篇小说。鲁迅在《〈草鞋脚〉小引》中写道:"……这一本书,便是十五年来的,'文学革命'以后的短篇小说的选集。……它恰如压在大石下面的植物一般,虽然并不繁荣,它却在曲曲折折地生长。……"(《且介亭杂文》)鲁迅先生给过我的种种鼓励和关心,我只愿深深地珍藏在自己心里。经常用来鼓励自己而不愿宣扬,我崇敬他,爱他。我常用他的一句话告诫自己"文人的遭殃,不在身前的被攻击和被冷落,一瞑之后,言行两亡,于是无聊之徒,谬托知己,是非蜂起,既以自炫,又以卖钱,连死尸也成了他们的沽名获利之具,这倒是值得悲哀的。"(《且介亭杂文·忆韦素园君》)我不愿讲死无对证的话,更不愿借鲁迅以抬高自己,因此我一直沉默着,拒绝过许多编辑同志的约稿。

1936年,大病初愈后的鲁迅于大陆新邨寓所前。

四

我被捕以后,鲁迅在著作中和与人书信来往中几次提到过我,感谢一位热心同志替我搜录,现摘抄几则在这里:

《伪自由书》后记:〔一九三三年〕五月十四日午后一时,还有了丁玲和潘梓年的失踪的事。

一九三三年六月二十六日致王志之信:丁事的抗议,是不中用的,当局哪里会分心于抗议。现在她的生死还不详。其实,在上海,失踪的人是常有的,只因为无名,所以无人提起。杨杏佛也是热心救丁的人之一,但竟遭了暗杀,……(书信集三八四页)

一九三三年六月三十日《我的种痘》:……整整的五十年,从地球年龄来计算,真是微乎其微,然而从人类历史上说,却已经是半世纪,柔石丁玲他们,就活不到这么久。(《集外集拾遗补编》)

一九三三年八月一日致科学新闻社信:至于丁玲,毫无消息,据我看来,是已经被害的了,而有些刊物还造许多关于她的谣言,真是畜生之不如也。(书信集一〇五七页)

一九三三年九月二十一日致曹聚仁信:旧诗一首,

不知可登《涛声》否？（书信集第四〇八页）（诗即《悼丁君》，载同年九月三十日《涛声》二卷三十八期）

一九三四年九月四日致王志之信：丁君确健在，但此后大约未必再有文章，或再有先前那样的文章，因为这是健在的代价。（书信集第六二二页）

一九三四年十一月十二日致萧军萧红信：蓬子转向；丁玲还活着，政府在养她。（书信集第六六〇页）

我被捕以后，社会上有各种传言，也有许多谣言，国民党御用造谣专门反共的报纸《社会新闻》以及《商报》，还有许多我不可能看到的报刊杂志都刊载了很多。我真感谢鲁迅并没有因为这一些谣言或传说而对我有所谴责。但到后来，一九五七年以后，直到粉碎"四人帮"以后的最初年代，还有个别同志对于前面摘录的鲁迅的文字，作些不符合事实的注释，或说我曾在南京自首，或说我变节等等。这种言论在书籍报刊上发表，有些至今仍在流传，引起了很多读者的关心和询问，现在我毋须逐条更正或向他们作什么解释。我能够理解这些同志为什么这样贬责我，他们不了解情况。他们不是造谣者，也不是存心打击我，他们在那样写的时候，心里也未必就那样相信。这样的事，经历了几十年的斗争的人，特别是在十年动乱中横遭诬陷迫害的广大干部、群众，完全会一清二楚的。

最近翻阅《我心中的鲁迅》一书，在第二二三页上有一段一九七九年六月萧军对鲁迅给他一信的解释：

关于丁玲，鲁迅先生信中只是说："丁玲还活着，政府在养她。"并没有片言只字有责于她的"不死"，或责成她应该去"坐牢"。因为鲁迅先生明白这是国民党一种更阴险的手法。因为国民党如果当时杀了丁玲或送进监牢，这会造成全国以至世界人民普遍的舆论责难，甚至引起不利于他们的后果，因此才采取了这不杀、不关、不放……险恶的所谓"绵中裹铁"的卑鄙办法，以期引起人民对丁玲的疑心，对国民党"宽宏大量"寄以幻想！但有些头脑糊涂的人，或别有用心的人……竟说"政府在养她"这句话，是鲁迅先生对于丁玲的一种"责备"！这纯属是一种无知或恶意的诬枉之辞！

一九七九年北京图书馆得到美国图书协会访华参观团赠予的一些珍贵文物史料的复印件，其中有《草鞋脚》编选过程中，鲁迅与伊罗生来往通讯的原始手迹，有鲁迅、茅盾写的《中国左翼文艺定期刊编目》等等。这七件来往书信中最晚的一封是一九三五年十月十七日鲁迅写给伊罗生的。从第一封信到最后的这一封信里，全都没有说过因为有了关于丁玲的种种传言而要改动原编书目的话，而是按照原定计划，照旧选入了我的《莎菲女士的日记》和《水》两篇。与此同时，鲁迅、茅盾在《中国左翼文艺定期刊编目》中对我主编的《北斗》杂志，也仍旧作了正面的论述，没有丝毫的贬义。这七封信的原文，一九七九年十二月五日《光明日报·文学专刊》第一五六期已经刊载；鲁迅、茅盾合写的《中国左翼文艺定期刊编目》也将会在《鲁迅研究资料》刊出。

一九三四年九月鲁迅给王志之信中说"此后大约未必再有文章，或再有先前那样的文章，因为这是健在的代价。"我认为这话的确是一句有阅历、有见识、有经验,而且是非常有分寸的话。本来嘛,革命者如果被敌人逮捕关押,自然是无法写文章、演戏或从事其他活动的;倘如在敌人面前屈从了,即"转向"了,自然不可能再写出"先前那样的文章"。读到这样的话,我是感激鲁迅先生的。他是多么担心我不能写文章和不能"再有先前那样的文章"。我也感到多么遗憾,鲁迅先生终究没有能看到后来以至今天我写的文章。这些文章数量不多,质量也不理想,但我想这还正是鲁迅先生希望我能写出的。在鲁迅临终时,我已到了西安,而且很快就要进入鲁迅生前系念的陕北苏区、中共中央所在地的保安。现在纪念鲁迅先生诞辰一百周年,我想我还是鲁迅先生的忠实的学生。他对于我永远是指引我道路的人,我是站在他这一面的。

1981年1月于厦门

补记:

一九八三年第三期《新文学史料》发表了一九三三年五月十九日鲁迅致申彦俊的一封佚信。申彦俊是三十年代初朝鲜《东亚日报》驻中国特派记者,是一位进步人士。他曾于一九三三年五月二十二日应约赴内山书店拜访鲁迅先生,并写了访问记,刊载于朝鲜《新东亚》一九三四年第四期,其中记录了会见时的谈话。申彦俊问:"在中国现代文坛上,您认为谁是无产阶级代表作家?"鲁迅先生答道:"丁玲女士才是唯一的无产阶级作家。"这很使我感动,更使我惭愧。那年,我才二十九岁。那以前发表过一些作品,就倾向说,虽然我自己也以为是革命的，但实际只能算是小资产阶级的革命作品吧。鲁迅先生为什么对一个外国的访问者作这样溢美的评价呢？我想，这恐怕是因为，我正是在他们这次会见的八天之前被国民党秘密绑架的，存亡未卜。出于对一个革命青年的爱惜，才使鲁迅先生这样说的吧。因为我是一个左翼作家，是一个共产党员，是因为从事革命活动而陷入险境，鲁迅先生才对我关切备信至，才作了过分的揄扬。

1983年9月

1983年4月，丁玲应法国总统密特朗的邀请访问法国。这是密特朗总统于4月27日在爱丽舍宫会见丁玲等人。

我所认识的瞿秋白同志
——回忆与随想

王剑虹

我首先要介绍的是瞿秋白的第一个爱人王剑虹。

一九一八年夏天,我考入桃源第二女子师范预科学习的时候,王剑虹已经是师范二年级的学生了。那时她的名字叫王淑璠。我们的教室、自修室相邻,我们每天都可以在走廊上相见。她好像非常严肃,昂首出入,目不旁视。我呢,也是一个不喜欢在显得有傲气的人的面前笑脸相迎的,所以我们从来都不打招呼。但她有一双智慧、犀锐、坚定的眼睛,常常引得我悄悄注意她,觉得她大概是一个比较不庸俗、有思想的同学吧。果然,在一九一九年五四运动爆发后,我们学校的同学行动起来时,王剑虹就成了全校的领头人物了。她似乎只是参与学生会工作的一个积极分子。但在辩论会上，特别是有校长、教员参加的一些辩论会上，她口若悬河的讲词和临机应变的一些尖锐、透辟的言论，常常激起全体同学的热情。她的每句话，都引起雷鸣般的掌声，把一些持保守思想、极力要稳住学潮、深怕发生越轨行为的老校长和教员们问得瞠目结舌，不知如何说，如何作是好了。这个时期，她给我的印象是极为深刻的。她像一团烈火，一把利剑，一支无所畏惧、勇猛直前的队伍的尖兵。后来，我也跟在许多同学的后边参加了学生会的工作、游行、开讲演会、教夜校的课，但我们两人仍没有说过话，我总觉得她是一个浑身有刺的人。她对我的印象如何，我不知道，也许她觉得我也是一个不容易接近的人吧。

这年暑假过后，我到长沙周南女子中学，后来又转岳云中学学习。在这两年半中，我已经把她忘记了。

一九二一年寒假，我回到常德，同我母亲住在舅舅家时，王剑虹同她的堂姑王醒予来看我母亲和我了。她们的姐姐都曾经是我母亲的学生，她们代表她们的姐姐来看我母亲，同时来动员我去上海，进陈独秀、李达等创办的平民女子学校。原来，王剑虹是从上海回来的，她在上海参加了妇女工作，认得李达同志的爱人王会悟等许多人，还在上海出版的《妇女声》上写过文章。她热忱于社会主义，热忱于妇女解放，热忱于求知。她原是一个口才流利、很会宣传鼓动的人，而我当时正对岳云中学又感到失望，对人生的道路感到彷徨，所以我一下便决定终止在湖南的学业，同她冒险到一个熟人都没有的上海去寻找真理，去开辟人生大道。

从这时起，我们就成了挚友。我对她的个性也才有更深的认识。她是坚强的,热烈的。她非常需要感情,但外表却总是冷若冰霜。她是一个失去了母亲的女儿。我虽然从小就没有父亲,家境贫寒,但我却有一个极为坚毅而又洒脱的母亲,我从小就习惯从痛苦中解脱自己,保持我特有的乐观。……

但现实总是残酷的。我们碰到许多人,观察过许多人,我们自我斗争,但我们对当时的平民女校总感到不满,我们决定自己学习,自己遨游世界,不管它是天堂或是地狱。当我们把钱用光,我们可以去纱厂当女工、当家庭教师,或者当佣人、当卖花人,但一定要按照自己的理想去读书、去生活,自己安排自己在世界上所占的位置。

一九二三年夏天,我们两人到南京来了。我们过着极度俭朴的生活。如果能买两角钱一尺布做衣服的话,也只肯买一角钱一尺的布。我们没有买过鱼、肉,也没有尝过冰淇淋,去哪里都是徒步,把省下的钱全买了书。我们生活得很有兴趣,很有生气。

一天,有一个老熟人来看我们了。这就是柯庆施,那时大家叫他柯怪,是我们在平民女

1923年,丁玲与王剑虹在湖南常德合影。

子学校时认识的。他那时常到我们宿舍来玩,一坐半天,谈不出什么理论,也谈不出什么有趣的事。我们大家不喜欢他。但他有一个好处,就是我们没有感到他来这里是想追求谁,想找一个女友谈谈恋爱,或是玩玩。因此,我们尽管嘲笑他是一个"烂板凳"(意思是说他能坐烂板凳),却并不十分给他下不去,他也从来不怪罪我们。这年,他不知从什么地方知道我们在这里,便跑来看我们,还雇了一辆马车,请我们去游灵谷寺。这个较远的风景区我们还未曾去过咧。跟着,第二个熟人也来了,是施复亮(那时叫施存统)。我们认为他是一个好人,他是最早把我们的朋友王一知(那时叫月泉)找去作了爱人的,他告诉我们他和一知的生活,他们已经有了一个女儿。这些自然引起了我们一些旧情,在平静的生活中吹起一片微波。后来,他们带了一个新朋友来,这个朋友瘦长个儿,戴一副散光眼镜,说一口南方官话,见面时话不多,但很机警,当可以说一两句俏皮话时,就不动声色地渲染几句,惹人高兴,用不惊动人的眼光静静地飘过来,我和剑虹都认为他是一个出色的共产党员。这个人就是瞿秋白同志,就是后来领导共产党召开"八七"会议、取代机会主义者陈独秀、后来又犯过盲动主义错误的瞿秋白;就是做了许多文艺工作、在文艺战线有过卓越贡献、同鲁迅建立过深厚友谊的瞿秋白;就是那个在国民党牢狱中从容就义的瞿秋白;就是那个因写过《多余的话》被"四人帮"诬为叛徒、掘坟扬灰的瞿秋白。

不久,他们又来过一次。瞿秋白讲苏联故事给我们听,这非常对我们的胃口。过去在平民女校时,也请另一位从苏联回来的同志讲过苏联情况。两个讲师大不一样,一个像瞎子摸象,一个像熟练的厨师剥笋。当他知道我们读过一些托尔斯泰、普希金、高尔基的书的时候,他的话就更多了。我们就像小时候听大人讲故事似的都听迷了。

他对我们这一年来的东流西荡的生活,对我们的不切实际的幻想,都抱着极大的兴趣听着、赞赏着。他鼓励我们随他们去上海,到上海大学文学系听课。我们怀疑这可能又是第二个平民女子学校,是培养共产党员的讲习班,但又不能认真地办。他们几个人都耐心解释,说这学校要宣传马克思主义,要培养年轻的党员,但并不勉强学生入党。这是一个正式学校,我们参加文学系可以学到一些文学基础知识,可以接触到一些文学上有修养的人,可以学到一点社会主义。又说这个学校原是国民党办的,于右任当校长,共产党在学校里只负责社会科学系,负责人就是他和邓中夏同志。他保证我们到那里可以自由听课,自由选择。施存统也帮助劝说,最后我们决定了。他们走后不几天,我们就到上海去了,这时瞿秋白同志大约刚回国不久。

上海大学

上海大学这时设在中国地界极为偏僻的青云路上。一幢幢旧的、不结实的弄堂房子,究竟有多大,我在那里住了半年也弄不清楚,并不是由于它的广大,而是由于它不值得你去注意。我和王剑虹住在一幢一楼一底的一间小亭子间里,楼上楼下住着一些这个系那个系的花枝招展的上海女学生。她们看不惯我们,我们也看不惯她们,碰面时偶尔点点头,根本没有来往。只有一个极为漂亮的被称为校花的女生吸引我找她谈过一次话,可惜我们一点共同的语言也没有。她问我有没有爱人,抱不抱独身主义。我说我从来没有想过这个问题,现在也不打算去想。她以为我是傻子,就不同我再谈下去了。

我们文学系似乎比较正规,教员不大缺课,同学们也一本正经地上课。我喜欢沈雁冰先生(茅盾)讲的《奥德赛》、《伊利阿特》这些远古的、异族的极为离奇又极为美丽的故事。我从这些故事里产生过许多幻想,我去翻欧洲的历史、欧洲的地理,把它们拿来和我们自己民族的远古的故事来比较。我还读过沈先生在《小说月报》上翻译的欧洲小说。他那时给我的印象是一个会讲故事的人,但是不会接近学生。他从来不讲课外的闲话,也不询问学生的功课。所以我以为不打扰他最好。早先在平民女校教我们陀思妥耶夫斯基的《穷人》的英译本时,他也是这样。我同他较熟,后来我主编《北斗》时,常求教于他,向他要稿子。所以,他描写我过去是一个比较沉默的学生,那是对的。就是现在,当我感到我是在一个比我高大、不能平等谈话的人的面前,即便是我佩服的人时,我也常是沉默的。

王剑虹则欣赏俞平伯讲的宋词。俞平伯先生每次上课,全神贯注于他的讲解,他摇头晃脑,手舞足蹈,口沫四溅,在深度的近视眼镜里,极有情致地左右环顾。他的确沉醉在那些"独倚望江楼,过尽千帆皆不是……"既深情又蕴蓄的词句之中,他的神情并不使人生厌,而是感染人的。剑虹原来就喜欢旧诗旧词,常常低徊婉转地吟诵,所以她乐意听他的课,尽管她对俞先生的白话诗毫无兴趣。

田汉是讲西洋诗的,讲惠特曼、渥兹华斯,他可能是一个戏剧家,但讲课却不太内行。

其他的教员,陈望道讲古文,邵力子讲《易经》。因为语言的关系,我们不十分懂,就不说他了。

可是,最好的教员却是瞿秋白。他几乎每天下课后都来我们这里。于是,我们的小亭子间热闹了。他谈话的面很宽,他讲希腊、罗马,讲文艺复兴,也讲唐宋元明。他不但讲死人,而且也讲活人。他不是对小孩讲故事,对学生讲书,而是把我们当作同游者,一同游历上下古今,东南西北。我常怀疑他为什么不在文学系教书而在社会科学系教书,他在那里讲哲学。哲学是什么呢?是很深奥的吧?他一定精通哲学!但他不同我们讲哲学,只讲文学,讲社会生活,讲社会生活中的形形色色。后来,他为了帮助我们能很快懂得普希金的语言的美丽,他教我们读俄文的普希金的诗。他的教法很特别,稍学字母拼音后,就直接读原文的诗,在诗句中讲文法,讲变格,讲俄文用语的特点,讲普希金用词的美丽。为了读一首诗,我们得读二百多个生字,得记熟许多文法。但这二百多个生字、文法,由于诗,就好像完全吃进去了。当我们读了三四首诗后,我们自己简直以为已经掌握俄文了。

冬天的一天傍晚,我们与住在间壁的施存统夫妇和瞿秋白一道去附近的宋教仁公园散步赏月。宋教仁是老同盟会的,湖南人,辛亥革命后牺牲了的。我在公园里玩得很高兴,而且忽略了比较沉默或者有点忧郁的瞿秋白。后来施存统提议回家,我们就回来了,而施存统同瞿秋白却离开我们,没有告别就从另一条道走了。这些小事在我脑子里是不会起什么影响的。

第二天秋白没有来我们这里,第三天我在施存统家遇见他,他很不自然,随即走了。施存统问我:"你不觉得秋白有些变化吗?"我摇摇头。他又说:"我问过他,他说他确实堕入恋爱里边了。问他爱谁,他怎么也不说,只说你猜猜。"我知道施先生是老实人,就逗他:"他会爱谁?是不是爱上你的老婆了?一知是很惹人爱的,你小心点。"他翻起诧异的眼光看我,我笑着就跑了。

我对于存统的话是相信的。可能秋白爱上一个他的"德瓦利斯",一个什么女士了。我把我听到的和我所想到的全告诉剑虹,剑虹回答我的却是一片沉默。于是我们的小亭子间寂寞了。

过了两天,剑虹对我说,住在谢持家的(谢持是一个老国民党员)她的父亲要回四川,她要去看他,打算随他一道回四川。她说,她非常怀念她度过了童年时代的四川酉阳。我要她对我把话讲清楚,她只苦苦一笑:"一个人的思想总会有变化的,请你原谅我。"她甩开我就走了。

这是我们两年来的挚友生活中的一种变态。我完全不理解,我生她的气,我躺在床上苦苦思磨,这是为什么呢?两年来,我们之间从不秘密我们的思想,我们总是互相同情,互相鼓励的。她怎么能对我这样呢?她到底有了什么变化呢?唉!我这个傻瓜,怎么就毫无感觉呢?……

我正烦躁的时候,听到一双皮鞋声慢慢地从室外的楼梯上响了上来,无须我分辨,这是秋白的脚步声,不过比往常慢点,带点踌躇。而我呢,一下感到有一个机会可以发泄我几个钟头来的怒火了。我站起来,猛地把门拉开,吼道:"我们不学俄文了,你走吧!再也不要来!"立刻就又把门猛然关住了。他的一副惊愕而带点傻气的样子留在我脑际,我高兴我做了一件有趣的事,得意地听着一双沉重的皮鞋声慢慢地远去。为什么我要这样恶作剧,这完全是无意识和无知的顽皮。

我无聊地躺在床上,等着剑虹回来。我并不想找什么,却偶然翻开垫被,真是使我大吃一惊,垫被底下放着一张布纹信纸,纸上密密地写了一行行长短诗句。自然,从笔迹、从行文,我一下就可以认出来是剑虹写的诗。她平日写诗都给我看，都放在抽屉里的，为什么这首诗却藏在垫被底下呢？我急急地拿来看，一行行一节节啊！我懂了，我全懂了，她是变了，她对我有隐瞒，她在热烈地爱着秋白。她是一个深刻的人，她不会表达自己的感情；她是一个自尊心极强的人，她可以把爱情关在心里，窒死她，她不会显露出来让人议论或讪笑的。我懂得她，我不生她的气了，我只为她难受。我把这诗揣在怀里，完全为着想帮助她、救援她，惶惶不安地在小亭子间里踱着。至于他们该不该恋爱，会不会恋爱，他们之间能否和谐，能否融洽，能否幸福，还有什么不妥之处，在我的脑子里没有生出一点点怀疑。剑虹啊！你快回来呀！我一定要为你做点事情。

　　她回来了，告诉我已经决定跟她父亲回四川，她父亲同意，可能一个星期左右就要成行了。她不征询我的意见，也不同我讲几句分离前应该讲的话，只是沉默着。我观察她，同她一道吃了晚饭。我说我去施存统家玩玩，丢下她就走了。

　　秋白的住地离学校不远，我老早就知道，只是没有去过。到那里时，发现街道并不宽，却是一排西式的楼房。我从前门进去，看见秋白正在楼下客堂间同他们的房东——一对表亲夫妇在吃饭。他看到我，立即站起来招呼，他的弟弟瞿云白赶紧走在前面引路，把我带到楼上一间比较精致的房间里，这正是秋白的住房。我并不认识他弟弟，他自我介绍，让我坐在秋白书桌前的一把椅子上，给我倒上一杯茶。我正审视房间的陈设时，秋白上楼来了，态度仍同平素一样，好像下午由我突然发出来的那场风暴根本没有一样。这间房以我的生活水平来看，的确是讲究的：一张宽大的弹簧床，三架装满精装的外文书籍的书橱，中间夹杂得有几摞线装书。大的写字台上,放着几本书和一些稿子、稿本和文房四宝;一盏笼着粉红色纱罩的台灯,把这些零碎的小玩艺儿加了一层温柔的微光。

秋白站在书桌对面,用有兴趣的、探索的目光,亲切地望着我,试探着说道:"你们还是学俄文吧,我一定每天去教。怎么,你一个人来的吗?"

他弟弟不知什么时候走开了。我无声地、轻轻地把剑虹的诗慎重地交给了他。他退到一边去读诗,读了许久,才又走过来,用颤抖的声音问道:"这是剑虹写的?"我答道:"自然是剑虹。你要知道,剑虹是世界上最珍贵的人。你走吧,到我们宿舍去,她在那里。我将留在你这里,过两个钟头再回去。秋白!剑虹是我最好的朋友,我不忍心她回老家,她是没有母亲的,你不也是没有母亲的吗?"秋白曾经详细地同我们讲过他的家庭,特别是他母亲吞火柴头自尽的事,我们听时都很难过。"你们将是一对最好的爱人,我愿意你们幸福。"

他握了一下我的手,说道:"我谢谢你。"

等我回到宿舍的时候,一切都如我想象的,气氛非常温柔和谐,满桌子散乱着他们写的字,看来他们是用笔谈话的。他要走了,我从桌子前的墙上取下剑虹的一张全身像,送给了秋白。他把像片揣在怀里,望了我们两人一眼,就迈出我们的小门,下楼走了。

事情就是这样。自然,我们以后常去他家玩,而俄文却没有继续读下去了。她已经不需要读俄文,而我也没有兴趣坚持下去了。

慕尔鸣路

寒假的时候,我们搬到学校新址(西摩路)附近的慕尔鸣路。这里是一幢两楼两底的弄堂房子。施存统住在楼下统厢房,中间客堂间作餐厅。楼上正房住的是瞿云白,统厢房放着秋白的几架书,秋白和剑虹住在统厢房后面的一间小房里,我住在过街楼上的小房里。我们这幢房子是临大街的。厨房上边亭子间里住的是娘姨阿董。阿董原来就在秋白家帮工,这时,就为我们这一大家人做饭,收拾房子,为秋白夫妇、他弟弟和我洗衣服。施存统家也雇了一个阿姨,带小孩,做杂事。

这屋里九口之家的生活、吃饭等,全由秋白的弟弟云白当家。我按学校的膳宿标准每月交给他十元,剑虹也是这样,别的事我们全不管。这自然是秋白的主张,是秋白为着同剑虹的恋爱生活所考虑的精心的安排。

因为是寒假,秋白出门较少;开学以后,也常眷恋着家。他每天穿着一件舒适的、黑绸的旧丝棉袍,据说是他做官的祖父的遗物。他每天写诗,一本又一本,全是送给剑虹的情诗。也写过一首给我,说我是安琪儿,赤子之心,大概是表示感谢我对他们恋爱的帮助。剑虹也天天写诗,一本又一本。他们还一起读诗,中国历代的各家诗词,都爱不释手。他们每天讲的就是李白、杜甫、韩愈、苏轼、李商隐、李后主、陆游、王渔洋、郑板桥……秋白还会刻图章,他把他最喜爱的诗句,刻在各种各样的精致的小石块上。剑虹原来中国古典文学的基础就较好,但如此的爱好,却是因了秋白的培养与熏陶。

剑虹比我大两岁,书比我念的多。我从认识她以后,在思想兴趣方面受过她很大的影响,那都是对社会主义的追求,对人生的狂想,对世俗的鄙视。尽管我们表面有些傲气,但我们是喜群的,甚至有时也能迁就的。现在,我不能不随着他们吹吹箫、

·我怎样飞向了自由的天地·

唱几句昆曲（这都是秋白教的），但心田却不能不离开他们的甜蜜的生活而感到寂寞。我向往着广阔的世界，我怀念起另外的旧友。我常常有一些新的计划。而这些计划却只秘藏在心头。我眼望着逝去的时日而深感惆怅。

秋白在学校的工作不少，后来又加上翻译工作，他给鲍罗廷当

秋白经常同剑虹一起谈诗，写诗。

翻译可能就是从这时开始的。我见他安排得很好。他西装笔挺,一身整洁,精神抖擞,进出来往,他从不把客人引上楼来,也从不同我们(至少是我吧)谈他的工作,谈他的朋友,谈他的同志。他这时显得精力旺盛,常常在外忙了一整天,回来仍然兴致很好,同剑虹谈诗、写诗。有时为了赶文章,就通宵坐在桌子面前,泡一杯茶,点上支烟,剑虹陪着他。他一夜能翻译一万字,我看过他写的稿纸,一行行端端正正、秀秀气气的字,几乎连一个字都没有改动。

我不知道他怎样支配时间的,好像他还很有闲空。他们两人好多次到我那小小的过街楼上来座谈。因为只有我这间屋里有一个烧煤油的烤火炉,比较暖和一些。这个炉子是云白买给秋白和剑虹的,他们一定要放在我屋子里。炉盖上有一圈小孔,火光从这些小孔里射出来,像一朵花的光圈,闪映在天花板上。他们来的时候,我们总是把电灯关了,只留下这些闪烁的微明的晃动的花的光圈,屋子里气氛也美极了。他的谈锋很健,常常幽默地谈些当时文坛的轶事。他好像同沈雁冰、郑振铎都熟识。他喜欢徐志摩的诗。他对创造社的天才家们似乎只有对郁达夫还感到一点点兴趣。我那时对这些人、事、文章以及文学研究会和创造社的争论,是没有发言权的。我只是一个小学生,非常有趣地听着。这是我对于文学上的什么浪漫主义、自然主义、写实主义以及为人生、为艺术等等所上的第一课。那时秋白同志的议论广泛,我还不能掌握住他的意见的要点,只觉得他的不凡,他的高超,他似乎是站在各种意见之上的。

有一次,我问他我将来究竟学什么好,干什么好,现在应该怎么搞。秋白毫不思考地昂首答道:"你么,按你喜欢的去学,去干,飞吧,飞得越高越好,越远越好,你是一个需要展翅高飞的鸟儿，嘿，就是这样……"他的话当时给我无穷的信心，给我很大的力量。我相信了他的话，决定了自己的主张。他希望我，希望剑虹都走文学的路，都能在文学上有所成就。这是他自己向往的而又不容易实现的。他是自始至终与文学结下了不解之缘。他是一个文学家，他的气质，他的爱好都是文学的。他说他自己是一种历史的误会，我认为不是，他的政治经历原可以充实提高他的文学才能的。只要天假以年，秋白不是过早地离开我们，他定是大有成就的，他对党的事业将有更大的贡献。

这年春天，他去过一趟广州。他几乎每天都要寄回一封用五彩布纹纸写的信，还常夹得有诗。

暑假将到的时候，我提出要回湖南看望母亲，而且我已经同在北京的周敦祜、王佩琼等约好，看望母亲以后，就直接去北京，到学习空气浓厚的北京学府去继续读书。这是她们对我的希望，也是我自己的新的梦想。上海大学也好，慕尔鸣路也好，都使我厌倦了。我要飞，我要飞向北京，离开这个狭小的圈子，离开两年多一天也没有离开过、以前不愿离开的挚友王剑虹。我们之间，原来总是一致的，现在，虽然没有什么分歧，但她完全只是秋白的爱人，而这不是我理想的。我提出这个意见后，他们没有理由反对，他们同意了，然而，却都沉默了，都像有无限的思绪。

我走时，他们没有送我，连房门也不出，死一样的空气留在我的身后。阿董买了一篓水果，云白送我到船上。这时已是深夜，水一样的凉风在静静的马路上飘漾，我的心也随风流荡："上海的生涯就这样默默地结束了。我要奔回故乡，我要飞向北方。好友啊！我珍爱的剑虹，我今弃你而去，你将随你的所爱，你将沉沦在爱情之中，你将随秋白走向何方呢？……"

暑 假

长江滚滚向东,我的船迎着浪头,驶向上游。我倚遍船栏,回首四顾,这是我有生以来第一次独自长途跋涉,我既傲然自得,也不免因回首往事而满怀惆怅。十九年的韶华,五年来多变的学院生活,我究竟得到了什么呢?我只朦胧地体会到人生的艰辛,感受到心灵的创伤。我是无所成就的,我怎能对得起我那英雄的、深情的母亲对我的殷切厚望啊!

在母亲身旁是可以忘怀一切的。我尽情享受我难得的那一点点幸福。母亲的学校放假了,老师、学生都回家了,只有我们母女留在空廓的校舍里。我在幽静的、无所思虑的闲暇之中度着暑假。

一天,我收到剑虹的来信,说她病了。这不出我的意料,因为她早就说她有时感到不适,她自己并不重视,也没有引起秋白、我或旁人的注意。我知道她病的消息之后,还只以为她因为没有我在身边才对病有了些敏感的缘故,我虽不安,但总以为过几天就会好的。只是秋白却在她的信后附写了如下的话,大意是这样:"你走了,我们都非常难受。我竟哭了,这是我多年没有过的事。我好像预感到什么不幸。我们祝愿你一切成功,一切幸福。"

我对他这些话是不理解的,因此,我对秋白好像也不理解了。预感到什么不幸呢?预感到什么可怕的不幸而哭了呢?有什么不祥之兆呢?不过我究竟年轻,这事并没有放在心头,很快就把它忘了。我正思虑着做新的准备,怎么说服我的母亲,使她同我一样憧憬着到古都去的种种好处。母亲对我是相信的,但她也有种种顾虑。

又过了半个月的样子,忽然收到剑虹堂妹从上海来电:"虹姊病危,盼速来沪!"

这真像梦一样,我能相信吗?而且,为什么是她的堂妹来电呢?我实在不知道该怎么样才好。千般思虑,万般踌躇,我决定重返上海。我母亲是非常爱怜剑虹的,急忙为我筹措路费,整理行装,我只得离开我刚刚领略到温暖的家,而又匆匆忙忙独自奔上惶惶不安的旅途。

我到上海以后,时间虽只相隔一月多,慕尔鸣路已经完全变了样子,"人去楼空"。我既看不到剑虹——她的棺木已经停放在四川会馆;也见不到秋白,他去广州参加什么会去了。剑虹的两个堂妹,只以泪脸相迎;瞿云白什么都讲不出个道理来,默默地望着我。难道是天杀了剑虹吗?是谁夺去了她的如花的生命?

秋白用了一张白绸巾包着剑虹的一张照片,就是他们定情之后,我从墙上取下来送给秋白的那张。他在照片背后题了一首诗,开头写着:"你的魂儿我的心。"这是因为我平常叫剑虹常常只叫"虹",秋白曾笑说应该是"魂",而秋白叫剑虹总是叫"梦可"。"梦可"是法文"我的心"的译音。诗的意思是说我送给了他我的"魂儿",而他的心现在却死去了,他难过,他对不起剑虹,对不起他的心,也对不起我……

我看了这张照片和这首诗,心情复杂极了,我有一种近乎小孩的简单感情。我找他们的诗稿,一本也没有了;云白什么也不知道,是剑虹焚烧了呢,还是秋白秘藏了呢?为什么不把剑虹病死的经过,不把剑虹临终时的感情告诉我?就用那么一首短诗作为你们半年多来的爱情的总结吗?慕尔鸣路我是不能再待下去了!我把如泉的泪水,洒在四川会馆,把沉痛的心留在那凄凉的棺柩上。我像一个受了伤的人,同剑虹的堂妹们一同坐海船到北京去了。我一个字也没有写给秋白,尽管他留了一个通信地址,还说希望我写信给他。我心想:不管你有多高明,多么了不起,我们的关系将因为剑虹的死而割断,虽然她是死于肺病,但她的肺病从哪儿来,不正是从你那里传染来的吗?……

谜似的一束信

新的生活总是可爱的。在北京除了旧友王佩琼(女师大的学生)、周敦祜(北大旁听生)外,我还认识了新友谭慕愚(现在叫谭惕吾,那时是北大三年级的学生)、曹孟君(我们同住在辟才胡同的一个补习学校里)。我们相处得很投机,我成了友谊的骄子。有时我都不理解她们为什么对我那么好。此外,我还有不少喜欢我或我喜欢的人,或者只是相亲近的一般朋友。那时,表面上,我是在补习数、理、化,实际我在满饮友谊之酒。我常常同这个人在北大公主楼(在马神庙)的庭院中的月下,一坐大半晚,畅谈人生;有时又同那个人在朦朦胧胧的夜色中漫步陶然亭边的坟地,从那些旧石碑文中寻找诗句。我徜徉于自由生活,只有不时收到的秋白来信才偶尔扰乱我的愉悦的时光。这中间我大约收到过十来封秋白的信。这些信像谜一样,我一直不理解,或者是似懂非懂。在这些信中,总是要提到剑虹,说对不起她。他什么地方对不起她呢?他几乎每封信都责骂自己,后来还说,什么人都不配批评他,因为他们不了解他,只有天上的"梦可"才有资格批评他。那么,他是在挨批评了,是什么人在批评他,批评他什么呢?这些信从来没有直爽地讲出他心里的话,他只把我当作可以了解他心曲的,可以原谅他的那样一个对象而絮絮不已。我大约回过几次信,淡淡地谈一点有关剑虹的事,谈剑虹的真挚的感情,谈她的文学上的天才,谈她的可惜的早殇,谈她给我的影响,谈我对她的怀念。我恍惚地知道,此刻我所谈的,并非他所想的,但他现在究竟在想什么,为什么所苦呢?他到底为什么要那么深地嫌厌自己,责骂自己呢?我不理解,也不求深解,只是用带点茫茫然的心情回了他几封信。

是冬天了,一天傍晚,我走回学校,门房拦住我,递给我一封信,说:"这人等了你半天,足有两个钟头,坐在我这里等你,说要你去看他,地址都写在信上了吧!"我打开信,啊!原来是秋白。他带来了一些欢喜和满腔希望,这回他可以把剑虹的一切,死前的一切都告诉我了。我匆匆忙忙吃了晚饭,便坐车赶到前门的一家旅馆。可是他不在,只有他弟弟云白在屋里,在翻阅他哥哥的一些杂物,在有趣地寻找什么,后来,他找到了,他高兴地拿给我看。原来是一张女人的照片。这女人我认识,她是今年春天来上海大学,同张琴秋同时入学的。剑虹早就认识她,是在我到上海之前,她们一同参加妇女活动中认识的。她长得很美,与张琴秋同来过慕尔鸣路,在施存统家里,在我们楼下见到过的。这就是杨之华同志,就是一直爱护着秋白的,他的爱人,他的同志,他的战友,他的妻子。一见这张照片我便完全明白了,我没有兴趣打听剑虹的情况了,不等秋白回来,我就同云白告辞回学校了。

我的感情很激动，为了剑虹的爱情，为了剑虹的死，为了我失去了剑虹，为了我同剑虹的友谊，我对秋白不免有许多怨气。我把我全部的感情告诉了谭惕吾，她用冷静的态度回答我，告诉我这不值得难受，她要我把这一切都抛向东洋大海，抛向昆仑山的那边。她讲得很有道理，她对世情看得真透彻，我听了她的，但我却连她也一同疏远了。我不喜欢这种透彻，我不喜欢过于理智。谭惕吾一直也不理解我对她友谊疏远的原因。甚至几十年后我也顽固地坚持这种态度，我个人常常被一种无法解释的感情支配着，我再没有去前门旅舍，秋白也没有再来看我。我们同在北京城，反而好像不相识一样。

又过了一个多月，我忽然收到一封从上海发来的杨之华给秋白的信，要我转交。我本来可以不管这些事，但我一早仍去找到了夏之栩同志。夏之栩是党员，也在我那个补习学校，她可能知道秋白的行踪。她果然把我带到当时苏联大使馆的一幢宿舍里。我们走进去时，里边正有二十多人在开会，秋白一见我就走了出来，我把信交给他，他一言不发。他陪我到他的住处，我们一同吃了饭，他问我的同学，问我的朋友们，问我对北京的感受，就是一句也不谈到王剑虹，一句也不谈杨之华。他告诉我他明早就返上海，云白正为他准备行装。我好像已经变成了一个老人，静静地观察他。他对杨之华的来信一点也不表示惊慌，这是因为他一定有把握。他为什么不谈到剑虹呢？他大约认为谈不谈我都不相信他了。那么，那些信，他都忘记了么？他为什么一句也不解释呢？我不愿同他再谈剑虹了。剑虹在他已成为过去了！去年此时，他是一种怎样的情景，如今，过眼云烟，他到底有没有感触？有什么感触？我很想了解，想从他的行动中来了解,但很失望。晚上,他约我一同去看戏,说是梅兰芳的老师陈德霖的戏。我从来没有进过戏院,那时戏院是男女分坐,我坐在这边的包厢,他们兄弟坐在对面包厢,但我们都没有看戏。我实在忍耐不住这种闷葫芦,我不了解他,我讨厌戏院的嘈杂,我写了一个字条托茶房递过去,站起身就不辞而别,独自回学校了。从此我们没有联系,但这一束信我一直保存着作为我研究一个人的材料。一九三三年在上海时,我曾把这些信同其他的许多东西放在我的朋友王会悟那里。同年我被捕后,雪峰、适夷把这些东西转存在他们的朋友谢澹如家。全国解放以后,谢先生把这些东西归还了我。我真是感谢他,但这一束信,却没有了。这些信的署名是秋白,而在那时,如果在谁那里发现瞿秋白这几个字是可以被杀头的。我懂得这种情况,就没有问。这一束用五色布纹纸写的工工整整秀秀气气的书信,是一束非常有价值的材料。里边也许没有宏言谠论,但可以看出一个伟大人物性格上的、心理上的矛盾状态。这束信没有了,多么可惜的一束信啊!

韦 护

我写的中篇小说《韦护》是一九二九年末在《小说月报》上发表的。韦护是秋白的一个别名。他是不是用这个名字发表过文章我不知道。他曾用过"屈维陀"的笔名,他用这个名字时曾对我说,韦护是韦陀菩萨的名字,他最是疾恶如仇,他看见人间的许多不平就要生气,就要下凡去惩罚坏人,所以韦陀菩萨的神像历来不朝外,而是面朝着如来佛,只让他看佛面。

我想写秋白、写剑虹,已有许久了。他的矛盾究竟在哪里,我模模糊糊地感觉一些。但我却只写了他的革命工作与恋爱的矛盾。当时,我并不认为秋白就是这样,但要写得更深刻一些却是我力量所达不到的。我要写剑虹,写剑虹对他的挚爱。但怎样结局呢?真的事实是无法写的,也不能以她的一死了事。所以在结局时,我写她振作起来,重新鼓起生活的勇气战斗下去。因为她没有失恋,秋白是在她死后才同杨之华同志恋爱的,这是无可非议的。自然,我并不满意这本书,但也不愿舍弃这本书。韦护虽不能栩栩如生,但总有一些影子可供我自己回忆,可以作为后人研究的参考资料。

一九三〇年,胡也频参加党在上海召开的一个会议,在会上碰到了秋白。秋白托他带一封信给我。字仍是写得那样工工整整秀秀气气,对我关切很深。信末署名赫然两个字"韦护"。可惜他一句也没有谈到对书的意见。他很可能不满意《韦护》,不认为《韦护》写得好,但他却用了"韦护"这个名字。难道他对这本书还寄有深情吗?尽管书中人物写得不好、不像,但却留有他同剑虹一段生活的遗迹。尽管他们的这段生活是短暂的,但过去这一段火一样的热情,海一样的深情,光辉、温柔、诗意浓厚的恋爱,却是他毕生也难忘的。他在他们两个最醉心的文学之中的酬唱,怎么能从他脑子中划出去?他是酷爱文学的,在这里他曾经任情滋长,尽兴发挥,只要他仍眷恋文学,他就会想起剑虹,剑虹在他的心中是天上的人儿,是仙女(都是他信中的话);而他对他后来毕生从事的政治生活,却认为是凡间人生,是见义勇为,是牺牲自己为人民,因为他是韦护,是韦陀菩萨。

这次我没有回他的信,也无法回他的信,他在政治斗争中的处境,我更无从知道。但在阳历年前的某一个夜晚,秋白和他的弟弟云白到吕班路我家里来了。来得很突然,不是事先约好的。他们怎么知道我家地址的,至今我也记不起来。这突然的来访使我们非常兴奋,也使我们狼狈。那时我们穷得想泡一杯茶招待他们也不可能,家里没有茶叶,临时去买又来不及了。他总带点抑郁,笑着对我说:"士别三日,当刮目相看,你现在是一个有名的作家了。"他说这些话,我没有感到一丝嘲笑,或是假意的恭维。他看了我的孩子,问有没有名字。我说,我母亲替他取了一个名字,叫祖麟。他便笑着说:"应该叫韦护,这是你又一伟大作品。"我心里正有点怀疑,他果真喜欢《韦护》吗?而秋白却感慨万分地朗诵道:"田园将芜胡不归!"我一听,我的心情也沉落下来了。我理解他的心境,他不是爱《韦护》,而是爱文学。他想到他最心爱的东西,他想到多年来对于文学的荒疏。那么,他是不是对他的政治生活有些厌倦了呢?后来,许久了,当我知道一点他那时的困难处境时,我就更为他难过。我想,一个复杂的人,总会有所偏,也总会有所失。在我们这样变化激剧的时代里,个人常常是不能左右自己的。那时我没有说什么,他则仍然带点忧郁的神情,悄然离开了我们这个虽穷却是充满了幸福的家。他走后,留下一缕惆怅在我心头。我想,他也许会想到王剑虹吧,他若有所怀念,却也只能埋在心头,同他热爱的文学一样,成为他相思的东西了吧。

金黄色的生活

一九三一年,我独自住在环龙路的一家三楼上。我无牵无挂，成天伏案书写。远处虽有城市的噪声传来，但室内只有自己叹息的回音，连一点有生命的小虫似乎也全都绝迹了。这不是我的理想，我不能长此离群索居，我想并且要求到江西苏区去。但后来，还是决定我留在上海，主编"左联"的机关刊物《北斗》。我第一次听从组织的分配，兴致勃勃地四处组稿，准备出版。这时雪峰同志常常给我带来鲁迅和秋白的稿件，我对秋白的生活才又略有所知。这时秋白匿住在中国地带上海旧城里的谢澹如家。这地址，只有雪峰一人知道，他常去看他，给他带去一些应用的东西。为了解除秋白的孤寂，雪峰偶尔带着他，趁着夜晚，悄悄去北四川路鲁迅家里。后来，他还在鲁迅家里住了几天。再后来，雪峰在鲁迅家的附近，另租了一间房子，秋白搬了过去，晚上常常去鲁迅家里畅谈。他那时开始为《北斗》写"乱弹"，用司马今的笔名，从第一期起，在《北斗》上连载。"乱弹"内容涉及很广，对当时政治的腐败、社会的黑暗等，都加以讽刺，给予打击。后来又翻译了很多稿件，包括卢那卡尔斯基的《解放了的唐吉诃德》。特别使人印象深刻的是他写的评"自由人"胡秋原和"第三种人"苏汶等的论文，词意严正，文笔锋利。秋白还大力提倡大众文学，非常重视那些在街头书摊上的连环图画、说唱本本等。他带头用上海方言写了大众诗《东洋人出兵》，这在中国文学运动史上是创举。在他的影响下，左联的很多同志也大胆尝试，周文同志把《铁流》与《毁灭》改写为通俗本，周文后来到了延安，主持《边区群众报》，仍旧坚持大众化工作。

秋白还阐述了马克思、恩格斯的现实主义文学理论。他论述的范围很广，世界的，苏联的，中国的。他的脑子如同一个行进着的车轴，日复一日地在文学问题上不停地旋转，而常常发出新论、创见。为了普及革命文化，秋白还用了很多时间研究我国文字拉丁化问题。

以前，我读过《海上述林》，最近我又翻阅了《瞿秋白文集》。他是一个多么勤奋的作家啊！他早在苏联的时候，一直是那么不倦地写呀，译呀。而三十年代初，他寄住在谢澹如家，躲在北四川路的小室里，虽肺病缠身，但仍是夜以继日地埋头于纸笔之中，他既不忘情于社会主义的苏联，又要应付当时党内外发生的许多严重复杂的问题，他写的比一个专业作家还多得多啊！

他同鲁迅的友谊是光辉的、战斗的、崇高的、永远不可磨灭的友谊。他们互相启发，互相砥砺。他们在文学上是知己，在政治斗争上也是知己。他为鲁迅的杂文集作序，对鲁迅的杂文，对鲁迅几十年的斗争，最早作了全面的、崇高的评价。他赞誉鲁迅"是封建宗法社会的逆子，是绅士阶级的贰臣，而同时也是一些浪漫蒂克的革命家的诤友！"他是鲁迅的好友，但他在与世诀别的时候，还说自己"一生中没有什么朋友"，以维护鲁迅的安全。鲁迅也在自己病危之际，为他整理旧稿，出版《海上述林》。这都是我们文坛上可歌可泣的、少有的动人佳话。秋白这一时期的工作成绩是惊人的，他矢志文学的宿愿在这时实现了。我想，这大概是他一生中最称心的时代，是黄金时代。

可惜，这个时代不长。一九三四年初，他就不得不撤出上海，转移到中央苏区去了。他到了苏区，主管苏区的文化教育工作，他尽可能去接近农民，了解农民的生活。这在他是一件了不起的大事。秋白过去是没有条件接近农民的。这正是秋白有意识地要弥补自己的知识分子的缺点,有心去实践艰苦的脱胎换骨的自我改造。他在苏区还继续努力推行文艺大众化。后来,如果他能跟随红军主力一起长征,能够与红军主力一起到达陕北,则他的一生,我们党的文艺工作,一定都将是另一番景象。这些想象在我脑子中不知萦回过多少次,只是太使人痛心了,他因病留在苏区,终遭国民党俘获杀害了。

在这个期间,我在鲁迅家里遇见秋白一次,之华同志也在座。一年来,我生活中的突变,使我的许多细腻的感情都变得麻木了。我们之间的谈话,完全只是一个冷静的编辑同一个多才的作家的谈话。我一点也没有注意他除此之外的任何表情,他似乎也只是在我提供的话题范围之内同我交谈。我对他的生活,似乎是漠不关心的。他对我的遭遇应该有所同情,但他也噤若寒蝉,不愿触动我一丝伤痛的琴弦。

但世界上常常有那么凑巧的事:一九三二年"一·二八"后,我要求参加共产党,很快被批准了。可能是三月间,在南京路大三元酒家的一间雅座里举行入党仪式。同时入党的有叶以群、田汉、刘风斯等。主持仪式的是文委负责人潘梓年。而代表中央宣传部出席的、使我赫然惊讶的却是瞿秋白。我们全体围坐在圆桌周围,表面上是饮酒作乐,而实际是在举行庄严的入党仪式。我们每个人叙述个人入党的志愿。我记得非常清楚,我说的主要意思是,过去曾经不想入党,只要革命就可以了;后来认为,做一个左翼作家也就够了;现在感到,只做党的同路人是不行的。我愿意做革命、做党的一颗螺丝钉,党要把我放在哪里,我就在哪里;党需要我做什么,就做什么。潘梓年、瞿秋白都讲了话,只是一般的鼓励。

《多余的话》

我第一次读到《多余的话》是在延安。洛甫同志同我谈到,有些同志认为这篇文章可能是伪造的。我便从中宣部的图书室借来一本杂志,上面除这篇文章外,还有一篇描述他就义的情景。我读着文章仿佛看见了秋白本人,我完全相信这篇文章是他自己写的(自然不能完全排除敌人有篡改过的可能)。那些语言,那种心情,我是多么地熟悉啊!我一下就联想到他过去写给我的那一束谜似的信。在那些信里他也倾吐过他这种矛盾的心情,自然比这篇文章要轻微得多,也婉转得多。因为那时他工作经历还不多,那时的感触也只是他矛盾的开始,他无非是心有所感而无处倾吐,就暂时把我这个无害于他的天真的、据他说是拥有赤子之心的年幼朋友,作为一个可以听听他的感慨的对象而忘情地剖析自己,尽管是迂回婉转,还是说了不少的过头话,但还不像后来的《多余的话》那样无情地剖析自己,那样大胆地急切地向人民、向后代毫无保留地谴责自己。我读着这篇文章非常难过,非常同情他,非常理解他,尊重他那时的坦荡胸怀。我也自问过:何必写这些《多余的话》呢?我认为其中有些话是一般人不易理解的,而且会被某些思想简单的人、浅薄的人据为话柄,发生误解或曲解。但我决不会想到后来"四人帮"竟因此对他大肆诬蔑,斥他为叛徒,以至挖坟掘墓、暴骨扬灰。他生前死后的这种悲惨遭遇,实在令人愤慨、痛心!

最近,我又重读了《多余的话》,并且读了《历史研究》一九七九年第三期陈铁健同志写的重评《多余的话》的文章。这篇文章对秋白一生的功绩、对他的矛盾都作了仔细的分析和恰当的评价,比较全面,也很公正。在这里我想补充一点我的感觉。我觉得我们当今这个世界是不够健全的,一个革命者,想做点好事,总会碰到许多阻逆和困难。革命者要熬得过、斗得赢这些妖魔横逆是不容易的,各人的遭遇和思想也是不一样的。比如秋白在文学与政治上的矛盾,本来是容易理解的,但这种矛盾的心境,在实际上是不容易得到理解、同情或支持的。其实,秋白对政治是极端热情的,他对马克思主义的信仰是坚定不移的。他从开始研究马克思主义,就"对于社会主义或共产主义的终极思想,都比较有兴趣"。"马克思主义告诉我要达到这样的最终目的,客观上无论如何也逃不了最尖锐的阶级斗争,以至无产阶级专政——也就是无产阶级统治国家的一个阶段。为着要消灭国家,一定要先组织一时期的新式国家,为着要实现最彻底的民权主义(也就是无所谓民权的社会),一定要先实行无产阶级的民权。这表面上自相矛盾而实际上很有道理的逻辑——马克思主义所谓辩证法——使我很觉得有趣。"秋白临终,还坚定明确地表示:"要说我已经放弃了马克思主义,也是不确的。""我的思路已经在青年时期走上了马克思主义的初步,无从改变。"他毕生从事政治斗争,就是由于他对马克思主义的信仰。为了政治活动,他不顾他的病重垂危的爱人王剑虹。在"八七"会议时,他勇敢地挑起了领导整个革命的重担。他批评自己的思想深处是愿意调和的,但他与彭述之、陈独秀做着坚决的路线斗争。他有自知之明,他是不愿当领袖的,连诸葛亮都不想做,但在革命最困难的严重关头,他毅然走上党的最高的领导岗位。这完全是见义勇为,是他自称的韦护的象征。这哪里是像他自己讲的对马克思主义一知半解,自己又有许多"标本的弱者的道德——

忍耐，躲避，讲和气，希望大家安静些，仁慈些等等……"？哪里是像他自己讲的"不但不足以锻炼成布尔塞维克的战士，甚至不配做一个起码的革命者"？我认为秋白在这样困难的时候奋力冲上前去，丝毫没有考虑到个人问题，乃是一个大勇者。在《多余的话》的最后，他说因为自己是多年（从一九一九年到一九三五年）的肺结核病人，他愿意把自己的"躯壳""交给医学校的解剖室"，"对肺结核的诊断也许有些帮助"。当他这样表示的时候，在他就义的前夕，在死囚牢里像解剖自己患肺病的躯壳一样，他已经在用马克思主义的利刃，在平静中理智地、细致地、深深地剖析着自己的灵魂，挖掘自己的矛盾，分析产生这矛盾的根源，他得出了正确的结论。这对于知识分子革命者和一般革命者至今都有重大的教益。他说："要磨炼自己，要有非常巨大的毅力，去克服一切种种'异己的'意识以至最微细的'异己的'情感，然后才能从'异己的'阶级里完全跳出来，而在无产阶级的革命队伍里站稳自己的脚步。否则，不免是'捉住了老鸦在树上做窠'，不免是一出滑稽剧。"

他这样把自己的弱点、缺点、教训，放在显微镜下，坦然地、尽心地交给党、交给人民、交给后代，这不也是一个大勇者吗？！我们看见过去有的人在生前尽量为自己树碑立传，文过饰非，打击别人，歪曲历史，很少有像秋白这样坦然无私、光明磊落、求全责备自己的。

在"八七"会议以后，秋白同志在估计革命形势上犯了"左"倾盲动主义的错误。在党的六届七中全会通过的《关于若干历史问题的决议》中是说得非常清楚，是极为正确的。我想，在那样复杂、激剧变化的时代，以秋白从事革命的经历，犯错误是难以避免的；换了另外一个人，恐怕也是这样。何况那些错误都是当时中央政治局讨论过的，是大家的意见，不过因为他是总书记，他应该负主要责任而已。

但是，事隔两年，人隔万里，在王明路线的迫害下，竟要把立三路线的责任放在秋白身上，甚至把正确地纠正了立三路线错误的六届三中全会也指责为秋白又犯了调和路线错误，对他进行残酷斗争、无情打击，把他开除出中央政治局。秋白写《多余的话》时，仍是王明路线统治的时候，他在敌人面前是不能暴露党内实情、批评党内生活的，他只能顺着中央，责备自己，这样在检查中出现的一些过头话，是可以理解的。

正由于我们生活中的某些不够健全，一个同志在工作中犯了错误，就被揪着不放，攻其一点，不及其余，这种过左的做法，即使不是秋白，不是这样一个多感的文人，也是容易使人寒心的。特别是当攻击者处在有权、有势、有帮、有派，棍棒齐下的时候，你怎能不回首自伤，感慨万端地说："田园将芜胡不归？"而到自己将离世而去的时候，又怎会不叹息是"历史的误会"呢？

古语说："慷慨成仁易，从容就义难。"这句话是有缺点的。"慷慨成仁"也不易，也需要勇敢，无所惧怕，而"从容就义"更难。秋白同志的《多余的话》的情绪是低沉的，但后来他的牺牲是壮烈的。秋白明明知道自己的死期已经临近，不是以年、月计算了，但仍然心怀坦白，举起小刀自我解剖，他自己既是原告，又是被告，又当法官，严格地审判自己。他为的是什么？他不过是把自己当做一个完全的布尔塞维克来要求自己，并以此来品评自己的一生。这正是一个真正的布尔什维克的品质，怎么能诬之为叛徒呢？革命者本来不是神，不可能没有缺点，不可能不犯错误，倘能正视自己，挖掘自己，不是比那些装腔作势欺骗人民，给自己搽脂抹粉的人的品格更高尚得多么？

秋白在他有生之年，在短短的时间里，写了许多重要文章，他却说自己是"半吊子文人"，也是一种夸大，是不真实的。但秋白一时的心情还是带有一些灰暗，矛盾是每个革命者都会遇到的，每个人都应该随时随地警惕自己，改造自己，战胜一切消极因素。特别是在极端困苦之下，对人生，对革命，要保持旺盛的朝气。

秋白的一生是战斗的，而且战斗得很艰苦，在我们这个不够健全的世界上，他熏染着还来不及完全蜕去的一丝淡淡的、孤独的、苍茫的心情是极可同情的。他说了一些同时代有同感的人们的话，他是比较突出、比较典型的，他的《多余的话》是可以令人深思的。但也有些遗憾，它不是很鼓舞人的。大约我跟着党走的时间较长，在下边生活较久，尝到的滋味较多，更重要的是我后来所处的时代、环境与他大不相同，所以，我总还是愿意鼓舞人，使人前进，使人向上，即使有伤，也要使人感到热烘，感到人世的可爱，而对这可爱的美好的人世要投身进去，但不是惜别。我以为秋白的一生不是"历史的误会"，而是他没有能跳出一个时代的悲剧。

飞蛾扑火

秋白曾在什么地方写过，或是他对我说过。"冰之是飞蛾扑火，非死不止"。诚然，他指的是我在二二年去上海平民女校寻求真理之火,然而飞开了;二三年我转入上海大学寻求文学真谛,二四年又飞开了;三〇年我参加左联,三一年我主编《北斗》,三二年入党,飞蛾又飞来扑火。是的,我就是这样离不开火。他还不知道,后来,三三年我已几濒于死,但仍然飞向保安;五十年代我被划为右派,六十年代又被打成反革命,但仍是振翅飞翔。直到七十年代末,在党的正确路线下,终于得到解放,使我仍然飞向了党的怀抱。我正是这样的,如秋白所说,"飞蛾扑火,非死不止"。我还要以我的余生,振翅翱翔,继续在火中追求真理,为讴歌真理之火而死。秋白同志,我的整个生涯是否能安慰死去的你和曾是你的心、在你临就义前还郑重留了一笔的剑虹呢?

1980年1月2日于北京

风雨中忆萧红

　　本来就没有什么地方可去,一下雨便更觉得闷在窑洞里的日子太长。要是有更大的风雨也好,要是有更汹涌的河水也好,可是仿佛要来一阵骇人的风雨似的那么一块肮脏的云成天盖在头上,水声也是那么不断地哗啦哗啦在耳旁响,微微地下着一点看不见的细雨,打湿了地面,那轻柔的柳絮和蒲公英都飘舞不起而沾在泥土上了。这会使人有遐想,想到随风而倒的桃李,在风雨中更迅速进出的苞芽。即使是很小的风雨或浪潮,都更能显出百物的凋谢和生长,丑陋或美丽。

　　世界上什么是最可怕的呢,决不是艰难险阻,决不是洪水猛兽,也决不是荒凉寂寞。而难于忍耐的却是阴沉和絮聒;人的伟大也不只是能乘风而起,青云直上,也不只是能抵抗横逆之来,而是能在阴霾的气压下,打开局面,指示光明。

　　时代已经非复少年时代了,谁还有悠闲的心情在闷人的风雨中煮酒烹茶与琴诗为侣呢?或者是温习着一些细腻的情致,重读着那些曾经被迷醉过被感动过的小说，或者低徊冥思那些天涯的故人？流着一点温柔的泪，那些天真、那些纯洁、那些无疵的赤子之心，那些轻微的感伤，那些精神上的享受都飞逝了，早已飞逝得找不到影子了。这个飞逝得很好，但现在是什么呢？是听着不断的水的絮聒，看着脏布似的云块，痛感着阴霾，连寂寞的宁静也没有，然而却需要阿底拉斯的力背负着宇宙的时代所给予的创伤，毫不动摇地存在着，存在便是一种大声疾呼，便是一种骄傲，便是给絮聒以回答。

然而我决不会麻木的，我的头成天膨胀着要爆炸，它装得太多，需要呕吐。于是我写着，在白天，在夜晚，有关节炎的手臂因为放在桌子上太久而疼痛，患沙眼的眼睛因为在微小的灯光下而模糊。但幸好并没有激动，也没有感慨，我不缺乏冷静，而且很富有宽恕，我很愉快，因为我感到我身体内有东西在冲撞；它支持了我的疲倦，它使我会看到将来，它使我跨过现在，它会使我更冷静，它包括了真理和智慧，它是我生命中的力量，比少年时代的那种无愁的青春更可爱啊！

但我仍会想起天涯的故人的，那些死去的或是正受着难的。前天我想起了雪峰，在我的知友中他是最没有自己的了。他工作着，他一切为了党，他受埋怨过，然而他没有感伤，他对名誉和地位是那样地无睹，那样不会趋炎附势，培植党羽，装腔作势，投机取巧。昨天我又苦苦地想起秋白，在政治生活中过了那么久，却还不能彻底地变更自己，他那种二重的生活使他在临死时还不能免于有所申诉。我常常责怪他申诉的"多余"，然而当我去体味他内心的战斗历史时，却也不能不感动，哪怕那在整体中，是很渺小的。今天我想起了刚逝世不久的萧红，明天，我也许会想到更多的谁，人人都与这社会有关系，因为这社会我更不能忘怀于一切了。

萧红和我认识的时候，是在一九三八年春初。那时山西还很冷，很久生活在军旅之中，习惯于粗犷的我，骤睹着她的苍白的脸，紧紧闭着的嘴唇，敏捷的动作和神经质的笑声，使我觉得很特别，而唤起许多回忆，但她的说话是很自然而真率的。我很奇怪作为一个作家的她，为什么会那样少于世故，大概女人都容易保有纯洁和幻想，或者也就同时显得有些稚嫩和软弱的缘故吧。但我们都很亲切，彼此并不感觉到有什么孤僻的性格。我们尽情地在一块儿唱歌，每夜谈到很晚才睡觉。当然我们之中在思想上，在感情上，在性格上都不是没有差异，然而彼此都能理解，并不会因为不同意见或不同嗜好而争吵，而揶揄。接着是她随同我们一道去西安，我们在西安住完了一个春天。我们痛饮过，我们也同度过风雨之夕，我们也互相倾诉。然而现在想来，我们谈得是多么的少啊！我们似乎从没有一次谈到过自己，尤其是我。然而我却以为她从没有一句话是失去了自己的，因为我们实在都太真实、太爱在朋友的面前赤裸自己的精神，因为我们又实在觉得是很亲近的。但我仍会觉得我们是谈得太少的，因为，像这样的能无妨嫌、无拘束、不须警惕着谈话的对手是太少了啊！

那时候我很希望她能来延安，平静地住一时期之后而致全力于著作。抗战开始后，短时期的劳累奔波似乎使她感到不知在什么地方能安排生活。她或许比我适于幽美平静。延安虽不够作为一个写作的百年长计之处，然在抗战中，的确可以使一个人少顾虑于日常琐碎，而策划于较远大的。并且这里有一种朝气,或者会使她能更健康些。但萧红却南去了。至今我还很后悔那时我对于她生活方式所参预的意见是太少了,这或许由于我们相交太浅,和我的生活方式离她太远的缘故,但徒劳的热情虽然常常于事无补,然在个人仍可得到一种心安。

我们分手后,就没有通过一封信。端木曾来过几次信,在最后的一封信上(香港失陷约一星期前收到)告诉我,萧红因病始由皇后医院迁出。不知为什么我就有一种预感,觉得有种可怕的东西会来似的。有一次我同白朗说:"萧红决不会长寿的。"当我说这话的时候,我是曾把眼睛扫遍了中国我所认识的或知道的女性朋友,而感到一种无言的寂寞。能够耐苦的,不依赖于别的力量,有才智、有气节而从事于写作的女友,是如此其寥寥啊!

不幸的是我的杞忧竟成了现实,当我昂头望着天的那边,或低头细数脚底的泥沙,我都不能压制我丧去一个真实的同伴的叹息。在这样的世界中生活下去,多一个真实的同伴,便多一分力量,我们的责任还不只在于打开局面,指示光明,而且还要创造光明和美丽;人的灵魂假如只能拘泥于个体的褊狭之中,便只能陶醉于自我的小小成就。我们要使所有的人都能有崇高的享受,和为这享受而做出伟大牺牲。

生在现在的这世界上,要顽强地活着,给整个事业添一分力量,而死,对人对己都是莫大的损失。因为这世界上有的是戮尸的遗法,从此你的话语和文学将更被歪曲,被侮辱;听说连未死的胡风都有人证明他是汉奸,那么对于已死的人,当然更不必贿买这种无耻的人证了。鲁迅先生的《阿Q正传》曾被那批御用文人歪曲地诠释,那么《生死场》的命运也就难免于这种灾难。在活着的时候,你不能不被逼走到香港;死去,却还有各种污蔑在等着,而你还不会知道;那些与你一起的脱险回国的朋友们还将有被监视和被处分的前途。我完全不懂得到底要把这批人逼到什么地方才算够?猫在吃老鼠之前,必先玩弄它以娱乐自己的得意。这种残酷是比一切屠戮都更恶毒,更需要毁灭的。

只要我活着,朋友的死耗一定将陆续地压住我沉闷的呼吸。尤其是在这风雨的日子里,我会更感到我的重荷。我的工作已经够消磨我的一生,何况再加上你们的屈死,和你们未完的事业,但我一定可以支持下去的。我要借这风雨,寄语你们,死去的,未死的朋友们,我将压榨我生命所有的余剩,为着你们的安慰和光荣。哪怕就仅仅为着你们也好,因为你们是受苦难的劳动者,你们的理想就是真理。

风雨已停,朦朦的月亮浮在西边的山头上,明天将有一个晴天。我为着明天的胜利而微笑,为着永生而休息。我吹熄了灯,平静地躺到床上。

1942年4月25日

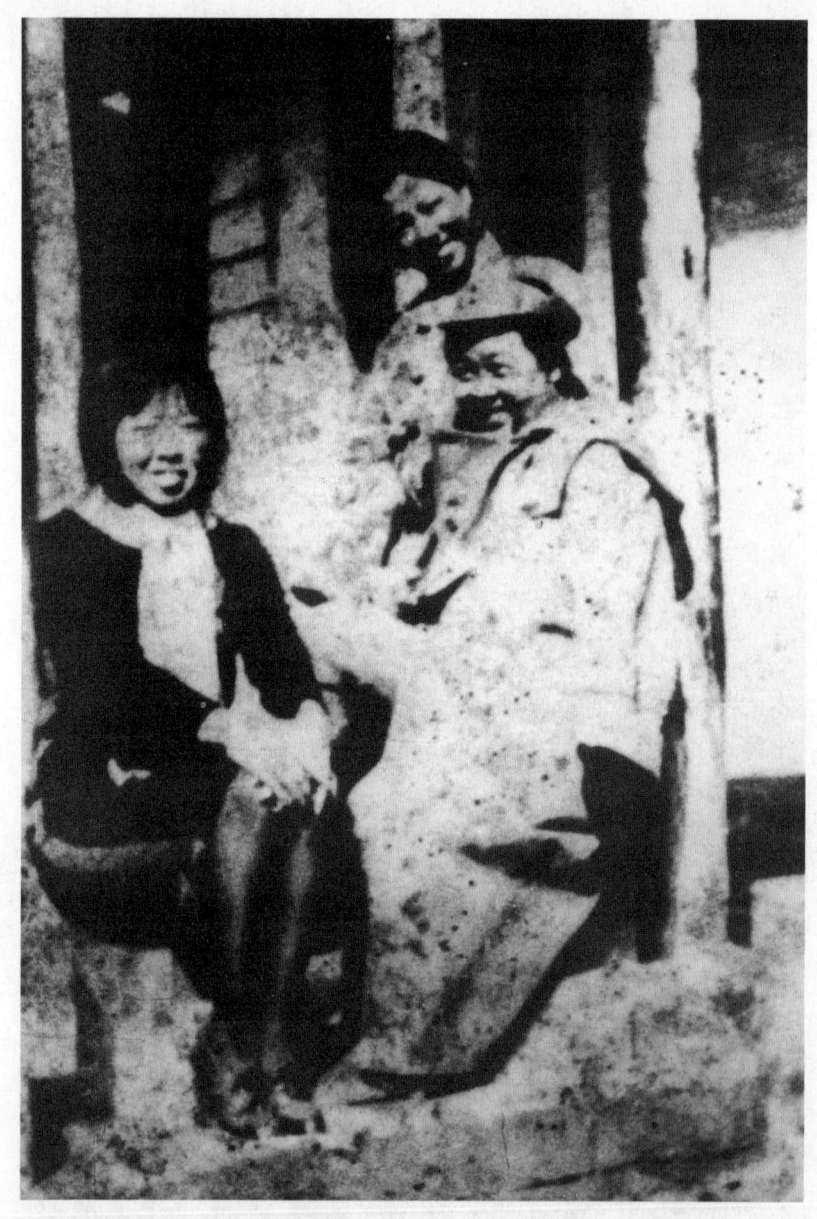

1938年春,丁玲(右)与萧红(左)及两战团团员夏革非(中)在西安。

·我怎样飞向了自由的天地·

一个真实人的一生[①]

——记胡也频

记得是一九二七年的冬天，那时我们住在北京的汉花园，一所与北大红楼隔河、并排、极不相称的小楼上。我们坐在火炉旁，偶然谈起他的童年生活来了。从这时起我才知道他的出身。这以前，也曾知道一点，却实在少，现在想起来觉得很奇怪，不知为什么他很少同我谈，也不知为什么，我简直没有问过他。但从这次谈话以后，我是比

1927年，胡也频与丁玲在北京合影。

---

① 本文为《胡也频选集》（开明书店1951年第1版）的序言。

较多了解他一些,也更尊敬他一些,或者更恰当地说,我更同情他了。

他祖父是做什么的,到现在我还不清楚,总之,不是做官,不是种地,也不是经商,收入却还不错。也频幼小时,因为身体不好,曾经长年吃过白木耳之类的补品,并且还附读在别人的私塾里,可见那时生活还不差。祖父死了后,家里过得不宽裕,他父亲曾经以包戏为生。也频说:"我一直到现在都还要特别关心到下雨。"他描写给我听,说一家人都最怕下雨,一早醒来,赶忙去看天,如果天晴,一家大小都笑了;如果下雨,或阴天,就都发愁起来了。因为下雨就不会有很多人去看戏,他们就要赔钱了。他父亲为什么不做别的事,要去做这一行,我猜想也许同他的祖父有关系,但这猜想是靠不住的。也频一讲到这里,他就更告诉我他有一个时期,每天晚上都要去看戏。我还笑着说他:"怪不得你对于旧小说那样熟悉。"

稍微大了一点后,他不能在私塾附读了,就在一个金银首饰铺当学徒。他弟弟也同时在另一家金铺当学徒。铺子里学徒很多,大部分都在作坊里。老板看见他比较秀气和伶俐,叫在柜台上做事,收拾打扫铺面,替掌柜、先生们打水、铺床、倒夜壶,来客了装烟倒茶,实际就是奴仆。晚上临时搭几个凳子在柜台里睡觉。冬夜很冷,常常通宵睡不着。当他睡不着的时候,他就去想,在脑子里装满了疑问。他常常做着梦,梦想能够到另一个社会里去,到那些拿白纸旗、游街、宣传救国的青年学生们的世界里去。他厌弃学打算盘,学看真假洋钱,看金子成色,尤其是讨厌听掌柜的、先生们向顾主们说各式各样的谎语。但他不特不能离开,而且侮辱更多地压了下来。夜晚当他睡熟了后，大的学徒跑来企图侮辱他，他抗拒，又不敢叫唤，怕惊醒了先生们，只能死命地去抵抗，他的手流血了，头碰到柜台上，大学徒看见不成功，就恨恨地尿了他一脸的尿。他爬起去洗脸，尿、血、眼泪一齐揩在手巾上。他不能说什么，无处诉苦，也不愿告诉父母，只能隐忍着，把恨埋藏在心里。他想，总有一天要报仇的。

有一天，铺子里失落了一对金戒指，这把整个铺子都闹翻了，最有嫌疑的是也频，因为戒指是放在玻璃盒子内，也频每早每晚要把盒子拿出来摆设，和搬回柜子里，他又很少离开柜台。开始他们暗示他，要他拿出来，用各种好话来骗他，后来就威胁他，说要送到局子里去，他们骂他、羞辱他、推他、敲他，并且把他捆了。他辩白，他哭，他求他们，一切都没有用；后来他不说了，也不哭了，任凭别人摆布。他心里后悔没有偷他们的金戒指，他恨恨地望着那些首饰，心里想："总有一天要偷掉你们的东西！"

戒指找出来了，是掌柜的拿到后边太太那里去看，忘了拿回来。他们放了他，没有向他道歉。但是谁也没有知道在这小孩子的心里种下了一个欲望，一个报复的欲念。在事件发生后一个月，这个金铺子的学徒失踪了，同时也失踪了一副很重的大金钏。金铺子问他的父母要金钏，他父母问金铺子要人。大家打官司、告状，事情一直没有结果。另一家金铺把他弟弟也辞退了。家里找不着他，发急，母亲日夜流泪，但这学徒却不再出现在福州城里。

也频怀着一颗愉快的、颤栗的心，也怀着那副沉重的金钏，皇皇然搭了去上海的海船。他睡在舱面上，望着无边翻滚的海浪,他不知应该怎么样。他曾想回去,把金钏还了别人,但他想起了他们对他的种种态度。可是他往哪里去呢?他要去做什么呢?他就这样离开了父母和兄弟们吗?海什么都不能告诉他,白云把他引得更远。他不能哭泣,他这时大约才十四五岁。船上没有一个他认识的人。他得想法活下去。他随船到了上海。随着船上的同乡住到一个福州人开的小旅馆。谁也相信他是来找他舅舅的。很多从旧戏上得到的一些社会知识,他都应用上了。他住在旅馆里好些天了,把平素积攒下来的几个钱用光了,把在出走前向他母亲要的几块钱也用光了,"舅舅"也没找着。他想去找事做,或者还当学徒,他一直也没有敢去兑换金钏,他总觉得这不是他自己的东西,他决不定究竟该不该用它。他做了一件英勇的事情,却又对这事情的本身有怀疑。

望着无边翻滚的海浪,他不知应该怎么样。

·我怎样飞向了自由的天地·

在小栈房的来客中,他遇到一个比他大不了一两岁的男孩子。他问明白了他是小有天酒馆的少东家,在浦东中学上学。他们做了朋友,他劝他到浦东中学去。他想起了他在家里所看见的那群拿白纸旗的学生来。他们懂得那样多,他们曾经在他们铺子外讲演,他们宣传反对帝国主义,反对卖国条约"二十一条",他们是和金铺子里的掌柜、先生、顾主完全不同的人,也同他的父母是不同的人,虽然他们年纪小,个子不高,可是他们使他感觉是比较高大的人,是英雄的人物。他曾经很向往他们,现在他可以进学堂了,他向着他们的道路走去,向一个有学问、为国家、为社会的人物的道路走去。他是多么地兴奋,甚至不敢有太多的幻想啊!于是他兑换了金钏,把大部分钱存在银行,小部分交了学费,交了膳费,还了旅馆的债。他脱离了学徒生活,他曾经整整三年在那个金铺中;他脱离了一个流浪的乞儿生活,他成了一个学生了。他替自己起了一个名字叫胡崇轩。这大约是一九二○年春天的事。

他在这里读书有一年多的样子,行踪终究被他父亲知道了。父亲从家乡赶到上海来看他,他不能责备儿子,也不能要儿子回去。也频如果回去了,首先得归还金钏,这数目他父亲是无法筹措的。他只得留在这里读书。父亲为他想了一个办法,托同乡关系把也频送到大沽口的海军学校,那里是免费的,这样他不特可以不愁学膳费,还可以找到一条出路。这样也频很快就变成一个海军学生了。他在这里学的是机器制造。他一点也没有想到他会与文学发生关系,他只想成为一个专门技术人才;同时也不会想到他与工人阶级革命有什么关系,他那时似乎很安心于他的学习。

他的钱快用完时,他的学习就停止了,海军学校停办。他到了北京。他希望能投考一个官费的大学,没有成功。他不能回家,又找不到事做,就流落在一些小公寓里。有的公寓老板简直无法把他赶出门,他常常帮助他们记账、算账、买点东西,晚上就替老板的儿子补习功课。他有一个同学是交通大学的学生,这人是一个地主的儿子,他很会用地主剥削农民的方法和也频交朋友。他因为不愿翻字典查生字,就叫也频替他查,预备功课,也频就常常每天替他查二三百生字,从东城到西城来。他有时留也频吃顿饭,还不断地把自己的破袜子旧鞋子给也频。也频就把他当着唯一可亲的人来往着。尤其是在冬天,他的屋子里是暖和的,也频每天冒着寒风跑来后,总可以在这暖和屋子待几个钟头,虽然当晚上回去时街道上奇冷。

除了这个地主儿子的朋友以外,他还有一个官僚儿子的朋友也救济过他。这个朋友,是同乡,也是同学;海军学校停办后,因为肺病,没有继续上学,住在北京家里休养。父亲是海军部的官僚。这个在休养中的年轻人常常感到生活的寂寞,需要有人陪他玩,他常常打电话来找也频,也频就陪他去什刹海,坐在芦席棚里,泡一壶茶。他喜欢旧诗,也做几句似通非通的《咏莲花》、《春夜有感》的七绝和五言律诗,他要也频和他。也频无法也就只得胡诌。有时两人在那里联句。鬼混一天之后,他可以给也频一元钱的车钱。也频却走回去,这块钱就拿来解决很多问题。一直到也频把他介绍给我听的时候,还觉得他是一个很慷慨的朋友,甚至常常感激他。因为后来也频有一次被公寓老板逼着要账,也频又害了很重的痢疾,去求他的时候,他曾用五十元大洋救了也频。可惜我一直没有见过,那原因还是因为我听了这些故事之后，曾把他这些患难时的恩人骂过，很不愿意也频再和他们来往；实际也有些过激的看法，由于生活的窄狭，眼界的窄狭，就有了那么窄狭的情感了。

穷惯了的人，对于贫穷也就没有什么恐慌。也频到了完全无法应付日子的时候，那两个朋友一些小小施予只能打发几顿饭、打发一点剃头钱、一点鞋袜而不能应付公寓的时候，他就把一件旧夹袍、两条单裤往当铺里一塞，换上一元多钱搭四等车、四等舱跑到烟台去了。烟台有一个他同学的哥哥在那里做官。他去做一种极不受欢迎的客人。他有时陪主人夫妇吃饭，主人要是有另外的客人，他就到厨房去和当差们一道吃饭。主人看见是兄弟的朋友，不便马上赶他走，他自己也没有什么不安，他还不能懂得许多世故，以为朋友曾经这样约过他的，他就不管。时间很长，他一个人拿几本从北京动身时借的小说到海边上去读。

蔚蓝的海水是那样的平稳，那样的深厚，广阔无边，海水洗去了他在北京时那种嗷嗷待哺、亟亟奔走的愁苦，海水给了他另一种雄伟的胸怀。他静静地躺在大天地中，听柔风与海浪低唱，领会自然。他更任思绪纵横，把他短短十几年的颠簸生活，慢慢在这里消化，把他仅有的一点知识，在这里凝聚。他感到了所谓人生。他朦胧地有了些觉醒，他对生活有了些意图了。他觉得人不只是求生存的动物，人不应受造物的捉弄，人应该创造，创造生命，创造世界。在他的身上，有了新的东西的萌芽。他不是一个学徒的思想，也不是一个海军学生的思想，他只觉得他要起来，与白云一同变幻飞跃，与海水一道奔腾。于是他敞衣，跣足，遨游于烟台的海边沙滩上。

但这样的生活是不会长久下去的。主人不得不打发他走了。

主人送他二三十元的路费,又给了他一些庸俗的箴言,好像是鼓励他,实际是希望他不要再来了。他拿了这些钱,笑了一笑,又坐上了四等舱。这一点点钱又可以使公寓老板把他留在北京几个月。他非常喜欢这些老板,觉得他们都是如何宽厚的人啊!

北京这个古都是一个学习的城,文化的城。那时北京有《晨报》副刊,后来又有《京报》副刊,常常登载一些名人的文章。公寓里住的大学生们,都是一些歌德的崇拜者,海涅、拜伦、济慈的崇拜者,鲁迅的崇拜者,这里常常谈起莫泊桑、契诃夫、易卜生、莎士比亚、高尔基、托尔斯泰……而这些大学生们似乎对学校的功课并不十分注意,他们爱上旧书摊,上小酒馆,游览名胜,爱互相过从,寻找朋友,谈论天下古今,尤其爱提笔写诗,写文,四处投稿。也频在北京住着,既然太闲,于是也跑旧书摊(他无钱买书,就站在那里把书看个大半),也读起外国作品来了;在房子里还把《小说月报》上一些套色画片剪下来,贴在墙上。还有准备做诗人的一些青年人,也稍稍给他一些眼光,和几句应酬话。要做技术专家的梦,已经完全破灭,在每天都可以饿肚子的情况下,一些新的世界,古典文学,浪漫主义的生活情调与艺术气质,一天一天侵蚀着这个孤单的流浪青年,把他极简单的脑子引向美丽的、英雄的、神奇的幻想,而与他的现实生活并不相称。

一九二四年,他与另外两位熟人在《京报》编辑了一个一星期一张的附刊,名为《民众文艺周刊》。他在这上边用胡崇轩的名字发表过一两篇短篇小说和短文。他那时是倾向于《京报》副刊、鲁迅先生的,但他却因为稿件的关系,一下就和休芸芸(沈从文)成了文章的知己。我们也是在这年夏天认识的。由于我的出身、教育、生活经历，看得出我们的思想、性格、感情都不一样，但他的勇猛、热烈、执拗、乐观和穷困都惊异了我，虽说我还觉得他有些简单，有些蒙昧，有些稚嫩，但却是少有的"人"，有着最完美的品质的人。他还是一块毫未经过雕琢的璞玉，比起那些光滑的烧料玻璃珠子，不知高到什么地方去了。因此我们一下就有了很深的友谊。

我那时候的思想正是非常混乱的时候，有着极端的反叛情绪，盲目地倾向于社会革命，但因为小资产阶级的幻想，又疏远了革命的队伍，走入孤独的愤懑、挣扎和痛苦。所以我的狂狷和孤傲，给也频的影响是不好的。他沾染上了伤感与虚无。那一个时期他的诗，的确充满了这种可悲的感情。我们曾经很孤独地生活了一个时期。在这一个时期中，中国轰轰烈烈的大革命运动在南方如火如荼，而我们却蛰居北京，无所事事。也频日夜钻进了他的诗，我呢，只拿烦闷打发每一个日子。现在想来，该是多么可惋惜的啊！这一时期如果应该受到责备的话，那是应该由我来负责的。因为当我们认识的时候，我已经老早就进过共产党办的由陈独秀、李达领导的平民女子学校，和后来的上海大学。在革命的队伍中是有着我的老师、同学和挚友。我那时也曾经想南下过，却因循下去了，一直没有什么行动。

直到一九二七年，大革命失败，"四·一二"、"马日事变"等等才打醒了我。我每天听到一些革命的消息，听到一些熟人的消息，许多我敬重的人牺牲了，也有朋友正在艰苦中坚持，也有朋友动摇了，我这时极想到南方去，可是迟了，我找不到什么人了。不容易找人了。我恨北京！我恨死了北京！我恨北京的文人、诗人！形式上我很平安，不大讲话，或者只像一个热情诗人的爱人或妻子,但我精神上苦痛极了。除了小说,我找不到一个朋友。于是我写小说了,我的小说就不得不充满了对社会的鄙视和个人孤独的灵魂的倔强挣扎。我的苦痛,和非常想冲破旧的狭小圈子的心情,也影响了也频。

一九二八年春天,我们都带着一种朦胧的希望到上海去了。开始的时候我们还只能个人摸索着前进,还不得不把许多希望放在文章上。我们两人加上沈从文,就从事于杂志编辑和出版工作。把杂志和出版处都定名为"红黑",就是带着横竖也要搞下去,怎么样也要搞下去的意思。后来还是因为种种原因不能坚持下去。但到上海后,我们的生活前途和写作前途都慢慢走上了一个新的方向。

也频有一点基本上与沈从文和我是不同的。就是他不像我是一个爱幻想的人,他是一个喜欢实际行动的人;不像沈从文是一个常处于动摇的人,既反对统治者(沈从文在年

1928年,胡也频、丁玲摄于杭州。

轻时代的确有过一些这种情绪），又希望自己也能在上流社会有些地位。也频却是一个坚定的人。他还不了解革命的时候，他就诅咒人生，讴歌爱情；但当他一接触革命思想的时候，他就毫不怀疑，勤勤恳恳去了解那些他从来也没听到过的理论。他先是读那些马克思主义的文艺理论，后来也涉及到其他的社会科学书籍。他毫不隐藏他的思想，他写了中篇小说《到莫斯科去！》。那时我们三人的思想情况是不同的。沈从文因为一贯与"新月社"、"现代评论"派有些友谊，所以他始终羡慕绅士阶级，他已经不甘于一个清苦的作家的生活，也不大满足于一个作家的地位，他很想能当一个教授。他到吴淞中国公学去教书了。奇怪的是他下意识地对左翼的文学运动者们不知为什么总有些害怕。我呢，我自以为比他们懂得些革命，靠近革命，我始终规避着从文的绅士朋友，我看出我们本质上有分歧，但不愿有所争执，破坏旧谊，他和也频曾像亲兄弟过。但我也不喜欢也频转变后的小说，我常说他是"左"倾幼稚病。我想，要么找我那些老朋友去，完全做地下工作，要么写文章。我那时把革命与文学还不能很好地联系着去看，同时英雄主义也使我以为不搞文学专搞工作才是革命（我的确对从实际斗争上退到文学阵营里来的革命者有过一些意见），否则，就在文学上先搞出一个名堂来。我那时对于我个人的写作才能多少有些过分的估计，这样就不能有什么新的决定了。只有也频不是这种想法。他原来对我是无所批判的，这时却自有主张了，也常常感叹他与沈从文的逐渐不坚固的精神上有距离的友谊。他怎样也不愿失去一个困苦时期结识的挚友，不得不常常无言地对坐，或话不由衷。这种心情，他只能告诉我，也只有我懂得他。

办红黑出版社是一个浪漫的冒险行为,后来不能继续下去,更留给我们一笔不小数目的债务。也频为着还债,不得不一人去济南省立高中教书。一个多月以后,等我到济南时,也频完全变了一个人。我简直不了解为什么他被那么多的同学拥戴着。天一亮,他的房子里就有人等着他起床,到深夜还有人不让他睡觉。他是济南高中最激烈的人物,他成天宣传马克思主义,宣传唯物史观,宣传鲁迅与雪峰翻译的那些文艺理论,宣传普罗文学。我看见那样年轻的他,被群众所包围、所信仰,而他却是那样的稳重、自信、坚定,侃侃而谈,我说不出地欣喜。我问他:"你都懂得吗?"他答道:"为什么不懂得?我觉得要懂得马克思也很简单,首先是你要相信他,同他站在一个立场。"我不相信他的话,我觉得他很有味道。当时我的确是不懂得他的,一直到许久的后来,我才明白他的话,我才明白他为什么一下就能这样,这的确同他的出身、他的生活、他的品格有很大的关系。

后来他参加了学校里的一些斗争。他明白了一些教育界的黑幕,这没有使他消极,他更成天和学生们在一起。有些同学们在他的领导下成立了一个文学研究会.参加的有四五百人,已经不是文学的活动,简直是政治的活动,使校长、训育主任都不得不出席,不得不说普罗文学了。我记得那是五月四日,全学校都轰动起来了。一群群学生到我们家里来。大家兴奋得无可形容。晚上,也频和我又谈到这事,同他一道去济南教书的董每戡也在一道。我们已经感觉到问题的严重性。依靠着我的经验,我说一定要找济南的共产党,取得协助,否则,我们会失败的。但济南的党怎样去找呢?究竟我们下学期要不要留在这里,都成问题。也频特别着急,他觉得他已经带上这样一个大队伍,他需要更有计划。他提议他到上海去找党，由上海的关系来找济南的党，请他们派人来领导，因为我们总不会长期留在济南，我们都很想回上海。我和董每戡不赞成，正谈得很紧张时，校长张默生来找也频了。张走后，也频告诉我们道："真凑巧，我正要去上海，他们也很同意，且送了路费。"我们不信，他就从口袋里掏出一卷钞票，是二百元。也频说："但是，我不想去了。我要留在这里看看。"我们还不能十分懂，也频才详细地告诉我们，说省政府已经通缉也频了，说第二天就来捉人，要抓的还有楚图南和学生会主席。何思源（教育厅长）透露了这个消息，所以校长甘冒风险，特为送了路费来，要他们事先逃走。看来这是好意。这个消息来得太突然，三个人都没有什么经验，也不懂什么惧怕。也频的意见是不走，或者过几天走，他愿意明白一个究竟，更重要的是他舍不得那些同学，他要向他们说明，要勉励他们。我那时以为也频不是共产党员，又没有做什么秘密组织工作，只宣传普罗文学难道有罪吗？后来还是学校里的另一个教员董秋芳来了，他劝我们走。董秋芳在同事之中是比较与我们靠近的，他自然多懂些世故。经过很久，才决定了，也频很难受地只身搭夜车去青岛。当我第二天也赶到时，知道楚图南和那学生会主席也都到了青岛，那年轻学生并跟着我们一同到了上海。

上海这年的夏天很热闹，刚成立不久的左翼作家联盟和社会科学家联盟等团体在上海都有许多活动。我们都参加了左联，也频并且在由王学文与冯雪峰负责的一个暑期讲习班文学组教书。他被选为左联的执行委员，担任工农兵文学委员会主席。他很少在家。我感到他变了，他前进了，而且是飞跃的。我是赞成他的。我也在前进，却是在爬。我大半都一人留在家里写我的小说《一九三〇年春上海》。

是八月间的事吧。也频忽然连我也瞒着参加了一个会议。他只告诉我晚上不回来，我没有问他。过了两天他才回来，他交给我一封瞿秋白同志写给我的信。我猜出了他的行动，知道他们会见了，他才告诉我果然开了一个会。各地的共产党负责人都参加了，他形容那个会场给我听。他们这会开得非常机密。他说，地点在一家很阔气的洋房子里，楼下完全是公馆样子。经常有太太们进进出出，打牌开留声机。外埠来的代表，陆续进去，进去后就关在三楼。三楼上经常是不开窗子的。上海市的同志最后进去。进去后就开会。会场满挂镰刀斧头红旗，严肃极了。会后是外埠的先走。至于会议内容，也频一句也没有告诉我，所以到现在我还不很清楚是一种什么性质的会。但我看得出这次会议更加引起了也频的浓厚的政治兴趣。

看见他那一股劲头，我常笑说："改行算了吧！"但他并不以为然，他说："更应当写了。以前不明白为什么要写，不知道写什么，还写了那么多，现在明白了，就更该写了。"他在挤时间，也就是说在各种活动、工作的短促的间歇中争取时间写他的长篇小说《光明在我们的前面》。

这一时期我们生活过得比以前任何时候都艰苦都严肃。以前当我们有了些稿费后，总爱一两天内把它挥霍去，现在不了，稿费收入也减少，有一点也放在那里。取消了我们的一切娱乐。直到冬天为了我的生产，让产期过得稍微好些，才搬了一个家，搬到环境房屋都比较好些的靠近法国公园的万宜坊。

阳历十一月七号，十月革命节的那天，我进了医院。八号那天，雷雨很大，九、十点钟的时候，也频到医院来看我。我看见他两个眼睛红肿,知道他一夜没有睡,但他很兴奋地告诉我:"《光明在我们的前面》已经完成了。你说,光明不是在我们前面吗?"中午我生下了一个男孩。他哭了,他很难得哭的。他是为同情我而哭呢,还是为幸福而哭呢?我没有问他。总之,他很激动地哭了。可是他没有时间陪我们,他又开会去了。晚上他没有告诉我什么,第二天他才告诉我,他在左联的全体会上,被选为出席苏维埃第一次代表大会的代表,并且他在请求入党。这时我也哭了,我看见他在许多年的黑暗中挣扎、摸索,找不到一条人生的路,现在找着了,他是那样有信心,是的,光明在我们前面,光明已经在我们脚下,光明来到了。我说:"好,你走吧,我将一人带着小平。你放心!"

等我出医院后,我们口袋中已

1930年12月,胡也频、丁玲夫妇抱着儿子蒋祖林摄于上海。

经一个钱也没有了。我只能和他共吃一客包饭。他很少在家,我还不能下床,小孩爱哭,但我们生活得却很有生气。我替他看稿子,修改里面的错字。他回来便同我谈在外面工作的事。他是做左联工农兵文学委员会工作的,他认识几个工人同志,他还把其中一个引到过我们家里。那位来客一点也不陌生,教我唱《国际歌》,喜欢我的小孩。我感到一种从来没有过的新鲜情感。

为着不得不雇奶妈,他把两件大衣都拿去当了。白天穿着短衣在外边跑,晚上开夜车写一篇短篇小说。我说,算了吧,你不要写那不好的小说了吧。因为我知道他对他写的这篇小说并不感兴趣。他的情绪已经完全集中在去江西上面。我以为我可以起来写作了。但他不愿我为稿费去写作。从来也是这样的,当我们需要钱的时候,他就自己去写;只要我在写作的时候,他就尽量张罗,使家中生活过得宽裕些,或者悄悄去当铺,不使我感到丝毫经济压迫,有损我的创作心情。一直到现在,只要我有作品时,我总不能不想起也频,想起他对于我的写作事业的尊重,和尽心尽力的爱护与培养。我能把写作坚持下来,在开始的时候,在那样一段艰苦的时候,实在是因为有也频那种爱惜。

他的入党申请被批准了,党组织的会有时就来我们家里开。事情一天天明显,他又在上海市七个团体的会上被选上,决定要他去江西。本来商量我送小平回湖南,然后我们一同去的。时间来不及了。只好仍作他一人去的准备。后来他告诉我,如果我们一定要同去的话,冯乃超同志答应帮我们带孩子,因为他们也有一个孩子。这件事很小,也没成功,但当时我们一夜没睡,因为第一次感到同志的友情,阶级的友情,我也才更明白我过去所追求的很多东西,在旧社会中永远追不到,而在革命队伍里面,到处都有我所想象的伟大的情感。

这时沈从文从武汉大学来上海了。他看见也频穿得那样单薄,我们生活得那样窘,就把他一件新海虎绒袍子借给也频穿了。

一月十七号了,也频要走的日子临近了。他最近常常去苏维埃代表大会准备会的机关接头。我们一切都准备好了,只等着走。这天早晨,他告诉我要去开左联执委会,开完会后就去从文那里借两块钱买挽联布送房东,要我等他吃午饭。他穿着暖和的长袍,兴高采烈地走了。但中午他没有回来。下午从文来了,是来写挽联的。他告诉我也频十二点钟才从他那里出来,说好买了布就回来吃饭,并且约好他下午来写挽联。从文没有写挽联,我们无声地坐在房里等着。我没有地方可去,我不知道能够到哪里去找他。我抱着孩子,呆呆地望着窗外的灰色的天空。从文坐了一会走了。我还是只能静静地等着命运的拨弄。

天黑了,屋外开始刮起风来了。房子里的电灯亮了,可是却沉寂得像死了人似的。我不能待下去,又怕跑出去。我的神经紧张极了,我把一切想象都往好处想,一切好情况又都不能镇静下我的心。我不知在什么时候冲出了房,在马路上狂奔。到后来,我想到乃超的住处,便走到福煦路他的家。我看见从他住房里透出淡淡的灯光,去敲前门,没有人应;又去敲后门,仍是没有人应。我站在马路中大声喊,他们也听不见。街上已经没有人影,我再要去喊时,看见灯熄了。我痴立在那里,想着他们温暖的小房,想着睡在他们身旁的孩子,我疯了似的又跑了起来,跑回了万宜坊。房子里仍没有也频的影子,孩子乖乖地睡着,他什么也不知道啊!啊!我的孩子!

等不到天大亮,我又去找乃超。这次我走进了他的屋子,乃超沉默地把我带到冯雪峰的住处。他也刚刚起来,他也正有一个婴儿睡在床上。雪峰说,恐怕出问题了。柔石是被捕了,他昨天同捕房的人到一个书店找保,但没有被保出来。他们除了要我安心以外,没有旁的什么办法,他们自己每天也有危险在等着。我明白,我不能再难受了,我要挺起腰来,我要一个人生活。而且我觉得,这种事情好像许久以来都已经在等着似的,好像这并非偶然的事,而是必然要来的一样。那么,既然来了,就挺上去吧。我平静地到了家。我到家的时候,从文也来了,交给我一张黄色粗纸,上边是铅笔写的字,我一看就认出是也频的笔迹。我如获至宝,读下去,证实也频被捕了,他是在苏维埃代表大会准备会的机关中被捕的。他的口供是随朋友去看朋友。他要我们安心,要我转告组织,他是决不会投降的。他现住在老闸捕房。我紧紧握着这张纸,我能怎样呢。我向从文说:"我要设法救他,我一定要把他救出来!"我才明白,我实在不能没有他,我的孩子也不能没有爸爸。

下午李达和王会悟把我接到他们家里去住,我不得不离开了万宜坊。第二天沈从文带了二百元给我,是郑振铎借给我的稿费,并且由郑振铎和陈望道署名写了一封信给邵力子,要我去找他。我只有一颗要救也频的心,没有什么办法,我决定去南京找邵力子。不知什么人介绍了一个可以出钱买的办法,我也去做,托了人去买。我又找了老闸捕房的律师,律师打听了向我说,人已转到公安局。我又去找公安局律师,回信又说人已转在龙华司令部。上海从十八号就雨雪霏霏,我因产后缺乏调理,身体很坏,一天到晚在马路上奔走,这里找人,那里找人,脚上长了冻疮。我很怕留在家里,觉得人在跑着,希望也像多一点似的。跑了几天,毫没

·我怎样飞向了自由的天地·

有跑出一个头绪来。但也频的信又来了。我附了一个回信去，告诉他，我们很好，正在设法营救。第二天我又去龙华司令部看他。

天气很冷，飘着小小的雪花，我请沈从文陪我去看他。我们在那里等了一上午，答应把送去的被子，换洗衣服交进去，人不准见。我们想了半天，又请求送十元钱进去，并要求能得到一张收条。这时铁门前探监的人都走完了，只剩我们两人。看守答应了。一会儿，我们听到里面有一阵人声，在两重铁栅门里的院子里走过了几个人。我什么也没有看清，沈从文却看见了一个熟识的影子，我们断定是也频出来领东西，写收条，于是聚精会神地等着。果然，我看见他了，我大声喊起来："频！频！我在这里！"也频掉过头来，他也看见我了，他正要喊时，巡警又把他推走了。我对从文说："你看他那样子多有精神啊！"他还穿那件海虎绒袍子，手放在衣衩子里，像把袍子撩起来，免得沾着泥一样。后来我才明白他手为什么是那样，因为他为着走路方便，是提着镣走的。他们一进去就都戴着镣。也频也曾要我送两条单裤、一条棉裤给他，要求从裤腿到裤裆都用扣子，我那时一点常识也没有，不懂得为什么他要这种式样的裤子。

从牢里送一封信出来，要三元钱，带一封回信去，就要五元钱。也频寄了几封信出来，从信上情绪看来，都同他走路的样子差不多，很有精神。他只怕我难受，倒常常安慰我。如果我只从他的来信来感觉，我会乐观些的，但我因为在外边，我所走的援救他的路，都告诉我要援救他是很困难的。邵力子说他是无能为力的，他写了一封信给张群，要我去找这位上海市长，可是他又悄悄告诉旁人，说找张群也不会有什么用，他说要找陈立夫。那位说可以设法买人的也回绝了，说这事很难。龙华司令部的律师谢绝了,他告诉我这案子很重,二三十个人都上了脚镣手铐,不是重犯不会这样的。我又去看也频,还是没有见到,只送了钱进去,这次连影子也没有见到。天老是不断地下雨、下雪,人的心也一天紧似一天,永远有一块灰色的云压在心上。这日子真太长啊!

二月七号的夜晚,我和沈从文从南京搭夜车回来。沈从文是不懂政治的,他并不懂得陈立夫就是刽子手,他幻想国民党的宣传部长(那时是宣传部长)也许看他作家的面上,帮助另一个作家。我也太幼稚,不懂得陈立夫在国民党内究居何等位置。沈从文回来告诉我,说陈立夫把这案情看得非常重大,但他说如果胡也频能答应他出来以后住在南京,或许可以想想办法。当时我虽不懂得这是假话、是圈套,但我从心里不爱听这句话,我说:"这是办不到的。也频决不会同意。他宁肯坐牢,死,也不会在有条件底下得到自由。我也不愿他这样。"我很后悔沈从文去见他,尤其是后来,对国民党更明白些后,觉得那时真愚昧,为什么在敌人的屠刀下,希望他的伸援!从文知道这事困难,也就不再说话。我呢,似乎倒更安定了,以一种更为镇静的态度催促从文回上海。我感觉到事情快明白了,快确定了。既然是坏的,就让我多明白些,少去希望吧。我已经不做再有什么希望的打算。到上海时,天已放晴。看见了李达和王会悟,只惨笑了一下。我又去龙华,龙华不准见。我约了一个送信的看守人,我在小茶棚子里等了一下午,他借故不来见我。我又明白了些。我猜想,也频或者已经不在人世了,但他究竟怎样死的呢?我总得弄明白。

沈从文去找了邵洵美,把我又带了去,看见了一个像片册子,里面有也频,还有柔石。也频穿的海虎绒袍子,没戴眼镜。是被捕后的照像。谁也没说什么,我更明白了,我回家就睡了。

这天夜晚十二点的时候，沈从文又来了。他告诉我确实消息，是二月七号晚上牺牲的，就在龙华。我说："嗯！你回去休息吧。我想睡了。"

十号下午，那个送信的看守人来了，他送了一封信给我。我很镇静地接待他，我问也频现在哪里？他说去南京了，我问他带了铺盖没有，他有些狼狈。我说："请你告诉我真情实况，我老早已经知道了。"他赶忙说，也频走时，他并未值班，他看出了我的神情，他慌忙道："你歇歇吧！"他不等我给钱就朝外跑，我跟着追他，也追不到了。我回到房后，打开了也频最后给我的一封信。——这封信在后来我被捕时遗失了，但其中的大意我是永远记得的。

信的前面写上："年轻的妈妈"，跟着他告诉我牢狱的生活并不枯燥和痛苦，有许多同志在一道。这些同志都有着很丰富的生活经验，他天天听他们讲故事，他有强烈的写作欲望，相信可以写出更好的作品。他要我多寄些稿纸给他，他要写，他还可以记载许多材料寄出来给我。他既不会投降，他估计总得有那么二三年的徒刑。坐二三年牢，他是不怕的，他还很年轻。他不会让他的青春在牢中白白过去。他希望我把孩子送回湖南给妈妈，免得妨碍创作。孩子送走了，自然会寂寞些，但能创作，会更感到充实。他要我不要脱离左联，应该靠紧他们。他勉励我，鼓起我的勇气，担当一时的困难，并且指出方向。他的署名是"年轻的爸爸"。

他这封信是二月七日白天写好的。他的生命还那样美好，那样健康，那样充满了希望。可是就在那天夜晚，统治者的魔手就把那美丽的理想，年轻的生命给掐死了！当他写这封信时，他还一点也不知道黑暗已笼罩着他，一点也不知道他生命的危殆，一点也不知道他已经只能留下这一缕高贵的感情给那年轻的妈妈了!我从这封信回溯他的一生,想到他的勇猛,他的坚强,他的热情,他的忘我,他是充满了力量的人啊!他找了一生,冲撞了一生,他受过多少艰难,好容易他找到了真理,他成了一个共产党员,他走上了光明大道。可是从暗处伸来了压迫,他们不准他走下去,他们不准他活。我实在为他伤心,为这样年轻有为的人伤心,我不能自已地痛哭了,疯狂地痛哭了!从他被捕后,我第一次流下了眼泪,也无法停止这眼泪。李达先生站在我床头,不断地说:"你是有理智的,你是一个倔强的人,为什么要哭呀!"我说:"你不懂得我的心,我实在太可怜他了。以前我一点都不懂得他,现在我懂得了,他是一个很伟大的人,但是,他太可怜了!……"李达先生说:"你明白么?这一切哭泣都没有用处!"我失神地望着他,"没有用处……"我该怎样呢,是的,悲痛有什么用!我要复仇!为了可怜的也频,为了和他一道死难的烈士。我擦干了泪,立了起来,不知做什么事好,就走到窗前去望天。天上是蓝粉粉的,有白云在飞逝。

后来又有人来告诉我,他们是被乱枪打死的,他身上有三个洞,同他一道被捕的冯铿身上有十三个。但这些话都无动于我了,问题横竖是一样的。总之,他一生就这样结束了。他用他的笔,他的血,替我们铺下了到光明去的路,我们将沿着他的血迹前进。这样的人,永远值得我纪念,永远为后代的模范。二十年来,我没有一时忘记过他。我的事业就是他的事业。他人是死了,但他的理想活着,他的理想就是人民的理想,他的事业就是人民的革命事业,而这事业是胜利了啊!如果也频活着,眼看着这胜利,他该是多么地愉快;如果也频还活着,他该对人民有多少贡献啊!

也频死去已经快满二十年,尸骨成灰。据说今年上海已将他们二十四个人的骸体发现刨出，安葬。我曾去信询问，直到现在还没结果。但我相信会有结果的。

　　文化部决定要出也频遗作选集。最能代表他后期思想的作品是《到莫斯科去》与《光明在我们的前面》，从这两部作品中看得出他的生活的实感还不够多，但热情澎湃，尤其是《光明在我们的前面》的后几段，我以二十年后的对生活、对革命、对文艺的水平来读它，仍觉得心怦怦然，惊叹他在写作时的气魄与情感。他的诗的确是写得好的，他的气质是更接近于诗的，我现在还不敢多读它。在那诗里面，他对于社会与人生是那样地诅咒。我曾想，我们那时代真是太艰难了啊！现在我还不打算选他的诗，等到将来比较空闲时，我将重新整理，少数的、哀而不伤的较深刻的诗篇，是可以选出一本来的。他的短篇，我以为大半都不太好，有几篇比较完整些，也比较有思想性，如放在这集里，从体裁、从作用看都不大适合，所以我没有选用。经过再三思考，决定先出这一本，包括两篇就够了，并附了一篇张秀中同志的批评文章，以看出当时对也频作品的一般看法。

　　时间虽说过了二十年，但当我写他生平时，感情仍不免有所激动，因为我不易平伏这种感情，所以不免啰嗦，不切要点。但总算完成了一件工作，即使是完成得不够好，愿我更努力工作来填满许多不易填满的遗憾。

1950年11月15日于北京

魍魉世界

——南京囚居回忆

一 被捕之前

一九三一年二月,胡也频死难后,我先住在李达家里,后来搬到沈从文兄妹的宿处。四月初,向《东方》志杂郑振铎先生借了二百元钱做路费,由沈从文先生陪我回到了湖南。在母亲面前,我不敢透露真情,编了一个谎言:说胡也频将去苏联,不能一路同来看她;我一个人在上海无法带孩子,只好把孩子交给她抚养。母亲慷慨地答应承受这个重担。我不敢在家里久住,深怕我的感情在无法控制的时候,流露出真情。我在家只住了三天,就匆匆返回上海了。原来比较熟,可以常常来往的沈从文兄妹随即去了北方。偌大的上海,只有李达夫妇是我唯一亲近的熟人了。李达曾是平民女校的负责人,我一向是把他当作老师的。他的夫人王会悟是一个热情的女性,一向对我好,而且是最爱护我的纯真的读者。三〇年也频被捕后,他们主动邀我搬到他们家去暂住。在那白色恐怖严重的时候,这种情谊是极不容易有的,是极可贵的。因此我对他们夫妇的感激之情是永远不会淡漠下去的。李达以他多年的处世经验,以及他对世界的认识,曾经劝我:"无论如何不能再参加政治活动了;老老实实写点文章。"因此,这时我有一些话不便在他们面前说,但我很需要他们的友谊。除了他们家我能够常去坐坐,打发一点时间以外,再没有什么别的人家我可以去了;但去了以后,又不能完全讲心里话,便越发感到孤独。在这种无援的情况下,我一个人孤零零地在环龙路租了三层楼上的一间小房子,寂寞地过着一天又一天。

我这时是二十七岁。虽然在上海、在北京都住过,上过学,可那时都是同朋友们在一起,或者同爱人在一起。如今独立生活在大上海,一个人在万花筒般的大上海度日月,这是第一次,我真感到举步维艰,整日心神不安,忧心忡忡。穷思苦想,我强打精神,蓄积力量,为应付每一个日子而挣扎下去。

我有许多负担:首先是政治上的压力。也频已经牺牲了,我应该继续冲向前去!但究竟应该怎么做?杀害他的国民党刽子手们能够放下屠刀放过我吗?第二是经济上的压力。我应该奉养我的母亲,应该抚育我的孩子。他们每日的吃、穿、住,都应该由我筹措,加上我自己在上海的房租、伙食……我每月得写多少字啊!过去是两个人经管两个人(母亲还有一点点积蓄),现在是一个人担负三个人,并且是两地为生。第三是创作上的压力。我该写什么呢?我旧有的一点点生活,我对小资产阶级知识分子女性的愁苦,已经写腻了。我需要开拓创作的新天地,我必须到大众的生活中去。可是,怎么去,去什么地方?种种问题横积在我的心头。我坐着,痴痴的;躺着,闷闷的。在马路上走着,心像被狂风卷起的落叶又被抛下。我写过一篇小说:《从夜晚到天亮》。那是我自己这一段生活的写照,看过这篇小说的读者会更理解我的。

我曾经向共产党中央要求去江西苏维埃区。等着等着,后来不被准许,因为工作需要,我被留在上海,主编左联机关刊物《北斗》杂志。这件工作很重要,不是我过去办《红黑》的那一点点经验所能应付的。那时编辑《红黑》杂志,主要是也频做事,我只在"人间书店"办的《人间》月刊上挂一个空名;另外的事则由沈从文和那位书店的老板兼编辑程某负责;刊物只出得两期或三期就停刊了。

我这时的生活实在狼狈。关心我的左联的朋友们有人认为在如此处境下,一个人生活太艰难,不是长久之计。但我这时对于恋爱实在心灰意懒。我相信不会有谁能像也频那样的纯朴热情,因此我只愿一心写作,或做一点工作,不愿用什么爱情来分占我的心思,我的精力,我的时间。我需要一个爱人,一个像也频那样的爱人,但又不想在生活中平添许多麻烦。有时我甚至以为一生一世最好是一个人自由自在的生活;而且也频的影子老在我心里。谁知就在这寂寞孤凄的时候,冯达走进了我的生活。这是一个陌生人,我一点也不了解他。他用一种平稳的生活态度来帮助我。他没有热,也没有光,也不能吸引我,但他不吓唬我,不惊动我。他是一个独身汉,没有恋爱过,他只是平平静静地工作。他原是史沫特莱的私人秘书,左翼社会科学联盟的一个普

·我怎样飞向了自由的天地·

通盟员。他已参加了党。他曾有优厚的工资,每月收入一百元。后来他把职务辞掉,在党中央宣传部下属的工农通讯社工作,每月拿十五元生活费。他天天写一点稿子,也翻译一点稿子,把通讯稿打字、印刷,然后一一拿出去付邮。他不爱多说话,也不恭维人。因为从事秘密工作,为了迷惑敌人,他穿戴整齐,腋下常常夹几张外文报纸。他没有傲气,也不自卑。他常常来看我,讲一点他知道的国际国内的红色新闻给我听,因为我平日很少注意这些事,听到时觉得新鲜。有时他陪我去看水灾后逃离灾区的难民,他为通讯社采访消息,我也得到一点素材,就写进小说里去。我没有感到有一个陌生人在我屋里,他不妨碍我,看见我在写文章,他就走了。我肚子饿了,他买一些菜、面包来,帮我做一顿简单的饭。慢慢生活下来,我能容忍有这样一个人。后来,他就搬到我后楼的亭子间。这年十一月,我们就一同搬到善钟路沈起予家。沈起予住三楼,我们住二楼,每月我们给沈家廿元房租,和楼下的一家一同搭伙吃饭,每月给她廿元饭钱,并和他们共佣一个阿姨。"一·二八"后不久我们离开善钟路。由于上海的白色恐怖和工作安全的需要,我们东住几天、西住几天,经常搬家,最后搬到昆山花园路。三个月后,即一九三三年五月,我被捕了。

被捕以前,我一直认为冯达是一个好党员。他工作负责,耐劳,有病也不休息。听说他有母亲、弟弟,在广州老家,但他们很少通信;他没有别的社会关系。有一个时期,他在党领导的"时闻通讯社"工作,每天上班。他生活上无嗜好,也没有多余的钱。他每月只有十五元生活费(后来我们的房子成为党的秘密机关后,每月补贴二十五元房租),他从不乱花,也不叫苦。

我们认识时,他在史沫特莱那里当秘书,不久就转到中央通讯社去了。领导他的是朱镜我同志。一九三二年他兼时闻通讯社的工作时(实际仍是共产党中央通讯社),领导人还是朱镜我。一九三二年下半年,他调到中共江苏省委,负责《真话报》工作。潘梓年同志是报纸的总编,常来我家;领导人是汪盛荻。一九三三年春,一二月间吧,汪被捕,丁九①同志接替。我们搬住到公共租界北四川路昆山花园路。

二 绑架到南京

一九三三年五月十三日晚上,冯达九点钟才回家。他对我说:他曾去看《真话报》的两个通讯员(没有告诉我他们的名字),在他们住室的窗下叫了两声。那两个人住的亭子间,窗户临弄堂。只听到屋里脚步声很杂,而且灯光摇晃。他感到与平时不一样,怀疑出了问题,便拔步急走。走到大马路上,也不敢回头,赶忙跳上一部电车,半途又换了几次车。他估计即使有尾巴,也可能被甩掉了,这才往回走。可是到家门口后,他刚把钥匙插进锁孔,回头望望,看见马路对面影影绰绰有一个人。他来不及走避,只好进门回家。因此他怀疑我们这间屋子也可能会出问题,应该小心。第二天是五月十四日,早晨,他又向我说,他还要去看看那两个同志;如果不去,这两个人的组织关系便会丢了,那很不好;他应该去了解一个究竟。这天上午,我要去参加正风文学院一个文艺小组开会。我们约定十二点钟以前都一定回家。

---

① 丁九即应修人同志,当时任中共江苏省委宣传部长。

·我怎样飞向了自由的天地·

到时候如有一个人未回,另一个人就要立即离开家,并且设法通知组织和有关同志。八点多钟,我们分手了。我去正风文学院前,特意绕道去穆木天、彭慧家,告诉他们昨夜新发生的情况,并说如果我下午不再来,就可能是真的出了问题,让他们有所准备。从正风文学院出来,我回到家里是上午十一点半,果然冯达未回。我认为这不平常,因为他说只是去两个记者那里看看的,应该比我回来得早。我稍微等了一下,就去清理东西,如果十二点钟冯达还不回来,我就走。正在这时,潘梓年同志来了,我把情况告诉了他。他这个人向来是从从容容、不慌不忙的,他拿起桌上的一份《社会新闻》,坐在对着门放置的一个长沙发上;我坐在床头,急于要按规定及时离开,但看见潘梓年那样稳定、沉着,我有点不好意思再催。不一会儿,突然听到楼梯上响着杂乱的步履声,我立刻意识到:不好了。门砰的一声被推开了,三个陌生人同时挤了进来。我明白了,潘梓年也明白了。我们都静静地不说话。来人当中为首的一个高个子,马上站在我的书桌前,我的书桌是临窗的。一个人守在门边,一个人就翻查书架。后来我知道,为首的那个特务叫马绍武,是一个大叛徒。当时他严厉地看着我和潘,没有说话。约三四分钟后,跟着又进来两个人,其中一个叫胡雷。这人一九三〇年到过我家访问胡也频和我。那时他在《真话报》工作,约我们去参加《真话报》的读者座谈会,我们去过。这天他一进门,看见是我,很诧异,跟着对我笑笑,点了一下头。我心里明白"坏了!"马绍武看见了,立刻把他拖到门外,谈了一小会儿;马绍武得意洋洋地走了回来。我明白马绍武知道我是谁了。我心里想:"知道又能怎样?反正是那么一回事!"我对胡雷这个无耻叛徒感到愤恨,怎能为敌人当鹰犬来捉拿革命的同志!过了五六分钟又进来了三个人,其中有没有胡雷,我就没有注意了,我只注意一个人,那就是冯达。他一看见我和潘梓年,猛的一惊,然后就低下头,好像不认识我,也不认识潘梓年,他木然地、无神地往床头一坐,我立刻就站起来走到立柜边去了。我瞪着他,他呆若木鸡。我心里想:难道是他出卖了我们?

"门被推开,三个陌生人挤了进来。"

这时,马绍武做了一个手势,屋子里的人动起来了。他们推着我和潘梓年,我顺手把刚才清理的衣服拿了两件,还拿了一件夹大衣,如果睡在水门汀地上还是用得着的。就这样,前拉后拥把我们推下楼来,带出了门。街上没有几个人,那时昆山花园路一带向来僻静,只有这一排房子里住了几家俄国人。这里不可能有援助我的人。他们把我们推进停在路边的一辆汽车里,我和

·我怎样飞向了自由的天地·

潘梓年坐在后边,一边一个特务。前边坐的冯达和另一个特务。大马路上人来车往,熙熙攘攘,可是有谁知道我们被押在国民党特务的一辆汽车里,朝着什么地方,什么境界驰去呢?我用臂膀碰碰潘梓年的臂膀,我自己也不清楚我想表示的是什么?是恨,恨冯达!是爱,爱潘梓年!现在世界上只有潘梓年同志是我唯一的亲人,唯一同命运的人了。一群匪徒,一群无耻的穷凶极恶的魔鬼,紧紧地围着我,用狰狞的眼光盯着我。

汽车驶向黄浦江边,在十六铺南头的一小块空地上停下了,围上来另一群人,把我拥进一栋小楼;楼前挂着"××旅馆"的招牌,但我看得出这是国民党特务匪徒的一个黑窝。

一上楼,他们把冯达和我关在一间房子里。这时我忍不住骂道:"真看不出你是一个朝秦暮楚的人,哪里会想到是你把我出卖了!"

冯达忙着声辩:"不是我,你能听我解释吗?"

我说:"还有什么好解释的?事情不是明摆着的,我们家的地址是你说出来的。只有你!你不必解释,我不相信你。"

冯达还是连声解释,说昨晚他就怀疑过,有人盯梢,我们的房子被人注意了,我不愿听他的声辩,只想把对敌人的仇恨发泄在他身上,我真想跳过去打他,但我们当中横着一个方桌。这时马绍武进来了,他劝我道:"不要生气!可以慢慢讲嘛!"原来他在隔壁偷听。我不愿再开口了。我对马绍武说:"把我们分开!"马绍武连说:"不要这样,不要这样。"后来他们把我们领进另一间较大的房子,里边坐着七八个人,全是穿着短衣的打手。我气悻悻地坐在那里,不理人,也无人理我。他们拿饭来,我没吃,心里只想:"有什么办法逃出这里呢?"

这样整整坐了一下午,到夜晚,我要小便,打手们也不肯出去。我只得当着许多男人坐在便桶上,尽管便桶是放在床后边,当中隔着帐子。第二天清晨,他们一群人前呼后拥把我同冯达送上火车,在二等软座,他们包围着我,不使我接近乘客。途中我到厕所去了一趟,我用燃烧过的火柴棒写了几句话在一张纸上(因为我身上没有笔,但有香烟、火柴),吁请仁人君子把捡到的另一短简寄到上海开明书店叶绍钧(即叶圣陶)收。给叶绍钧的信里只说我被绑架到南京,署名"冰"。我把纸条和信用一块手绢包着,里边还包了四元钱是给捡信人的。我把手绢包从便盆中投了出去。自然,这只是徒劳,像石头丢到海里,连一个水沫也没有。后来我也没有问叶绍钧先生是否收到过这封信,他也从来没有谈起过这事。

我一心只想把我被绑架的消息传出去。我捡过一份他们看过的报纸,是当天的,但当中被他们剪掉了一小块。我不知道这被剪掉一块的内容,我猜想可能同我有关。以后,我才知道果然是报道丁九在我家楼上摔下来遇难的消息。当时我怀疑他们为什么要剪掉这一块,是因为怕我看见,或是因为是别的重要新闻才剪掉的呢?

中午时候,火车进了南京站。南京是国民党中央政府的所在地,是屠杀革命人民的总指挥部。像欢迎国民党的党国要人那样,涌上来一大群人,像看猴子似的挤近前来看我。押解我的人簇拥着我坐进一辆大巴士,车子先开到国民党中央党部。停了一会儿,才把我们送到一个完全中国旧式的比较高级的旅馆,但看样子,这旅馆不是普通做买卖的,这里非常安静。我们住进一间比较大的房间,仍是好几个看守与我们一起。我开始过一种特殊的囚犯生活。

三　两只癞皮狗

在这个旅馆里只停了一天,第二天又换到另一个旅馆。这里是两三排平房。我们住的是前后两间。前房住三个看守,后房就叫冯达同我住。有一个向北的小窗户,小窗镶着毛玻璃,钉着铁丝网,关得死死的。看来,在我以前这里住过别的人。房间里除床、桌外,有一个小凳子,一个洗脸架,上边放置着盥洗用具。外间屋较大,有两张床,一个吃饭的方桌,临窗放着四五个小凳。除洗脸用具外,还有一把茶壶,几个茶杯。三个看守住在外屋,晚上通宵有人值班。厕所在我们这排屋的尽头,去厕所要走过一间空屋,没有外人去。门前是院子,对面也是一排房子,不知道干什么用的,是否关得有人,或是空着,都不知道。总之,狭长的一条院子,除我们几个人外,见不到别人。偶尔有人送水来,我也不以为这是旅馆里的什么人。自然我们屋后还有后院和类似的房子,它们派什么用的,只能令人想象,大约不是住的过往旅客。

送我们到这旅馆来的是一个小官员。我问过看守,他们说是王科长,在中央党部调查科做事,但不是调查科的科长;调查科的科长叫徐恩曾。但调查科又是一个什么机关,是干什么的,以我当时的窄狭的社会知识,我是不理解、不知道的。我只懂得他们在这里关着我,管着我,这里是可以致我死命的地方。

在头一家旅馆,我就向看守提出来要与冯达分开。我对他有怀疑,不愿同他再在一块。到第二家旅馆后,我又向看守提出,他们推托说这要问上边,他们无权处理。

十七号上午,我还躺在床上的时候,听到一个人在室内与冯达说话,是一个熟人的声音。慢慢我听清楚了,原来是曾到过我家不少次的原共产党江苏省委宣传部长汪盛荻。我一时不明白,这个人为什么会出现在这里?他现在是什么身份?我脑子里好像有什么东西在敲打!慢慢我明白了,呵!他一定是叛变了,他是来劝降的!真可耻,真可恶!我简直没有勇气去看一个神圣的共产党员失身成为这么一只可鄙的走狗。他走到帐子外边,不敢直呼我的名字,只说:"起来,起来吧!我们可以谈谈!"

"哼!有什么可谈的!"我不理他,仍旧睡着,只希望他赶快走开。我怕见龌龊的东西,他真龌龊!

他不走,我只得起床;我一眼也不望他。他对冯达说:"我那年一被捕就提出要见陈立夫,我和他在中学同学。他能不照顾吗?"听到这话,冯达怎么想,我不知道,我只感到忍无可忍。

汪盛荻终于对我说了三点。他说:"第一,你是共产党员,你无法抵赖。我已经向国民党讲了。"我回答他:"我不是共产党员。你凭什么瞎说?!你有什么证据?!我只是左联的盟员。"

他说:"第二,你不要幻想宋庆龄、蔡元培能救你。"我答:"我根本不作任何希望。"

他又说:"第三,胡也频被捕是共产党内有人告密。"我答:"胡也频是被国民党枪杀的。"

他不再说话了,可是也不走,赖在这里捱着。我坐在里间,冯达也坐在里间。他就在外间同看守闲聊,还在这里吃中饭。吃饭时我问他:"你怎么还不走?你不是有人照顾吗?为什么要在这里陪我吃牢饭?"他不高兴地看看我,无可奈何,只低头吃饭。

第二天,是十八号,汪盛荻又来了,他想再同我谈话,我不理他。他又捱到吃中午饭。我有点看出来了,便说:"你是不是向人夸下海口了?你昨天来时还有点神气;今天,你已经明白了,你是交不了差的,可又不敢不来。唉,脖子上套了一个圈,是吗?"我哈哈大笑。他不敢发脾气,勉强吃完这顿饭,很快就走了。十九号上午,他没有再来。我问看守:"今天那只狗怎么没来?"三个看守都笑了,说:"他来有什么用?我们都跟上峰讲了。"我心里真有点痛快。

跟着,又来了一个小瘪三式的文人,自己报名叫张冲(叫张冲这个名字的人真多!),听说我来了,住在这里,他顺路来看看、聊聊,还说在北京时同胡也频很熟。真会说谎!他好像真的是路过这里,很自然地听说我在这里,就随便进来看望老熟人。难道我真会相信这里是一个可以自由进出的旅馆?我是一个可以让熟人随便来看望、随意说说闲话的普通人?我一本正经地回答说:"你同也频熟是假话,也频的熟人,我没有一个不知道的,你不要攀老交情了。你来要谈什么,是用什么身份来跟我谈,敞开门说吧。"不知道为什么他不敢承认,只连声说:"是顺便来看看,是看看你……"大约他看出我是一个不识相的人,他没有准备,或准备不够,便没有再谈什么,局局促促地坐了一小会儿就起身走了。

四 去雨花台吗?

又过了一两天吧,来了一个大高个子,看来像是负点责任的。他一见面就笑着说,像是问话,又像是自语:"来了几天了?"我"唔"了一声,心想:"真是废话!"我说:"你不比我还清楚吗?"他装着没听见。接着问:"生活还好吗?"我生气了:"有什么好!现在是在吃官司!"他让我坐,自己也坐下来,接着说:"不要这样想嘛!你完全可以自由。"我更生气,他在说鬼话。我一点也没有理会出他的言外之意。我气悻悻地说:"什么?你们现在能让我出去吗?如果你们认为我有罪,那为什么不公开逮捕、不送法院,不公开审讯?!简直是土匪,绑票!"他不声辩,只是笑笑说:"冷静一点吧。过几天再来看你。"他走了。此后,事情就晾在这里了。一天到晚就是三餐饭。

看守中有一个年轻人,大约十八九岁,一天到晚拿一本《三剑客》看。无人时,就是另外那两个看守不在时,他悄悄同我聊天,说是看过我写的书。他说:"你填一张表就什么事也没有了。我看见不少共产党员顺着填表,你何苦来呢?"他还拿出一张杨杏佛先生的照片给我看,说国民党要杀他。他们调查科派了二十个人去上海,他也跟着去了,但没有成功,全都叫了回来,每人扣发一个月的饷。现在是复兴社的人又去了。听后,我真为杨先生担忧,而又痛感无能为力。但我看这个人比较年轻单纯,想利用他,便同他谈,劝他离开这里,说他干的工作,是刽子手的工作。他,一个青年,应该走光明正道。每月为了二三十元钱,帮这群土匪杀人是造孽,是很不光彩的。如果我死了,他的手上也沾有我的鲜血。他对我说,他们做这项事,都要有人作保,他的姐夫全家为他担保。他如走了,姐夫一家便脱不了干系。他自然不能听我的,但对我却一天天近了。我相信他不一定是接受了更多的任务,不会是一个圈套。最后我求他说,我想写一封信,请他寄给蔡元培。他先是不敢答应,后来勉强答应,也许是敷衍,说假如我死了，他就一定寄。这个人的名字叫什么，我不记得了。一九七九年，报纸上报道我复出的消息以后不久，曾收到他写给我的一封信，信中说很后悔当时没有听我的话，全国解放、新中国成立后，他坐了一阵子牢，现在已刑满释放，回家种田了。

大约在廿七或廿八日，又来了一个有官架子的人。他没有到我们住的外屋来，而是把我叫到隔壁房子里去的。他一开始就说："你知不知道鲁迅是拿了卢布的？"我说："这不是新闻，是造谣，一些报纸老早就登过。"他问我鲁迅的住处，我答道："你们比我清楚，他的住处经常有你们的特务盯着。"他又问茅盾的住处，我说："你当然知道，我不知道。即使知道，也不会告诉你的。"他说，听说我对国民党的文化政策有意见，他愿听一听。我说："你们不就是杀人、抓人、恐吓人吗？你们还有什么别的文化政策，我不知道。"他可能觉得我有些蛮横，不可理喻，于是皱着眉头不耐烦地说道："好，你回去吧！"我就回屋去了。事后我问看守，这人是谁，他们都不说，只说是一个官。我一直不知道此人是谁。

正是这时，有一天，我从窗户里忽然看见一个我认识的人走过来了，走过我住的房子，到隔壁的隔壁的屋子里住下了。和他一起的还有一个年轻的女人，大约是他的妻子。这个人叫韦丛芜。过去我同他虽不太熟，但我听说他是"未名社"的，属于"语丝"派的，是属于鲁迅一派的。他的哥哥韦漱园同鲁迅关系非常好。我没有多加思索，没有想到这里是不可能有什么旅客的，以为有了一点希望。我便写了一封给蔡元培的短信，请他转去。我先问他能不能办到，如能，就贴一块手绢在玻璃窗上。这信是在冯达上厕所时，路过他的房门口扔进去的。当晚我果然看见他们贴在窗户上的一块小手绢,真高兴极了。我以为只要这封信能到蔡元培先生手里,总会起一点作用的。而韦丛芜我认为应该是一个有良心的诗人。

五月三十一号的晚上,天气很热,我要求到屋外透透气。看守恩准了。出屋后才知道,原来房子旁边,有一块很大的草坪,并且种得一些树。我坐了一小会儿,韦丛芜也从他们的屋子走到草坪上来。我请看守替我买汽水,他们去了,只剩下那个年轻人。我慢慢散步到韦丛芜的身边,悄悄问道:"送到了吗?"他说:"蔡先生不在南京。"我说:"中央研究院可以转交。"他说:"对。"正在这时,买汽水的看守回来了,我只得走开。"天呵!"信到底送去了没有呢?

一九三五年我问过姚蓬子,韦丛芜这人怎么样。姚说韦在一九三三年来南京,是找陈立夫的,后来当了县长。一九八三年我又问冯至同志。他告诉我:韦丛芜老早就投奔了国民党,解放初期他还翻译书,后来被清查出来了。现在的情况不知,可能逝世了。

后来,韦丛芜回屋,看守人退汽水瓶去了,那个年轻看守忽然告诉我:"他们今晚要来领你们走。前天你说话脾气不好。是听我姐夫说的。"我感到他好像有些惜别的样子,便紧叮了一句:"你答应我死后一定要把我的信寄出去的!"他说:"是。"我们回到住处。我又塞给他一封短信,说明我的处境和我的态度。我等着事态的发展。

果然,不一会儿,那位王科长来了,说有一位王先生(又是姓王!)要见我,请我们到他家去。我们坐上一辆汽车,车门两边都站有便衣打手,汽车在中山大街往南开去。朝这个方向,我断定是去雨花台。我默默思索：我还有什么事要做，什么话要说呢？不行！都晚了，我什么也不能做了。大块的乌云压着我。我只能回去，回老家去，到也频去的那儿去。

五　国民党的神经战

我正以为我短促的一生将在雨花台宣告结束的时候，汽车在离城门不远的地方忽地向右拐弯了。大马路上还有浑黄不亮的路灯，这小胡同里就只是一片漆黑。人们大概都已沉入梦乡，四周寂无声息。汽车在小胡同里向北拐，又向西拐，弯弯拐拐，在一家大石库门前停下了。即使是在深夜，我也感觉出这是一栋很阔气的府第的大门。我被挟持在如狼似虎的人群中进入一个大院，走进前厅。那位王科长让我坐下后，说是向主人通报，他就走入后进屋子去了。我打量这间厅堂，完全是旧式大户人家的气派和摆设，正中间一张条桌，条桌前边有八仙桌，两边是八张太师椅和四个茶几。家具虽不珍贵，却应有尽有，够得上整齐、清洁。我随意坐在一把椅子上，冯达坐在我下手。正房两边屋里都住着有人。这时他们一个一个地走出来看我们，全是些彪形大汉。天气还不十分热，都打赤膊。八仙桌上放着点燃的三支蜡烛，他们一走动，一个人都出现好几个影子，真是鬼影憧憧。我想：这么大的厅堂，为什么没有电灯呢？

谁也不理我们，我只能焦灼地坐着。大约过了大半个钟头的样子，那位王科长才出来，说："里边的王先生今夜要去上海，不能谈话了。过两天再谈。这两天暂时住在这里。"啊，真奇怪，这是什么花招呢？但我有什么权力说不住呢。反正哪里都是一样。我没说话,他就走了。于是这一群赤膊大汉,有五六个人吧,前边两个人各擎着一支摇摇曳曳的蜡烛引路,烛光微弱,只能照到两三步远的地方。左右前后都有人紧跟着。走出这间前厅,进入一个更大的大厅,四周漆黑,我无法左右顾盼,只感到一阵阴凉冷气,好像到了一个杳无人迹的旷野。然后,向右转,进入一条甬道,一条很窄很窄的长巷。我这时才感到真正的恐怖,我想他们要在这里下手了。这么黑的夜,这么深的甬道,两边这么高的围墙,这地方正好动手,任何有本领的人都无路可逃,也无能挣扎的。我等着,无能为力地警惕着。但他们并没有动手。我们走过甬道,向右拐进一个敞厅,然后又一道墙,出了墙门,又进入一个院子,然后来到一个倒厅。按着旧式建筑的格局,我琢磨这是朝北的,从正面的前厅来说,这是一间西花厅。这和我们刚进来时坐等的那间前厅是应该有门相通的。后来证明果然有扇月亮门,不过门已经钉死了,也听不到外间的动静。

  这间倒厅空空的,靠东边摆一张大床,靠西边摆两张小床。中间一个大八仙桌,有一个茶几、两把太师椅和几个小木凳。他们把蜡烛往八仙桌上一放,就都站在那里不说话。这个厅堂大约很长时间没有人住,一股股的湿气、霉气往鼻子里钻。我在方桌边一张太师椅上坐下来,有人给我倒了一杯茶。有几个人悄悄走了出去,留下三个人收拾床铺。冯达先睡下了,另两个人也睡下了。我无法睡觉,就在桌旁抽烟,烟不错,哼!是"白金龙"牌的。另一个看守坐在桌子对面,他也抽烟。他的影子照在墙上显得很大。可能我的影子也映在我背后的墙上,显得很大很大。夜既安静,也极沉闷。过了一会儿,这个看守鬼鬼祟祟轻轻地送过一张纸条。我侧头看了一下,上边歪歪扭扭写了几个字:"你知道这是什么地方吗？"我摇摇头，我的确不知道这是什么地方。他把纸条收了回去，又写了几个字送过来，我再看，原来是这样写的："这是国民党的音杀机关。"我懂得"音杀"就是"暗杀"两个字。我没有任何表示，心里想：可能是的，也可能是吓唬我，这可能性更大。但不管怎样，我应当相信是真的。真的又怎么样？反正我已经有准备了。我轻轻问他："你是什么人？你姓什么？"他便又写了两个人的名字给我看，是"罗登贤"、"廖承志"，还悄悄问："认识他们吗？"我摇摇头。但我知道他们都是共产党员，在不久以前被捕了。民权保障同盟正在营救他们。他又悄悄地说："我同他们原是一道的。我是工人。"我倒抽了一口气："原来又是一个叛徒！"我讨厌极了，便不再理他，摸到大床上，在另一头躺了下来。我瞪眼望着天花板，他的影子倒映在天花板上，怎么也离不开我的视线。这时各种各样的思虑，一齐来到我脑子里："这里很可能真是一个杀人魔窟。这个叛徒很可能就是执行命令先来吓唬我的，但也可能是毫无缘由只是给我递来一个不祥的消息。自己死在这样一群又蠢又脏的坏蛋手里真冤。他们将怎样动手呢？用刀、用绳、用毒药。唉，管它呢……唉，这夜真长，怎么还不天亮！就这样永远黑暗下去吗……潘梓年现在哪里？他还活着吗？左联的同志们现在在干什么？他们一定都搬家了。其实，不搬家也没什么，我不会讲出他们的住址的。看样子冯达也没有说出别人的地址，他在旅馆里还一再辩解，说我们家的地址特务们早就注意了，头天晚上他不是还告诉我他的怀疑吗？反正，我还得问他，我不能相信他。如果真是他出卖我和潘梓年，那就太卑鄙了，他就成了敌人，我要再提出来，一定要和他分开关押……"

天亮了，一个娘姨走进来把马桶拿出去倒了。马桶依然放在床后，我还是不能避开人大小便。不一会儿，一个厨子模样的人把饭端了进来，于是团团围了一桌，除了看守我的三个人以外，还有那个娘姨、那个厨子。可是饭呢，只有稀饭、咸菜，不如那边旅馆里的丰盛。这里洗脸用具也没有，我只得用看守用过的一块脏毛巾；他们中有的人明显的有沙眼。牙刷是我离开家临走时带出来的，没有牙膏。我想，可能他们没要我在这里久住的打算，所以这些全没有准备。早饭后，那位王科长来打了一转，把冯达叫出去了一会儿。后来我问冯达，冯达说："他问你怎么样？"这意思开始我不明白，觉得含糊，后来我理解出来了。原来头天晚上，汽车走在去雨花台的路上以及大厅、甬道、烛光、空院、"音杀"机关等等的诡秘行为都是有目的的。因此一清早便要来打听我的反应，我的神经经受得住吗？他们还问冯达，我有没有可能答应写一个自首书登报。冯达答复他们说，没有可能，丁玲不会答应。冯达告诉我这些以后，我恍然大悟，心想："呵！一夜的作为不过就是为的这个！"这样，我倒放心些了。

不过，这样的把戏还得继续耍弄下去。有时候，忽然一个或两个看守杀气腾腾地冲了进来，手里拿了一根麻绳，好像要干一番什么大事，不过东望望西望望，然后又走了。有时，我忽然发现在那小墙门后边放了两把铁锹，他们谈话中又故意露出一点消息，影影绰绰地说晚上要干掉什么人什么人……总之，就是要使你心惊胆战，时时都感到会发生突然事故。我的确担心过，等着他们动手，但有时又觉得可笑。他们到底要干啥呢？要干又不干！不过有时我很心寒。特别是每当夜晚，孤寂的一轮明月挂在中天，我独自倚门望着这荒凉的到处长着一层绿苔的庭院，凉风微微掠过我的长发,我会凄然地意识到:难道这里就是我的葬身之所吗?

六 徐恩曾的出现

这样又继续了好几天,慢慢地他们自己也有些疲倦,而我也麻木了。他们再怎样折磨我,我也无心再去注意。我只愁一日三餐的饭食真是难吃。米很糙,菜很差,每顿一点老韭菜,真正的牢饭可能会好吃点。没有零食,不吃又饿。有一壶粗茶。只有烟倒是好烟,看守都跟着抽,一天两听。我实在熬不过,清理了一下我的小皮包,里边还有四十来元钱。家里原来还有从良友图书公司刚拿到的二百元稿费,真可惜不知落在哪个混蛋手里了!我拿了伍角钱叫看守替我买板鸭。好大一盆呵!摆在桌子上,大家都吃得很香,谁也不客气,就算我请客了。早晨,我要他们为我买咸鸭蛋或者松花蛋,或者好点的咸菜。看守对这差使都愿意干。屋子里的空气随着和缓了许多,他们有时也同我说点闲话,没有再把我当成一个江洋大盗那么防范和那么严厉了。我讨厌他们,把他们这伙小人物当癞蛤蟆、小老鼠看待。我虽然不屑于同他们谈话,但装出一副满不在乎的样子。这里又没有一本书、一张报,也没有任何可以混日子的东西。只有痴痴地坐在凳子上抽烟,或者躺在床上望天花板,或者用苍蝇拍打苍蝇,有时就蹲在院子里看蚂蚁来来去去搬家。我似乎还在等着,天天等,等着一个什么结果。现在才知道完全不需要等了,一切都任它自然发展吧。自从发现了可以买菜,慢慢又想到该买毛巾了,买肥皂、牙膏了。最后又发现我的旗袍已经不适宜,该换一件凉快衣服了。于是我叫他们替我买一点薄布,自己缝了一件简单的连衣裙,好像准备在这里长住下去的样子,实际我心中成天装着一盆火,只想找人发泄!本来嘛,别人吃官司总还有家里人可以送送牢饭吧,在堂堂国民政府的所在地,我却无缘无故地成了秘密死囚牢里的人,完全与世隔绝。我真像一只被关在笼子里的老虎,怀有一颗饿狼般的心,只想吃人!

这样又过了十来天,快到六月底了。一天,我正蹲在院子里用死苍蝇引蚂蚁出洞,看守煞有介事地对我说:"徐科长来看你了。"我一下没有听清,也没意识到这徐科长是何许人,只是仍然盯着院子里的砖地,继续玩着我的老玩艺儿。这时从小墙门的门外转进来一个穿长衫的人,干干净净,大约是个官吧。他看见我没有站起来,也没理他,便自个儿走进厅子,坐在八仙桌旁的太师椅上。看守走到我面前再次说:"徐科长看你来了。"他把徐科长三个字说得很重,但我还是不明白他的重要性,一个国民党的小小科长有什么了不起。但不管他是一个多么大的官,既然出面来找我,我还是应该理理他的。我便站起来走到八仙桌边,在他对面一张太师椅上坐下了。他还是像过去那些官员一样问我道:"生活怎么样?"我还是那么答:"现在是吃官司,说不上什么了!"到底是科长,他倒很会说,他道:"不要这样想嘛。我们这边也有你的朋友。彭学沛你还记得吗?他就很关心你。"我说:"胡也频曾在他办的报纸编过短时期的副刊,他们说不上是朋友。"他又另外起头解释:"有些人听说你到南京来了,以为我们钓到了一条大鱼,实际不然。就说你吧,你不过写几篇文章,暴露一点社会上的黑暗,这算什么呢?充其量我们把你的刊物封了就是。"我知道这指的是《北斗》杂志。他又放慢声调说道："你又不是共产党员。"哼！真奇怪，他明明知道我是共产党员。汪盛荻就说过他一切都向国民党讲了，还对我说过："你是一个共产党员，是赖不掉的。"这位科长现在反而把我开脱出来。这是耍的什么花招？这更加引起我的警惕，我自然装着无所动心的样子，不说话。他接着说："你又不知道别的党员的住处，也不会帮助我们抓人，你对我们毫无用处。你也明白，我们并不是特别去抓你的，我们只是想去破坏共产党的机关，偶然碰着你的。只是，既然来了，却很难放。我们不怕有人说我们野蛮、残暴、绑票等等，什么蔡元培，宋庆龄，什么民权保障同盟，什么作家们，我们也都不在乎。我们只怕引起外国人的抗议，我们是在租界上抓你的。你住的地方是租界，这事已经引起租界捕房的抗议，说我们侵犯了他们的'治外法权'。我们不愿引起更多的麻烦，只得咬定不承认。现在的事态就是这样。"他一口气说了这样多，停住了，眼睛看着我，在观察我。我懂得了，这是比过去来过的所有人都要厉害得多的一个人，可能是我一生中还从未遇到过的对手，是一只笑面虎，是真正的敌人。我只死死地想着："既然我什么都不在乎，死都不怕，笑面虎又能怎样呢？"笑面虎又微微带笑地说："不放你是怕记者问你，你是怎么来南京的，那就让外国人抓到把柄了。假如你答应不见记者，到另外一个地方去，躲开他们，自由自在地生活，就方便多了。"停了停，又说："彭学沛可以资助你出洋，他愿意送你六万元钱，供你出国。……"他又停顿下来，看着我。我不会为之所动，我清楚地答复他："我不能拿彭学沛的钱，我们并非朋友，我们没有丝毫关系。你说什么出国，这是我从来也没有想到的，现在我也不愿出国。这就不必再谈了。"

对我的回答,笑面虎似乎早有所料,所以他沉住气,只静静地望着我。我当然不会收彭学沛的钱,也可以说是不会收他们的钱!他仍只静静地观察我。过了一会儿,他又说道:"我刚才说过,我们把你弄到南京来,实在是一个'误会',我们并没有想抓你。抓你不但对我们没有用处,而且引起了一些社会舆论。据说令堂已到上海,要向法院起诉。自然这不会有结果的。"

这倒是一个晴天霹雳。我母亲已到上海并向法院起诉,多好啊!这说明有人、有党在我母亲的身后。好妈妈!你起诉吧,向国民党要人,揭发他们!

笑面虎又非常关切地说:"怎么能让令堂宽心才好,你不是在这里平平安安地生活着吗?要不,你在报上登一个启事,说明你平安无事,只这一点就行。也许令堂正以为你已不在人世,或者是危在旦夕,这会使老人不安的。你看是否登一个简短的启事较好?"我答道:"我在这里,怎能向她保证平安无事呢?除非我得到完全的自由。"我心里想:我不会上当的。母亲也是一个坚强的人,任何艰险不幸,她经得起的。如果她真到了上海,这就更好,她的周围有比我更强有力的人们。她不孤独。

笑面虎又拐弯说:"你不肯登启事,就写封信给她也行,再寄点钱去,让老人家放心。过去你每月寄多少零用钱给她呢?我们可以替你寄去;作为你借的也可以。"

我答道:"她有钱,不需要我寄。"

母亲呵,她哪有什么钱呵!她正等我寄钱去,她正等我寄信去。年过半百的母亲已经熬过胡也频惨死的打击,这两年母亲给我来信,从不提胡也频。我猜想她完全明白胡也频的惨死,只是我们都不提。现在母亲又要承受我的灾难,为我担忧。她还能有多大力量？她还要抚育着麟儿，这个失去了父亲，又将失去母亲的孤儿！妈妈呵！请你原谅女儿吧，妈妈是很理解自己的女儿的。我宁让你们挨饿，也不能为你们的苟延残喘而接收这些狐群狗党的腥臭钱！

笑面虎不再笑了，也许有点不耐烦了，我们沉默地坐了一会儿。后来他耐着性子又说道："我想你可以写封信给她老人家，不管你说些什么，我们都可以把信寄去。或者你写几个字给什么朋友也行。你可以同他们通信的。"

我多么想给朋友们写信呀，想给叶圣陶，想给蔡元培写信，但是我自然不会相信他的鬼话，停了一会儿，我说我可以写一封信给沈从文。他满口答应，还问我有什么别的要求。我说给我报纸书籍看，他答应了。冯达趁机会说要找医生，说我的腰腿都因为屋子潮湿痛得厉害，晚上睡不好；他也一口答应。他对屋子环顾了一下，大约认为没有什么再说的了，便站起身，装出一副高高兴兴的样子与我告辞。自然不会握手，也没有点头，但也不便一下变脸，摆出法官的架子，因此显得有点尴尬。他站起身，抖抖衣服，昂头望望窗外的天。屋子外边的几个看守赶忙走进来，卑躬屈膝，哼哼唧唧。他甩一下衣袖往外走，我把脸朝里望着，没有站起来，也不在意那几个看守对我不满的颜色，他们可能觉得我这个人太不识相了。原来这个所谓徐科长便是那个赫赫有名的徐恩曾。

七　谣言杀人

国民党调查科科长徐恩曾很快显示了他的存在和作用。表面上他似乎表示对我这个案件稍稍放松，不那么紧张，不过也不难看出这无非是兵家常说的欲擒故纵。他离开我的时候是悄无声息的,但他走后,囚房却热闹起来了。几个看守忙着打扫房间,把他们的床撤到小墙门外去了。三顿饭也都在外边那间厅里吃。满桌是菜,鸡、鸭、鱼、肉。陪我吃饭的那群牢头禁子都喜笑颜开。第二天,买来了蚊帐、枕巾、被单等等。第三天来了个医生,给了些阿司匹灵。第四天拿来很多旧小说,还让我开单子,说买什么书都可以。一个看守悄悄对我说,"原来他们告诉我们说你能'飞檐走壁'咧!"

这时,我写了一封信,是给沈从文的。在信里,拜托他在我死后请他看在也频的面上,照顾我的母亲和也频的孩子。这封信只是为了表明,我对国民党从不抱任何幻想和希望,我将视死如归。为什么我写给沈从文呢?因为那时在我认识的故人中,只有他给人的印象是属于胡适、陈西滢、徐志摩等一个派系的。以当时的社会地位,只有他不会因为我给他写信而受到连累。我更希望,也只需要从他那里透露出一点信息:让朋友们和同志们知道,我现在南京,我准备作最后的牺牲。自然,徐恩曾也要从我信的内容来了解我的内心思想,他怎么会把这封信真发出去呢。全国解放后,见到沈从文,他压根儿没有提到这封信,只说当时他无从打听我的消息。

此后一个时期,他们没有来打扰,表面上我是安静在这里"闲住",实际上他们却变着手法卑鄙地施展新的刺激,制造新的恐怖。

我开了一张我需要的书单,有旧的古典小说,也有新的杂志,都买了一些,但很不全,零零星星,自然是经过他们严格选择的。报纸也是这样,我找不到任何我想知道的消息,连可以供我捉摸的新闻都没有。可是，过了一阵，我看到夹在几本杂志中的一本《社会新闻》。这是国民党办的刊物，中间有一篇很长的文章，是谈我的历史的。文章的作者，叫丁默村，从文章看，自然又是一个叛徒。他说他是常德人，认识我母亲，知道我的家庭，他对我肆意造谣诬蔑，把我写得很不堪。看到这种肮脏的文字，真是怒火中烧，恨不能把这个什么丁默村痛打一顿。但这时，我能找谁算账呢？能在什么地方找到公正呢？不久以后，又在一张包书用的报纸上读到一篇完全是造谣、写得很长、很详细的关于我的新闻。这份报纸我记得清清楚楚是《商报》。《商报》与我有什么关系！自然又是那些人有意这样作的。此文造谣说我被捕后不单是自首了，而且与来捕我的叛徒、特务马绍武同居；后来马绍武受到共产党的制裁，死于上海三马路他的相好的一个妓女门外，说这一暗杀案件也同我有关。还说我现在又怎样怎样，把我形容成一个无耻的、下贱的女人。国民党用大刀机关枪屠杀了成千上万的爱国志士和革命青年，现在他们又要用卑劣恶毒的谣言从精神上来杀害一个手无寸铁的知识妇女，一个在社会上有声誉的革命女作家，这些恶毒卑劣的鬼把戏显然是有人幕后操纵制造的。这时那几个看守更加掀风鼓浪，把马绍武被杀的事，向我大肆渲染，而且还经常讲一点其他的暗杀故事。原来这伙人都是双手鲜血淋淋的杀人犯，他们是以杀人为职业的刽子手。他们有意把我住处的空气弄得阴森恐怖，充满阴谋和杀机。

我成天摆着一副麻木的毫无感觉的样子，好像是一无所知，无所用心，无动于衷。我极力压制自己，勉强写字、看书、玩扑克。一到夜晚，只剩下我同冯达的时候，我就骂他，用最刻薄的语言,希望激怒他。但冯达只是赌咒、自己骂自己,他承认犯了罪,连累了别人,是一个不可饶恕的人。但他死不承认他自首。他分辩自己没有一点点要自首的念头。他恨自己太愚蠢,轻信了敌人的谎言。他去看那两个记者的时候,被敌人扭住了,盘问了,他竭力分辩,也无法脱身。他们说你既然是一个普通人,那你总有妻室,总有家,总要到你的家看看,证明你不是共产党,与共产党也没有关系,就没有事了,就立即放你。他盘算已经超过了我们约定的归家时间,我一定早已离家走避,而且家里任何可疑的东西都没有,不会出事,所以说了住家的地址。他实在没有想到我尚未出走,还在家里,而且连潘梓年也等在我们家里。他痛恨他在无知中犯了罪,并且说无论如何不能再犯罪。他赌咒说他没讲出其他任何同志的地址。他诉说他现在活着的意义只是为了向我表白,帮助我能脱离这险恶的囚牢,让我能回到党内去。

我是不原谅他的,但那时我认为他讲的是真话。在我看得见的地方,他的确没有供出别的同志的住址,也没有写自首书。我想,只要他不是存心为敌人做事,不再陷害我和别的同志,假如他真能给我一星半点帮助,我是可以忍耐一下的。而且敌人明明知道我们的关系,在那种环境里,虽然我曾几次提出要和他分居,但那些掌握我的生命的人,只是置之不理,我无法和他分开。我同冯达有时还要争吵,但无法做到完全决裂。

八 越墙逃跑吧!

我这时为国民党的卑鄙谣言所激怒。谣言容易为人轻信;特

·我怎样飞向了自由的天地·

别是对于一个妇女，社会上有些人喜欢这种谣言，轻信它，传播它，而且加油加酱，利用它，达到某种政治目的。慢慢谣言竟会成为社会舆论，成为人所共知的莫须有的"事实"。谣言制造者心满意足地用这种谣言来欣赏你，审视你，猜度你，算计你，给你定罪判刑。那时我实在阅世不深，不能有周到的设想，更难做到忍辱负重。我以为这些谣言将毁掉我的一生。在毁我清白之后，国民党即使能还我自由，我也无法洗清匪徒们泼在我身上的污水。我千思万绪，彻夜难眠，我决定走，要设法逃走。我知道我是走不脱的，但只要能走出这个大门，到了街上，那里是光天化日，即使被匪徒们打死，我这个下落不明的人，莫名其妙地失踪了的人，总是可以公开了。世人将得到我的消息，真相可以大白于天下。我仔细考虑，我的前途，终是一死。当初也频和许多同志关在龙华，在雪夜中被机枪杀害；今天，我自然也难免这同样的命运。在这阴森恐怖的大厅里，什么事不能发生呢？这群阴谋家、刽子手，这群嗜血成性的恶魔，难道会轻易放弃扼杀一个手无寸铁的弱女子的乐趣吗！与其惨死在这间屋里，倒不如铤而走险，拼死逃出去。即使没有一线生机，但有可能真相大白，稍稍揭穿那些无耻的弥天大谎。于是我计谋着，观察着，揣度着。小墙门整天都是紧关着的，没有人进出就不打开。每日三顿当我走出小墙门去吃饭时，总是围满一桌子的人，众目睽睽。有时我有心对其他地方、对厨房、对往正厅去的方向多望一会儿，都可能引起这伙鹰犬的注意。最后我想，我只能走那个看守我的人说过的"飞檐走壁"的一条路了。

这厅子临院子的那面没有窗户，有六扇隔栅门。其中的两扇门在我未来时就摘下来了。大概因为那时天气已经很热，看守也住在屋子里，空气够闷的，要把门打开；为了省事，索性把门摘下来了。后来看守搬出屋外，天气仍很热，门就没有再安上去。而且这两扇门上的玻璃都早已不翼而飞，怕热，可能就是不再安上去的原因。院子里两边都有墙。正面通前厅的墙，就是有月亮门的那堵墙较矮；正厅里还住得有一群特务。院里的墙却高过屋脊；墙那边，可能是另一家。南方比较阔气的房屋建筑大都是这样的。看来，"走壁"是不可能的。但是上房，从房上翻到临街的墙上，我以为是可能的。临街的墙通常与正面屋檐差不多高，约一丈的样子。只要爬上墙头就可以跳下去。或者还可以把隔栅门移到那边，权当梯阶，爬下去。自然这都有危险，但或者可以走出这间牢房。应该不计生死成败，豁出去试试。我把这想法告诉了冯达。他不是一再许愿要帮助我逃走吗？而且我假如要走，连他也瞒住是不可能的。冯达以为不容易，但同意试试，并且决定要与我一同逃走。

　　一天夜晚，半夜，万籁俱寂。小墙门外边传来阵阵鼾声。我和冯达轻轻把茶几搬到院子里，把那隔栅门抬在茶几上边，费了九牛二虎之力，把隔栅门靠到屋檐边。我说不出的欢喜，先爬上茶几，然后一步步跨上隔栅门的窗格子，格子吱吱咔咔地发出微微响声。现在我站得高高地，压不住心里为能离开这牢房所激起的跳动。我以为很容易就能上房了，谁知屋檐外一溜水槽，薄薄的一层洋铁皮，很宽。隔栅门上边的横木靠近水槽，但我只能站在门格子上，离水槽还有一截，要越过水槽，爬上房去，还是够不着。铁皮水槽摇摇晃晃，叮叮哐哐，看来它承不住我，我守在这里，上不能上，下不愿下，急得像热锅上的蚂蚁。我心慌，出汗，真想跳下来摔死痛快。在茶几边扶着隔栅门的冯达,轻轻地连声问道:"怎么了?怎么了?要不,你下来,让我上去。"我无奈只得一步一步爬下来,把情况告诉他。正当他准备爬上去的时候,小墙门外传来咳嗽的声音,而且原来从两扇门缝中透过来的亮光一下没有了,是不是有人在窥伺?我们怕被人发现,赶紧把隔栅门抬下来,把茶几搬开,急速离去,躺在床上。我一直注视着小门。隔了一会儿,从门缝里又透出灯光,幸好他们没有开门进来。这时我已精疲力尽,只得帮冯达把隔栅门轻轻抬回原处。以后,我们并不死心,接连再试了两次。但冯达也无法越过水槽爬上房去。逃走的计划不能实现了,我失败了。

九 死也不容易啊!

人,一个人的最大苦闷,就是在恶劣的环境中感到自己已经无能为力和无所作为。我成天问自己,我还能做点什么呢?怎样能做出最后的一点贡献呢?除此以外,对生活我一无感觉。看书,书上写些什么,我不清楚。白天,我不觉得热,夜晚,我不觉得凉。冯达也好,看守也好,于我都无关系。我的过去,引不起我的悲苦;我的将来,引不起我的幻想。我想:我只能用鲜血来洗刷泼在我身上的污水,用生命来维护党的利益。我死了,是为党而死,我用死向人民和亲人宣告:"丁玲,是清白的,是忠于自己的信仰的。"我只能这样,用死来证明我对党的忠诚。

可是,怎么死呢?屋里的电灯吊得那么高,紧紧钉在天花板上。原来早就装上了电灯的,我刚来时没有电,一个星期以后才通电,可能是为了演演戏,故意那么安排的。想触电是不可能的。看来我只能用中国可怜的妇女姊妹们通常采用的最原始最方便的方法,上吊。我的那张床是一张大的双人床,四周都有木柱,床柱与床柱之间架着横木,原是为了挂帐子的,现在只有这个可以利用。于是在一个更深人静的夜晚,我悄悄坐在帐子里,把一件连衣裙撕成碎布条,把它编成粗布绳子。冯达紧紧捏着我写的一封简短的遗书,遗书上说明我不得不自杀的原因。冯达劝我不要这样。我却希望他活着,无论如何把我这遗书交给党,交给一个可靠的人转交。后来他坐在院子里的台阶上哭泣。我的心很横,一点不为他的忏悔和他表示的痛苦所动。

绳子编好了。我抖抖它,拉拉它,觉得还合意。我望一眼仍然坐在台阶上的冯达。他曾经多么伤心地攥着我,捶打自己,他曾经是我的爱人,我的丈夫,现在却只是一个路人,离我那么远远的。痛哭有什么用?是的,他曾说过,他应该死去,而我应该活着。但我怎样活呵!现在是我死去,我求他活着。因为我认为他是我死的唯一的见证人。他在那里哭,而我没有一滴眼泪。我要离开这人世了,我要走了。人世的一切,对我都无所谓了。永别了,我的同志们呵!我的亲人们呵!请原谅我,这是我唯一的一条路呀!我冷静地从床上溜下地,把凳子放在床头。我站上去,把绳子系牢在横木上。我望望屋子,很不明亮,有点灰灰的。我望一望用连衣裙编的绳子,是浅蓝色的。我把头伸进了绳套,又把它紧了一紧。然后我心一横,咬了咬牙,蹬开了凳子。我听到了凳子倒在地上的砰的一声,我立刻感到气堵,憋得难受,更感到身子在往下坠。不一会儿,我别的什么感觉都没有了,只仍感到身子在往下坠,往下坠。好像在两山之间,好像在棉絮中,好像在泥土中往下坠,往下坠,越坠越快,要坠到什么地方去呵?然后,我坠到一个无知觉的深洞中,然后,我失去了一切知觉。

怎么，我好像到了一片空虚幽深的境地，我又从遥远的一片幽深的地方慢慢有了一丝一缕的感觉。这感觉如此微弱，如此战战兢兢，如此凄苦，如此痛楚。我无法制止，而且慢慢清晰起来，愈清晰，我的感觉愈深。我的感觉愈深，就愈加清晰。天呵！我怎么还没有死，还留在这痛苦的人间！

昏黄的灯光，首先照入我的眼帘；抽泣的声音送进我的耳底。我厌烦地环视周围，那根蓝色的布绳还拖在床边。我伸手去拉，那一头正压在什么地方。呵！原来我身旁正伏着一个人。我想一定是这个人把我放下来的。我本来已安然归去，你为什么这样残忍，还要把我留在人世，到底为了什么？冯达哭丧着脸诉说，你蹬踢得厉害，动静很大，我不忍心呀，又怕惊动了看守。这时我心如刀绞，浑身酸痛。慢慢地酸痛盖过了心痛。而颈边又感到刺痛难忍，我想回过脸来，却扭不过来。无须镜子，我知道在颈项的两边，留下了长长的紫色的伤痕。我是一点力气也没有了，瘫在床上，丝毫不能动，我等着另外的最难堪的时日的到来。

十 顾顺章的出现

我躲在帐子里睡了一个星期。表面上我说头痛、肚子痛。看守给我拿了一点清凉油，每天三餐给我送点面汤、稀饭。实际我是休息，更是躲人，我不能让看守发现我脖子上的紫痕。过了一个星期，我的精神稍稍有些恢复，能起床了，但我仍用一条毛巾围着颈项，假说我仍有点咳嗽，保护气管。只在这时，我才十分深切体会到我的确是无所作为，无能为力了！只能任人宰割了！

逃既不成,死又未遂,我心力俱瘁,还有什么力量来重复这种绝望的行动呢?我即使能逃到街上,也会被刽子手们打死,国民党可以大造其谣,使我含冤莫白。即使冯达不把我放下来,我真就这样死了,我对得起生我养我的寡母吗?对得起死去的烈士和他留下来唯一的幼儿吗?对得起一切对我友好、对我怀有希望的同志和战友吗?我丁玲在敌人的魔掌中就这样认输了吗?我决不甘心。这时我对一切充满着仇恨,无法解除的仇恨。我苦苦思索:我究竟该怎样才能脱离这魔掌与苦海,才能有一丝希望?我怎样才能冲破黑暗,在黑暗中找到一条缝隙,从这条缝隙中能重见天日,哪怕只是一缕阳光?

时间过得真慢,我度日如年,一天一天捱着,不觉暑热已退,到了九月上旬。记不清是哪一天,大约就在我起床不久的时候,看守忽然拿进几样礼物,什么水果点心之类的,说:"这是后边王先生送给你们的。等一会儿他要来看你们。"王先生?记得刚来这里时就曾有一位王先生要见我,后来却又不提了。那时我也没在意,以为反正是随便编的一句鬼话,管他什么王先生、张先生!现在,果然有一位王先生,他先送了礼物,然后再来看我,这位王先生到底是何许人呢?他要来干什么呢?

一会儿,看守领进来一个人。这人五短身材、身板结实、动作伶俐,两个圆圆眼睛,很有点神采。他没有架子,非常随便的,好像常来常往的熟人那样说道:"许久以来都想来看看你们,直到今天才有空。啊!真住了不短时间了。我想你们一定觉得太闷。"他看见我不知如何回话的样子,便自我介绍道:"我现在的处境同你差不多,表面上我能去街上走走,实际也是不自由的。今天我来看你,别无他意,只是想来为你们解解闷,你放心好了。"这王先生是一个什么人物呢？他来这里正在扮演一个什么样的角色？这是我在廿多年生活中从未遇到过的人物，我警惕地望着他。他看见我不说话，便也未多说，随便地告辞走了，他令人感到以后他还会再来的。这王先生到底是什么人呢？

后来还是看守告诉我们，我怎能不为之大吃一惊呢？原来他就是顾顺章，一个颇有点名气的共产党的大叛徒、国民党的大特务！关于他的事，我过去听到过一些，新闻纸上也为他大吹过。他是一个复杂的人，不是我这么单纯的人所能理解的人。但我心里清清楚楚，他是一个大坏蛋。而且自然也明白了，这群看守、这群杀人不眨眼的刽子手都是他的党羽、部下，他现在的出现显示了国民党对我决不会善罢甘休。

顾顺章果然接着又来了，他对我的冷淡，好像毫无感觉似的，好像他只是来这里找一个老朋友聊天，讲他过去开古玩店做生意的事，讲他带魔术团四处跑码头表演的事。开古玩店的确是一个比较容易隐蔽的行业，谁会料到那些来买卖字画陶罐的人竟是共产党员呢？玩魔术也是一样。玩魔术、变戏法在旧社会，一般都认为是走江湖混饭吃的，哪里会联想到革命和共产党呢？顾顺章又来过，每次来都摆出同我们是老邻居，像串门的样子，在我面前玩魔术，拿几个乒乓球玩，一个变两个、变三个、变四个、变五个……又拿几块红绿绸子，红变绿、绿变红、有变无、无变有。也玩香烟，点燃的香烟可以吞下去，也可以再吐出来。他常来，不管你理不理他，不管你的态度多么冷淡，他好像不懂这些，不在乎这些；来了就讲一点社会新闻，他对社会人情讲得头头是道。他讲生意、讲买卖，显得精明；他玩魔术，手法干净。他也讲他的历史，掩饰自己，说他并没有出卖共产党。

说党对他发生了一场无可挽回的误会。他装出一种不怨天、不尤人的样子。他还讲他的将来,说将来要退出政治舞台,到农村去,兴办农场、讲求实业,可以由小到大。我只暗示他,我是不相信他的。我看得出来,他也在观察我。有一天,他在外边厅里催眠一个看守。我不懂催眠术,但那个看守的确被催眠过去了,他完全依从他,听他的命令,做他平日所不能做的,一个普通人所不能做的事。随后这个看守有整整三天疲倦得不能动弹,一点也不知道他被催眠过去后所讲过的话和所做过的事。这种情景是令人心惊的。但我对顾顺章说:"你不能把我催眠过去,因为我不相信你。我对你的一套方法,你所施展的那些能耐,我压根不听!"他只得说:"如果你是这样,我是没有办法的。催眠一个人首先得他相信我,听我的。"我过去听说过,有的时候,国民党特务抓去我们的同志,除一般刑具外,也用电刑,有时还使用催眠术来取得口供。但我自忖,我虽然冒着危险为党工作,可并不知道党内什么重要的机密。万一经不起催眠术,我失去知觉,不能自制,顶多说自己是一个共产党员,是左联的党团书记。这些,国民党不是早就知道,而且还有意开脱过我说"你又不是共产党员嘛"。我说是,不过是一死;我说不是,也仍是一死。因此我泰然处之。过了几天,顾顺章来闲聊时说:"国民党杀你,没有好处,不合算。现在外国人为了你在同国民党打官司。国民党也不敢放你,怕新闻记者找你,你本身就是一个证据,你是在租界上被他们抓来的。实际他们在租界上也不只抓过你一个人,抓的人多着呢。外国人认为侵犯了他们的治外法权,早有意见。而你的事被闹出去了,外国也知道了,外国一些作家名人打电报来反对国民党抓你,要释放你。你有名气,事情闹出去了,外国人脸上也不好看,所以要和国民党算账,他们有一阵子价钱要讲咧……"

我不必追问,这些话我已经听到过了。自然,他说的"国民党杀我是不合算的"这句话还是打动了我,国民党抓我,杀我,关我,都得不到他们希望得到的东西,我想是的。但是,难道国民党只杀于他合算的人吗?胡也频有什么必要杀的?左联五烈士有什么必要杀的?蒋介石早就说过:"宁可错杀一千,不能放走一个。"反正落在人家手里,是不会有安全感的。顾顺章说这些话的时候,不是同我谈判,也不是征求我的意见,只像不经意的闲谈,淡淡地提了一下,便又放过去了。

过了几天,顾顺章又提到这一点,还加了几句:"老关在这里是毫无办法的。我的处境同你们也有相似之处。我想,只要有一丝自由,我就能活动,就能远走高飞,我为什么要困在这里?"他好像真在说他自己。

我心里明白,像他这样的叛徒、特务,在国民党那里,的确是永远得不到自由的。他说想办农场等等,无非是骗人或者只是骗骗自己的鬼话。但是,我同他完全不同,我是可以无愧地回到党里去的。只要我有一点自由,我真的就可以远走高飞。如果我长期被密封在这不生不死、不明不白的匪窝里,的确是毫无希望的。我捉摸着如何才能改变一下关禁我的形式。我要求把我关进正式监狱,我以为去坐牢我就可以争取公开,可以和狱内的同志们和外面党取得联系。但他们置若罔闻,毫不理睬。看来这一条是无法办到的了。那么,我可不可以设法使他们对我有一个比较放松一点的监禁?只要争取到一丝缝隙,能从这缝隙里透过一缕新鲜空气、一线明媚的阳光,只要有一点点,就可能生出一点胚芽。发了霉的生物都能长芽,那么我能不能找到机会让我的生命生发出一点点幼芽呢?一切都需要有胚芽,有了芽就能生长,有了芽才能有希望成长。我现在被关在密封的罐子里,没有一丝空气,也就没有一点生机。于是我整天琢磨,我幻想我母亲到了上海,我幻想"他们"在同国民党打官司,而且一定在公开抗议,如为被捕被禁的牛兰夫妇,为廖承志、罗登贤等同志那样的呼吁援救呢。他们会不会为我请一名律师,争取找保释放呢?这些事过去在别的同志身上都曾有过的。我有时很兴奋,但有时又很颓唐。我明白这都是幻想,因为我不是关在监狱。国民党一直不敢公开承认逮捕了我,他们怕引起纠纷,怕得罪外国人,他们会死不认账,那么他们不会放我,也不会把我转送监狱。难道我就真的只能枉死在这间阴冷的厅子里吗?我辗转思索,这时脖子上的两条紫痕虽然已经平复,可是我心中的伤痕,每天都要烙得我心疼。

十一 欺骗敌人是污点吗?

一天,顾顺章把冯达找去谈话。回来后冯达说:"丁玲!过去我犯了错误,把家里地址告诉了别人,虽不是存心,事实上等于出卖了你和梓年,这成了我一生中无法挽回、万死不赎的罪过,我是没有前途的了。你的痛苦,我完全理解。我眼看着你自杀,本来应该是我死,而你却去寻短见,我怎能不痛苦?我唯一的希望、唯一一点要活下去的意义,就是想能帮助你得到自由,你能回到党里去。我以前不愿我们分开,现在我清清楚楚地明白,我们命定了要分开的,我一定得帮助你回去。我自己呢?你什么时候走了,我就什么时候走。我无别处可走,只好回广东老家。只要你还不自由,我就留在你身边。我对你没有要求,我知道你不会再爱我,你对我只有恨。但我希望你能懂得,我实在也不好受。一切都是我的错误铸成的,我只能怨我自己,恨我自己。适才顾顺章找我谈了一个问题,如何放你的问题。我简截地告诉他你的态度。我说你宁可死,决不会接受他们提出的任何条件。你放心,我决不会有什么事瞒着你。如果我现在还要背着你,同他们一伙对付你,那我成了什么人!别的不说,我们到底曾经有一年多的夫妇关系。"

我说:"拣重要的说吧。你说他们怎么说的,我该怎么做。"

他说:"顾顺章还是那么说,国民党不想杀你,杀你的确不合算。他们对你同对其他人不一样。他们自然希望你自首,站到他们一边,替他们做事;你自然不会干,这他们明白。但他们也不会放你,至少是现在不会放你。他说他个人认为,你不妨表示一下,可以归隐,归隐回家养母。实际归隐也可以说得过去,无害于人嘛,就说在家乡找一项职业,平平安安过日子。"

冯达又说:"我已经做错了事,我决不劝你、不拖你下水;你会以我为戒;但我也想,你的社会地位同我不一样。国民党对你同对其他共产党员不一样。徐恩曾说你不是共产党员,暗示了他不愿把事弄僵。这是他给自己留的一个台阶,也是给你一个台阶。自然这个台阶不容易下。只是,我以为老是想死,在毫无希望中想死也没有意义。难道就不能想一点点活的路子吗?只是不要像我,把回家的路切断了。"

我对冯达的这些话是听不进去的。我认为他怕死,想委曲求全。我却抱定了"宁为玉碎,不为瓦全"的决心。

但我的心却也不能不有所动。遇到困难,总得想出办法克服困难。为什么不利用条件,准备条件,想尽办法争取保持清白,活着出去?难道只有死路一条?我并不怕死,我已经死过一次了。但活着才能继续革命,表明心迹。天下那样大,我生得有脚,难道我不会走吗?如果国民党真的让我回家乡,回湖南,总算比较自由了,难道我就不能再离开湖南,远走高飞吗?我既然已经否认自己是共产党员,就不会承认自己是共产党员,不会暴露自己真正的政治身份,更不会在国民党面前说什么"共产主义不适合于中国呀"那一套,我不会讲出同志们的住址,更不会出卖同志、连累同志。我说回家养母,有什么不妥呢?谁无父母,谁不养母?又是孤儿寡母!也可以回家,回家了什么时候都可以再离开家嘛!但对国民党我决不能轻信,我这样做了,他们也未必就会对我善罢甘休。这样的戏,他们演得多了。到了晚上,冯达又说:"我想过了,对国民党为什么不可以欺骗呢!你写张简单的条子,不要给他们留下什么把柄,有什么不可以呢?等离开这里以后,再想别的法子;兵不厌诈嘛!我看,你可以再考虑一下。"

我想,我可以考虑一下,应当仔细考虑,我反复思索了好几天。我想,对付杀人如麻、诡计多端的国民党反动派,革命者为什么那么老实,不能欺骗呢?但是敌人比狐狸还狡猾,我用什么办法能骗过他们呢?怎样既能欺骗敌人,同时又不伤害党、不损害革命利益呢?怎样才能使自己继续回到革命的大路呢?我应该继续跟敌人周旋,可以采用新的办法跟敌人周旋。只是自己的社会经验太少,能力有限,得千万小心,要不授人以柄,不能伤害党,不能连累他人。

·我怎样飞向了自由的天地·

最后，我决定同意，可以写一张条子给他们，大意说我因误会被捕，生活蒙受优待，出去后居家养母。我想，这样如果真能骗过敌人，我便先回湖南，以后再设法出来，就可以远走高飞，回到同志们中间；一时留在湖南，也一样能继续革命。我这样写无损于一个共产党员的清白，也没有断绝自己继续革命的道路。顾顺章拿来了一张八行信纸那样大的一张白纸，我就在那上边写了"回家养母，不参加社会活动"。还加了一句："未经什么审讯。"这一句是按冯达的意思加的，表示我没有受刑，这张纸条不是刑逼出来的而已。我当时和现在都一直认为我写给国民党的这张纸条没有什么价值，既不是叛变、自首，也不表示动摇、妥协。对敌人来说，这没有什么用处。对我自己，则可能是摆脱敌人的一种手段。因此，我相信，只要设身处地、客观地细想一下当时的政治形势和我的困境，便不能借此说我有什么问题，更不能就此责备我有什么政治问题。以后无论旁人怎样说、怎样论定，怎样揪住不放，我不认为这是一件坏事、错事。一九八四年中央组织部在为我彻底平反的文件中也说："丁玲同志这个'申明书'只是为了应付敌人，表示对革命消沉态度，没有诬蔑党、泄露党的秘密和向敌自首的言词。"一个星期以后，顾顺章传话说，明天可以动身，回湖南去。我赶忙问是不是恢复自由，由我自己回去？顾说："派人送你去。到了湖南再放，就自由了。"我立刻明白，我并没有自由。而且我明白，他们想把我转移到湖南；到了内地，不只是没有自由，而是在地方军阀的封建黑暗专制统治下的更不自由。我回想马日事变后的湖南大屠杀，那暗无天日的生活，比地狱还坏，还黑暗，还残酷。我在南京，是所谓国民政府的所在地，国民党担心我会揭露他们在外国租界非法绑架的罪行，更顾虑社会上还有人主持正义，进行声援营救。如果把我押送回家，落在湖南内地军阀的陷阱中，我休想能活着脱离魔掌。于是我斥责国民党的欺骗无信，坚持要在南京就地释放，坚持让我自己回湖南，坚决拒绝国民党派人押送。这样僵持了几天，我天天骂国民党不讲信用，顾顺章也不再来我这小院了。又过了几天，他却又来传话，希望我能理解他们的难处，他们决定送我和冯达同上莫干山。我说，天气都冷了，已经到阳历十月上旬了，这个时候去莫干山干什么！但这是国民党单方面的决定，不是谈判，没有商量的余地。我赖着不走不行，骂也无用。三四天后只得动身了。国民党为了要加紧对我的防范和监视，决定在冬天把我禁锢在与世隔绝的莫干山上。看来他们对冯达也不能完全放心，所以在押送人员中，除了那些看守外，还增加了另一对夫妇。在一个还不亮的清晨，我离开了王公馆。影影绰绰中我走出了一扇巍峨而并不辉煌的旧的大门，像五月十四日在上海昆山花园路和五月卅一日半夜在南京的旅馆一样，我被一群人簇拥着塞进一辆轿车，离开了王公馆。那位王先生早已悄然隐去，再也没有露面了。

十二　莫干山的冬天

汽车围着太湖绕行，我无心观看车外的景色，一点也不理会什么"避暑胜地"。我的欺骗手腕没有成功，敌人比我想象的狡猾得多，但他们押送我到湖南的计谋也没有成功。我们还要较量下去的。现在我从南京一个阴冷的禁锢地转移到杭州的一个凄凉的禁锢地。我每次被迫坐上这小轿车，就感受到压迫。轿车就像小时候看过的小说上描写的囚车。这囚车比古代的囚车更坚固，更灵便，更可恨。古时绿林好汉可以劫法场，打碎囚车救出同伙。而现在要从这车里劫走"犯人"却要难上千百倍。一路我禁不住胡思乱想，愤恨难平，不知什么时候到了山下。很多年后，我才得知，原来这莫干山当年便是国民党蓝衣社培训特务的营地。

那山势陡峻，上山下山只有一条路，路口有哨卡。过了哨卡，我换坐一乘软轿迤逦上山。上得山来，拐进一个小山坳，这里有幢独立的小洋楼，楼前一块小草坪。楼内正房是两楼两底。我和冯达住楼上的一间正房，另一间由同来的那一对夫妇住。楼下有一间客室。楼内原来就有厨师、佣人。表面上这些是看房子的，收拾房子的，其实都是我的"监护人"。这天在客厅后半截吃的晚饭。吃饭时我一言不发，像刚到王公馆时那样消沉。这里虽然没有那阴森恐怖的场面来威胁刺激你，但前途也确像高山上的深秋一样，凉飕飕地等着暴风雪的来临。一切都与我无关、无缘、无情。我对一切便都冷漠视之。

这一带的小洋房都是单独的一小幢一小幢。从我们住的屋里可以望见远处那些隐约在树丛后边的红色的绿色的小楼屋的一角。看房子的人说，在这里避暑的游客早都下山走了；山上一条最热闹的小街上的小店，那些卖冷饮的、卖食品的、卖手工艺品的、卖百货的全都关了门，门上一把锁。太阳虽然有，但因两边都是山，太阳很晚才出来，很早就下去了。看房子的还告诉我，再过一个月就要封山了，大雪封山交通就断了。他们正忙着从山下买菜，在山上运柴；还在楼下客厅里安上了一个铁桶似的炉子，再过几天就要用木柴烧起炉子取暖了。在这里，白天我只能呆呆地坐在院子里,遥望那烟雾朦胧的远山和那由绿变黄的山谷,痴痴地追踪那翱翔盘旋的苍鹰。许久许久,从被捕以来强忍着未曾流出的苦涩的泪水,常常潸然挂满一脸。上山后才穿的一件赶制的不合身的棉袍的下襟里子,每天被泪水湿透了一层又一层,深灰的布面上全是一团一片的褪了色的渍印,好像是一块染坏了的旧布。我一生的凄苦生涯,我的艰难困危的挣扎都一起涌上心头。我整天坐在这初冬的寂静的高山上,向往宇宙中的一切。万物皆自由,惟独我被困在这离地面一千公尺以上的山上,像希腊神话中的那些受罪的神。我的心像滚油在沸腾在熬煎,但我却只能沉默无言。我要喊、要叫、要撞、要冲击!但又什么都不能,只能让泪水像涓涓的苦泉,一个劲地往下流,滴在衣襟上,滴入泥土里,到夜晚就又把枕头、被头浸湿。

来到这里,我曾几次抗议把我囚禁在这寒冷的高山,还禁止我出门。最使我心烦的便是一日三餐得陪着那位增派来监视我的、使人厌恶的从苏联回来的叛徒。后来他们才允许我能在山上各处走走。我自然又萌生了非分之想,每天都到外边游逛。先是那从苏联回来的叛徒紧紧跟在后边;后来我与冯达常常不等他们,不顾他们,自己往外走。走到山上,又走向山下。但不须走多远,总会有一位佣人忽然从哪个竹丛里钻出来,笑嘻嘻地问我们到什么地方去。我每天都不顾疲劳地上上下下,却总也找不到一点机会。尽管我明明知道下山的路上是设有关卡的,即便我到了山下,也仍然走不出去;即使能偷着出去了,也会在公路上被抓回来。这里山上山下,四面八方都安得有密密的电话线路,我能走到什么地方?能躲到什么地方?

天气慢慢冷起来,十一月初山上就下雪了;不下雪的时候,也常常是云雾弥漫。我只有一件薄棉袍,白天只能拥被而坐,喝点白开水,翻翻旧报纸。楼下客厅里的火炉烧得很旺、很暖和,可是我不愿意同那位叛徒促膝而坐。南京来的那群看守虽然粗野、无知,但还可以以人视之;这位高等看守,虽然吃过面包、读书识字,也能谈点政治时事,如当时成立的福建人民政府,或者共产党领导人的传说逸闻,但实在鄙俗不堪。我感到他的灵魂太丑恶,令人难受,听了他的一些言词就像吃了苍蝇似的只想呕吐。因此我整日整夜都呆坐在楼上屋里床上,以泪洗面。

冯达曾是我的爱人,但近几个月来,我都把他当仇人似的看待。现在,我被隔离在这阴森的高山上,寒冷不只冻硬了我日用的毛巾、手绢,杯里的茶水,也麻木了我的心灵。我实在需要一点热,哪怕一点点。一点点热就可以使我冻得发僵的脚暖和过来,一点点热,也可以把我冻得死去的心暖活过来。这时我根本没有什么爱、什么喜悦,我整个身心都快僵了,如果人世间还有一点点热,就让它把我暖过来吧。我是一个共产党员,我到底也还是一个人,总还留有那么一点点人的自然而然有的求生的欲望。我在我的小宇宙里,一个冰冷的全无生机的小宇宙里,不得不用麻木了的、冻僵了的心,缓解了我对冯达的仇恨。在这山上,除了他还有什么人呢?而他这时只表现出对他自己的悔恨,对我的怜悯、同情。我只能责备我的心肠的确还不够硬,我居然能容忍我以前的丈夫,是应该恨之入骨的人所伸过来的手。谁知就由于我这一时的软弱、麻木,当时、以后竟长时期遭受某些人的指责与辱骂,因为我终于怀了一个孩子。我没有权利把她杀死在肚子里,我更不愿把这个女孩留给冯达,或者随便扔给什么人,或者丢到孤儿院、育婴堂。我要挽救这条小生命,要千方百计让她和所有的儿童一样，正常地生活和获得美丽光明的前途，我愿为她承担不应承担的所有罪责，一定要把她带在身边，和我一起回到革命队伍里。这是我的责任，我的良心。哪里知道后来在某些人的心目中，这竟成了一条"罪状"，永远烙在我的身上，永远得不到原谅，永远被指责。甚至有时还要加罪于这个无辜的女孩身上，让她从小到大，在心上始终划上一道刀口，好像她应该低人一等，她应该忍受一些人对她的冷眼和歧视。我有时不得不长叹："这人世实在太残酷了，怎么四处都像那个寒冷的冻僵人的冰冷的莫干山的世界呢？"自然，我这样说也许是过分了的。当一九四〇年、一九四四年在延安，我对陈云同志、任弼时同志、周恩来同志先后陈述这段历史时，他们是谅解的。恩来同志还说，你要帮助那些不熟悉白区情形的同志了解情况；你们原来是夫妻，那时实际情形也是"身不由己"嘛。而一些经历过国民党的恐怖统治、在我们党组织部门工作的同志们对此是容易理解的。他们都曾为此黯然良久。他们说："这是很难怪你的。"因此在我的心上永久嵌着这些同志的名字。

  那一对和我们一同上山，派来监视我们的夫妇当然看得出我一天比一天憔悴、颓唐、沉默，而更可能他们也熬不过这严寒的日子了。山上雪下得很大，那些挺拔直立的竹子都被压倒，横躺在地上。蔬菜也一天一天困难。那吃过苏联黑面包的家伙原来有肺病，以为监护我上莫干山他自己可以捞到疗养的机会，谁知时令不对。他天天唠唠叨叨，说咳嗽加剧了。这以后有一天，他宣布第二天启程回南京。果然一切都准备停当，人夫轿子、护送人员……在一片耀眼的雪光中，这个行列一步一步踩着一尺多深的积雪走下山去。

是快过阳历年的时候了,我摆脱了那著名的避暑胜地。

十三 该让母亲来南京吗?

山上下雪,山下也下雪。而且还下雨。漫天雨雪霏霏,满地潮湿泥泞。我又冷又倦,缩在轿子里,蜷在车子里,任它颠颠簸簸,任它天昏地暗;我以为我生病了,以为我快死了。过了一天一夜,我被送回到南京城里的一户人家,一户普通的住宅。介绍我认识房主人时,说是姓曹,称曹先生,高高个儿,像一个买卖人,很稳重的样子。他客气地对我说:"委屈你暂时在我这里住几天,房浅屋窄,照顾不周,有什么需要,告诉我们一声,我太太会替你办。"我这才看见在他身后还站着一个微微有点发胖的中年女人。他接下去又说道:"这院子里你什么地方都可以坐坐玩玩,只是不好出大门。嘿嘿,这我们有责任,我们担不起。这条巷子很小,巷口日夜有人,要出去是很难的。"我心里明白了,这里仍旧是监禁,只不过稍稍换了一点形式。这时,押送我们回来的那伙人好像已经把物件都移交给屋主人似的就走了。这一对曹姓夫妇便把我们引进一间房子,一间新的牢房。

这间睡房是这家院宅倒厅的侧屋,通厅子的门从外边锁上了,进进出出得走厢房。厢房没有住人,就成了过道。厢房有一个门通正房。正房大概是主人夫妇住的。门上挂着门帘,我从来没有窥探过。也许这个门从那边锁着的,根本也走不过去。厢房外是天井,上边一小块天。天井前边是倒厅,走过倒厅是屏门,再走过屏门就该是大门了。在平常这是多么使人自得的地方。天井后边是堂屋,堂屋后边的后院,大约都是南方老式屋子的式样,后房啰、厨房啰、下房啰、后天井啰,这都在我的视线以外,我也无心去走访。

那个曹太太好像很能干,她自己到我房中来端饭送水、扫地、抹灰,也不支使她家的娘姨。我每常看见她家姨娘把饭菜送到堂屋,再由她亲自给我送来。她家还有一个老太太,不知是姓曹的母亲还是岳母,她整天不说话,只坐在堂屋里守望着。还有一个八九岁的男孩,好像很安于寂寞,放学回来就独自一人在堂屋里或天井里玩耍,偶尔站在厢房通到我房间来的那门边,好奇地看看我们,像看动物园里的老虎似的。一招呼他,他回头就跑。

我终日坐在屋子里,从一扇小玻璃窗中望望天,或者从窗帘后看着堂屋里。这一家人,两夫妇、一老、一小、一仆,都像很有礼貌的人。他们不来盘查我的来历,我也无须了解他们的底细。每天碰几次面,点点头,疏疏落落,客客气气,倒也安静。阳历年过去了,我们是年前到的他们家。阴历年又过去了。大约因为家里住了我这样的客人,他们家过年过得真冷清,小孩放了一挂小鞭炮,年卅他们只吃四盘菜,也给我们分了一些。他们自己不出门,也不见一个亲戚客人来贺年。我心里明白,要从这里出走是困难的。他们还闪闪烁烁告诉我,巷子口上安得有人,这绝不是假话,不是为着吓唬我才说的。这时,半年多来,受种种折磨刺激,我的确病倒了,天天晚上发烧、失眠,像感冒,也像疟疾。冯达也成天咳嗽,整天都有低烧。这年三月间,在被捕之前,他已经发现患有肺结核,原打算请假休息一个时期,从良友图书出版公司要来的二百元稿费,就是为他治疗肺病准备的,可是现在我们谁也不愿说。我们彼此都心照不宣地看到对方的身体在一天天垮下去，可是说又有什么用？我只能默默地承受着、熬着、等着。

静中也仍然不能不思动，我不免总还要抱着没有成功希望的幻想。因为国民党曾几次改变监禁我的地点和一些形式，我便幻想是否可能还会有所变动。如果我能走出大门，如果我能够发一封信出去，如果我能争取到这位曹太太的一星半点的同情，对我生点恻隐之心，或者我能争取他家雇佣的娘姨替我跑一两次腿，不是很好吗？

我耐心设法主动地同他们接近一点。当曹太太到我房中来时，我留她坐一坐；当她的孩子站到我房门口时，我也逗逗他，问问他的学业成绩；我有时也跑到堂屋去和那位老太太搭讪几句。但不行，一切尝试、努力，都落了空。我不得不承认，国民党的这些雇佣人员都是经过选择，是愚顽可靠的人。他们对我守口如瓶，不露一点口风。那个曹先生整天不在家，晚上回来也只关在他们自己屋子里。我知道同他谈什么都是没有用的。他无非是国民党调查科下的一个小走狗，一个忠实的奴仆爪牙。他既无权、又无能，也没有胆量为我做一点小事，那怕是给我通一点风、报一个信。他现在不纠缠我，不在我面前装腔演戏，就算够好的了。我在这里比在王公馆时安静多了，我依然是一名未经判决的无期徒刑囚犯而已。

三月的一天，曹先生忽然喜气洋洋地走到我们房里，笑眯眯地说："徐科长吩咐我们替你们收拾房子，说要给你们自由，你们自己过日子。他们还说派人去湖南老家，把你们老太太接来。要是老太太能来，那就最好了。"他还问了一些关于我母亲的年龄、生活现状等等，语气中都表示他个人对我和我母亲的同情。

这是两个多月来从他那里得来的唯一的一点消息。

这是好消息呢？还是坏消息呢？说是好消息，是我可以见到久别的母亲，我可以从母亲那里知道一点外界朋友的情况，我还可以借助母亲，设法同外边的朋友、同志联系，把我的真实情况透露出去。但也可能这是坏消息，就是国民党把我母亲也抓来南京陪我坐牢，至少是想把我母亲当成人质。我一个人如果要跑离南京是比较容易的，但我怎么能背负着老母亲一同逃跑呢？何况还有四岁的麟儿。麟儿生下来两个多月爸爸便被国民党逮捕，不满一百天，爸爸便被惨杀。我忍痛把他送回湖南，交给我母亲抚养。现在我母亲如果只身来南京看我，那麟儿将寄养在哪里？我们在家乡，早已没有一个亲人了。母亲如果把麟儿也带来身边，我怎能忍心把也频的亲骨肉留在屠杀也频的国民党刽子手们的魔掌里！母亲无论怎样是不能来的！他们可以饿死在湖南，流落在湖南。只要他们不死，或者会有那么一天，我的同志们会有人去帮助他们、救济他们。我辗转反侧，坐立不安。最后，我认为我母亲不是一个普通的母亲，不是一个平凡的女性，她既有能耐来，就一定也有能耐离开。她在家乡多少能了解外边的一些情形，我相信她能够理智地权衡得失、利弊。我为什么不相信她呢？她是经受过大灾大难的，她受过生活的严峻考验，她是坚韧不拔的。我应该相信她，我应该以有这样患难中可以依赖的母亲而自豪。我应该相信她。

过了几天曹先生又来打问我的意见了。他像很有把握地、轻松地说道："你们有很久很久没有见面了吧。老太太总会十分思念你的。她会很希望来南京看看你，要有你的一封信就更好了。"我又开始了各种揣测。到底要不要母亲来一趟呢？若说国民党想就此把我母亲拘留起来,那是没有丝毫理由的。但是,母亲真若来了,国民党是要把她作为"人质"的。我同意让母亲来作为我取得某种自由的"人质",那未免太自私、太残酷了。何况国民党至今没有肯定地说放我,完全恢复我的自由,只含混地说是可以自由居住,仍只限定在南京。我何时才能达到"海阔凭鱼跃,天高任鸟飞"的完全自由的境地呢?母亲啊!你在苦难中的女儿是多么想念你呵!我到底应该何所适从呢?

过了两天,在极度矛盾中,我写了一封短信,给我的母亲。信中大约是这样说:"我失去自由已一年,你一定很想念我。现在有一个机会,你如能来南京一趟,我们或可相见。但这里能否适应,请你仔细定夺。"命运究竟如何,小船将怎样航行,将遇到什么风浪,我一点把握都没有。我只是轻率地把选择留给我母亲。但我实在无从考虑,这有多大风险,这群魔鬼到底又在打什么算盘。但我抱着一个坚定的信念:"只要我不死,我一定得争取自由,争取脱离南京。时间可能会长一点,路途也会迂回曲折,但我的决心决不改变,我的愿望一定要实现。"

十四 母亲呵,我感谢你!

四月上旬的一天下午,曹先生家忽然热闹起来了。他家门口停了两部马车,进来了两个人,说是来接我们的,曹先生也陪着。等我上了马车,曹先生才神秘而且有趣地轻轻告诉我:"现在我们去轮船码头,令堂老太太乘坐的轮船快到了。"

我真没有想到她来得这样快,虽然我曾经写过一纸短简,但事情的确来得太快,我思想上还没有一点准备。母亲真的来了,我将对她说些什么呢?她总该有点精神准备吧,她将对我说些什么呢?我真有点昏头昏脑,我坐在马车里胡思乱想,又像什么都没想。我什么时候到的码头,我怎样走上了一只拥挤的船,我几乎是毫无知觉的。终于我被引进一间船舱,我看见了一个老妇人,一个十分苍老憔悴的老妇人。呵!这就是我的母亲,这是我母亲吗?

老妇人一下扑在我怀里,两手紧紧把我抱着,眼泪像泉水,像瀑布似的挂满一脸。但我怎么也感觉不到这便是我那慈祥、严肃、可亲的母亲。但这绝对不是旁人。细看她的容貌,不管怎样苍老也还是她。而且倚在她身旁的男孩,不管怎么长大了些,有了很大的变化,我一眼还认得出那就是麟儿,是我的儿子。他依旧带着那么一副总是用一对小眼睛审慎地看着周围一切的神情。这不是他们,还能是谁呢?我迷茫地痴痴地跟着曹先生,跟在一群陌生人的后边,在人流中涌着,挤出了码头,挤进了马车。马蹄声得得,微风吹着车轮辗过后扬起的尘土。我失神地盯着坐在我对面的那个老妇人和那个小男孩,另外还有一个陪着我母亲来的中年妇女。我没有流泪,没有悲伤,我也没有欢喜。我不知该怎么说,说些什么。我应该安慰他们,可是我能用什么来慰藉他们?我遍身都是伤痕,我心头积满着愤怒,我能让孱弱的老母和孤儿来分担我如此深重的愁苦吗?

这一夜,我们一家挤在曹先生的那间倒厅的侧屋里,母亲拉着我的手,我怀里拥着我的儿子。我听老人家述说这一路来的情景。原来半个月前就有人冒称是我的朋友去看过她。她一看见信,认出是我的笔迹,就毫不犹豫地决定走,不管是天涯海角,要跟着接她的人一道走,而且带着麟儿,还设法带了一个老佣人。为了要见唯一的女儿一面,她准备承担一切风险。她反复申说,要把孩子交给我,因为她已经到了风烛残年,加上战争风云,乡下也不太平。她过去能勉强抚养我,现在她再也无力抚养这个十分可爱的伶仃孤儿了!

我心里透明了,也凉透了。母亲的确已经衰老了。我不应该再加重她的负担,现在她只得依靠唯一的我了,这是我没有想到的。现在我应该怎么办呢?我该怎么处理目前的这一切呢?

关于我自己这些年的遭遇,我决定什么也不告诉她。也频惨死的恶讯,过去我瞒着她,一直没有对她讲。现在我也不清楚她到底知道些什么,或者不知道什么,只得仍然瞒着她。我不让她知道我的处境、我的艰难、我的思想、我的打算、我的预谋。就让她暂时把曹先生当成我的好朋友,把冯达当成我的好丈夫吧,让她以为我什

1931年2月底,丁玲与母亲余曼贞、儿子蒋祖林合影于湖南常德。

么事都没有发生,一切传说谣言都过去了,一切艰难危险也过去了。我实在不忍心再让她担惊受怕,至少是在现在这样的时候。我抚摸着她枯干的手,冷静地说:"先住下来,等以后慢慢再说。你为我和也频把麟儿带得这么大,你在困难中替我尽了当母亲的责任,我不知道如何感谢你才好。曹先生说已经给我们收拾了几间屋子,明天我们就搬过去。我们先暂时住几天,其余的事以后再说吧。"

第二天,曹先生亲自把我们送到新居,他的太太,他的母亲送我到大门边。那个平日不爱说话的娘姨远远站在堂屋里望着。我们就这样离开了曹公馆,离开了这个家。曹家的房子坐落在南京城的什么地方,他们一家是干什么的,我至今也弄不清楚。

十五 与姚蓬子为邻

离开了曹家,我们先后住在明瓦廊与螺丝转弯这两个住处,每个地方住了多久,我的印象是模糊的。好像是先到明瓦廊,后来才搬到螺丝转弯,在这两处一共住了四个多月。这两处房子都比较大,是老式的印子屋。一进前院或侧面院子都住有同我们不相干、实在又大有关系的一些不认识的人。不言而喻,我们还是陷在国民党调查科为我们布设的罗网里。我在这里,表面上可以说是独立居家,自己料理生活。但实际是明松暗紧,仅仅是换了另一个方式的继续监视而已。在这里先后发生了一些我意想不到的事情。凭我的回忆,我把它们记在这里。

回想还是在一九二八年,天气还冷的时候,沈从文和我一同从上海去松江,参加施蛰存先生的结婚典礼。他是我在上海大学的同学。在施先生那里,我们认识了姚蓬子。回上海后,姚就常来我家做客。他那时住在法国租界马浪路,我们住在萨坡赛路,相距很近,又都是爱好文学的青年,所以很容易就混熟了。一九三〇年春,上海筹备成立左联,蓬子常常把左联的消息带来;他自己是否参加了筹备工作我不清楚。他常常谈鲁迅、讲左联的一些筹备人,冯乃超啰,冯雪峰啰,柔石啰等等,他们似乎很接近。这些消息很能安慰我那时独居上海的寂寞心情。后来我去了济南,不久又和胡也频从济南回到上海。我们决定参加左联,便是潘汉年和他一起来我们家里和我们谈话的。一九三一年夏天,我接受组织委托,主编左联机关刊物《北斗》,姚蓬子和沈起予被分配协助我,姚蓬子分工排版面,跑出版所,负责印刷及校对。因此他和我就经常有联系。一九三二年夏季,他主编《文学月报》。只两期,便被文委负责人冯雪峰把他免职,他就离开左联,到潘汉年同志负责的互济会做地下工作去了。从此,我许久都未再见他的面。

我一搬进明瓦廊,忽然看见他和他的妻子、儿子已经先住在这里了,我不免大吃一惊,脑子里都来不及转一下,就觉得欣喜非常。这是在上海认识的老熟人,是朋友,是同志呵!我一下跑到他们面前,大声叫唤,我有许多话要对他们讲,有许多事要告诉他们。他们是我最亲的人,是我梦寐以求的人。可是他们,却显得十分冷淡。姚蓬子低头走进里屋,他的妻子敷衍着我。我一点不理解,我想问他们,我有一连串的事要问他们。他们是什么时候搬到这里来的?他们怎么落到这般田地?他们有什么打算?他们好像很沉闷,看样子,他们不会告诉我什么。我只好颓丧地回到我自己的那间房子里。

第二天，冯达拿来一张当天的报纸，我一翻，一条触目的启事赫然射入眼帘：《姚蓬子脱离共产党宣言》。我赶忙读下去，当时引起我的愤怒、惊异、慨叹和鄙视，真难以形容。开始，我几乎不相信这是他写的。后来我不得不相信这是他写的。这一纸宣言引起我联想到他过去的许多言论和表现。那宣言中的文字完全符合他一贯的思想感情。现在想来，说实在的，他从来不是一个共产党员。他在党内待的时间不短（他什么时候入党的，是在参加左联之前还是在左联成立以后，我说不清楚了。），我以为他不过跑进共产党来混了一阵，就像他兴致高时去跑一次赌场那样混过一段时间而已。他平日是一个懒散的人，常常感到空虚。有时高兴，他哇啦哇啦发一通议论，再呢，就是沉默不语。现在看到他的启事，我很为他难受。如果你对共产党失望了，真的失望了，你对自己的共产主义信仰发生动摇了，也千不该万不该，不该趁这个时候向人民发"宣言"。何况在"宣言"中说了明显的谎话，说什么把希望放在国民党、放在三民主义上面。我根本不相信他对国民党、对他们的假三民主义会有什么好感。他无非是怕死，怕坐牢，乞求国民党网开一面，饶他一命而已。蓬子！我们过去虽然曾是朋友，一同战斗过，但现在，我们是分道扬镳各走各的路了。

大约有一个月之久，我们虽然住在一幢堂屋里，我们的房门对着房门，但我几乎没有见到过他。清晨，不知他什么时候起床，起床后就出门去了。夜晚总在我睡后很久才回来。他妻子也不知道他究竟到什么地方混日子去了，她对他只是完全顺从，是一件附属品。

大约在一个月之后，姚蓬子才逐渐留在家里，而且找我说话了。他对我诉说，他的确是对共产党灰心了。他告诉我他是在天津被国民党逮捕的。他把写有接头地点的纸条吃下肚了，没有供出一个同志。还说过去他很早就同潘汉年（潘汉年领导他的工作）约好，万一他被捕，他就假自首。他一直是这样准备着的。后来，解到南京监狱，他看见有一些比他老的共产党的领导人，都先后自首；特别是他看到李竹声，中央迁往江西苏区后，那个留守上海在临时中央主持善后工作的人，在被捕后，竟能把几十万元党的经费交给国民党自首，为自己留下一条活命，他就产生一种思想，如果需要牺牲，首先应该是李竹声。这些人都贪生怕死，那他为什么要死呢？……他还说了一些其他人的情形。他给我说这些的时候，我的感情已逐渐平复，不管他话中有多少真真假假，我全不相信，我根本听不进去，我看透了他，我们是两路人，我同他不再是朋友，更不是同志、战友，是陌生人，我感到他是一个无可救药的人。尽管我不免为此难过，但我却已把对他的同情、怜惜，一个同志的热情，一点不剩地全收回了。我冷静地思考，现在国民党安排他和我们住在一起，一定是别有用心的，是有所图谋的。国民党当然企图利用他来软化我，对我劝降，至少可以监视我，把我的言行，一举一动都告诉国民党。国民党以为他仍会是我的好朋友，认为他对此刻的我将产生很大影响。在这种影响下，希望我逐渐可以发生变化，变得与姚蓬子一样投靠他们，变为安分守己、老老实实、驯驯服服地在南京生活下去。但是我也萌生一种想法，既然他已经不是我的战友，他是在为敌人做事，我为什么不可以利用他，借助他来欺骗国民党呢？这种想法和做法，我当时并不是一下懂得的，多少也受了冯达的一点影响。我十分痛苦，但却逐渐习惯有这样的看法、想法，并逐渐尝试着以此来对待姚蓬子。我本来是一个涉世不深，不太懂人情世故的简单的人，但现在处在如此艰难复杂的社会里，为了应付环境，要斗争生存，要战胜敌人，迫使我不得不也变得复杂起来，变得稍稍聪明一点。对姚蓬子是这样，对原是我的丈夫的冯达，何尝不也是这样呢。

自然，我一直没有因为我，而要蓬子或冯达再干什么对党和革命有损的坏事。直到一九三六年我秘密离开南京时，我仍然希望他们不要被国民党牵着鼻子走得太远，我希望他们珍视自己的余生，努力争取将来能有回头是岸、立功赎罪的机会与可能。

十六　冯达的打算

冯达同我的一次谈话，我永远记得。这大概是在我一生中最痛苦的良心上的斗争。在搬到明瓦廊新居后的几天，一个晚上，他很慎重地对我说："丁玲！我不应该瞒你，我一定要告诉你，离开曹家的那天晚上，我到他屋里去了一趟，他谈到了我们搬家的事。他说以后每月给一百元生活费，让我们独立住家，但这不是说你完全自由了。你既然不自由，你就无法自己谋生，他们应该给你生活费，这我不能拒绝。不然，你在南京城里，怎样生活？没有犯人坐牢还得自付饭费的。至于我，情况同你不一样。我已经走错了一步，什么话我也不想说了，说了也无用。总之，现在我是一个没有前途的人。你想回去，而且可以回去，但是我却回不去了。我回去的路没有了，没有任何希望了，这只怪我自己。我曾是一个普通共产党员，没有什么社会地位，在国民党眼中，我不值钱,他们瞧不起我!有我无我对他们无足轻重。我现在又有病,按一般情况,如果我能找到一个铺保,或者我老家来人,具个结,我是可以被释回家的。这也有先例。不过现在国民党不会这样做,这是因为有你,他们不能放你;他们也不能像对你那样对待我。那晚,那个姓曹的说,要我到一个翻译机关去翻译一点资料,算是为我安插工作,安排生活。这不是一个了不起的差使,也不会有什么秘密,月薪是六十元。他还说这个机关人员不多,大都是一些懂外文的共产党员(自然是自首过的);我不得不答应了。丁玲!我希望你懂得我,我也是为了你,我没有办法可以保护你,但我总想帮助你一点什么。你是要回去的,我就帮助你实现这个唯一的愿望吧。我在他们面前表示迁就,他们就会容易相信,以为我还可以牵制你。你就应该利用这样的条件。他们把蓬子弄来同我们住在一块,我看也有这个意思。他们以为过去你同姚蓬子是好朋友,据说你被绑架后,社会一度传说你已死难,蓬子写过纪念你的文章,很可能夸大了同你的友情,谬称知己,不管别人怎么说,都是死无对证。现在,你也要利用这层关系,你平常为人太单纯,太直率。但最近我不得不想,我们的处境,你的愿望,都应该仔细考虑。"我一时被他的这些话吓住了,冯达竟要去国民党一个机关做什么翻译,这怎么可以呢?他这不是越陷越深吗?如果他去国民党机关上工支薪,我一定得同他分开。过去一同监禁,我曾几次要求分开过。他分辨得那样诚恳,又说忏悔,又说帮助,我还有些相信,或者说是半信半疑。但他现在居然说要去做事,那不是也成了国民党御用的走狗么!我怎么还能同他关在一起?但现在我再提出分开,国民党仍是不会理睬的。因此,我生他的气,我骂他,但都没有用。

过去，他也许是受了骗，上了当，以为可以混过去，所以讲出了我们家的地址，还可以说是一时的错误，酿成了大罪。但这次他是经过深思熟虑的，而且事后才对我说，可见他主意已经下定了。他总叹说他是没有希望再回去的，我以为这有一部分也是受了国民党特务的欺骗宣传，他总以为党绝对不会饶恕他了，而且一定会采取非常手段来制裁他。但这又从哪里说起呢？我只说道："我不同意你去。你既然知道你第一步错了，就不能再错。是一个人嘛，不能做好事，也不要做坏事，你的前途，只有不去那里当什么翻译。你如果真回去的话，我以为不会像你想的那么恐怖可怕。万一老家不收你，你倒霉了，也比在国民党这里好。你怎么不做更长远的考虑呢？而且，你去那里当翻译，不管你翻译什么，不管你做的多少，你总是进了人家的门，为人家做事，你不只绝了自己回去的路，而且叫我怎么做人？"

冯达听了，也很沉重，他说："与你无关。这是我自己决定的。我想了很久，内心很痛苦，但我认为：我不忍拖你下水，也不能总像现在这样跟着你，我跟着你只能拖累你。有什么法子呢？我自然希望国民党对你的监视能够逐渐放松，然后你就可以找机会跳出去，脱离这个苦海。我说过，你什么时候离开南京，你走后，我就回广东老家。我们是命定要分开的。现在我的身体很坏，肺部这半年来经常疼痛。我不一定能活得长，但我希望能够看到你自由。"我看到他的脸色发红，微微渗着汗珠，我不愿多想，只说："那我们现在就分开。"他说："分开！分开！一定要分开！只是你暂时不要闹出去。"他又说："我明天要去那个机关，可能要填一份履历表。你不必为我担心，我会尽可能给自己留有余地。我最担心的就是不能断了你回家的路。我知道你一定能坚持住,一定可以达到目的。"

这一夜我没有办法阖眼,他好像也转侧通宵。事情怎么竟会变得这样,真是不能想象。唉,明知不是伴,事急且相随。看来,只得过一时再说。但不管怎样,冯达现在是要到敌人的一个机关里去工作了。要应付姚蓬子,也要应付冯达,我将应付这越来越复杂的困难环境。既要提防他们,又要利用他们作为掩护,欺骗敌人,麻痹敌人,创造条件,使自己能和党取得联系,得到党的帮助和营救。我能做得到吗?天哪,我一定要做到!

十七　张道藩三碰钉子

一九三四年五月间的一天,国民党的宣传部长张道藩光临明瓦廊了,说是将来看望我和姚蓬子的。对这个人过去只知道他是国民党中央的文化官,传说是一个大官僚。对这种人我过去根本不屑于注意,只有仇视,并不了解他的根底。我意识到此时此地到这里来看我的人,不管官大官小,不管怎样说得好听,名是拜访,实是审问,是了解,是安抚,是欺骗……总之,对这些人,我都要警惕。张道藩的样子看来很随和,说这次来拜访,是为了消除我的寂寞,他建议我写点文章,不愿意发表就不发表,又说写剧本最好。他说他现有一段戏剧材料,他愿意介绍给我,供我写作参考;如果我肯执笔,那就太好了。对此我毫不考虑,毫不动心,我推诿说身体不好,无意于此;我说我从来没有写过剧本。他见我这样冷淡,话不投机,没有坐多久就告辞走了。大约过了个把月,张道藩又派人用汽车把我同姚蓬子接到他办公的地方(不是国民党中央党部,也不是国民政府),这是一幢有花园的小洋房。他单刀直入，阐述了第一次见面时对我说过的建议，希望我写这个剧本；我一定不写的话，无论如何，就为这个剧本编写一个故事提纲。但我又都拒绝了。他对此表示很遗憾；只得用汽车把我们送了回来。第三次又是他亲自来，他十分得意，欢欢喜喜地告诉我，剧本他自己写好了，只希望我看看，提提意见，或者就请我动笔替他修改一下。我简直奇怪，他太屈尊了。我仍用第一次见面说过的话拒绝，说自己不懂戏，也无意于此。他才索然无趣地走了。从此以后，他没有再来，我也再未见到他。只是到了一九三五年或三六年，知道这个剧曾在南京上演，报上大登广告，轰动一时，热闹了一阵，剧名就是他同我谈过的。只是剧本内容我不知道；现在就连剧名我也忘记了。不过那时这个剧的确上演过，主要演员和演出的负责人，我都记得，他们当时曾托人给我送来了入场券。但因为感情上很难受，无心去看就是了。半个世纪后看来，当年我拒绝参加张道藩提出的这个剧本的写作和修改，是在无意中对国民党企图利用这次演出打击左翼文化革命运动的如意算盘给了一个小小的钉子。

十八　三会张天翼

在明瓦廊住了一个多月，我试探着在夜晚，在后门的一条马路上散步，居然没有受到阻拦。于是我胆子大了一点，便试着在白天走得稍远一点，我希望有好运气，能碰见什么熟人。果然，有一天我带着母亲、麟儿去夫子庙，在一个小茶馆里喝茶，忽然看见张天翼和高植也在那里喝茶，同座大概还有一两个我不认识的人。高植曾在我主编《北斗》时投过稿，通过信，见过面，是一个在大学毕业不久的青年文人,不属于什么党派,思想不红不白,我稍稍招呼了一下,敷敷衍衍地说了几句话。但我一看见张天翼,心简直欢喜得要跳出来,只是不敢流露出来,我急忙过去打招呼,但不能说什么。我只悄声对张天翼说了几个字:"明天上午,鸡鸣寺。"便赶快离开茶馆回到了住所,暗自咀嚼着这一时得来的喜悦,幻想着明天的前景。

我对张天翼当时的思想情况和他过去的历史都不甚了解,但我知道,他是左联的盟员。他的短篇小说《二十一个》似乎是第一次以兵士为题材的,我是喜欢过的。"一·二八"前后,他搬来上海,我们一起开过会,游行示威时他和杨骚、楼适夷在左联队伍前面打着大旗呢,我们是一个战壕里的战友,我们是同志。我以为看到他,就等于找到了左联,找到了党。我多高兴啊!

第二天我独自悄悄去到南京的风景区鸡鸣寺,八点钟的样子,游人很少。我无心观望风景,只是在山门前的道上和后边阁子下的窄路上徘徊,张望,焦急地等待着。大约过了一个钟头的样子,张天翼果然来了。这时,只在这时,忽然有许多从来没有想到的往事和问题不知从什么地方钻了出来:他是党员吗?他能为我保守秘密吗?他能见义勇为,为我担受风险吗?我不能够明问,只在心里暗自掂量着,过去我曾听说他在南京国民政府做小差事,是谋生还是掩护?他的姑父邵元冲是国民政府的要人,邵元冲是否同情共产党,他们之间关系的深浅究竟怎样呢?……我审慎地望着他,又无暇仔细深思,毕竟欢喜压过了一切。他是左联的盟员,既然上海的白色恐怖那样严重,为什么他不住在杭州(他的父母住在杭州),而要住在南京?是否邵元冲这种社会关系正好为他做掩护?总之,我还是相信他,那些怀疑一闪即过，我仍然是完全地相信他。我们像老朋友那样排排坐在鸡鸣寺阁子前的小路边上，我焦急地问他上海左联的熟人的情况。他告诉我，上海白色恐怖严重，冯雪峰已去苏区，周扬、夏衍去了日本，钱杏邨不容易找着；他自己也很久未去上海了。这些消息像一盆冷水浇在我头上。我不知怎样才好。这时是初夏，可是我却像深秋时的寒蝉，隆冬时的僵虫，说不出一句话，连动也不能动了。我能不能求一求张天翼，把我带走吧！一年了，我在黑暗中，在炼狱中，忍受熬煎，心力俱瘁。这一线希望我能不紧紧抓住，求他施展神奇，给我一丝阳光，给我一条生路？我木然地望着他。他也只摊开双手，无言以对。他也问到冯达，问到姚蓬子，我也简单地答复他。那种种艰难处境，我的痛苦的历程，我内心的打算，对他的希望，都给一时的沮丧噎住了。我是否应该向他完全打开心扉？我迟疑着。一个受惊的，被关闭幽禁了一年，几乎窒息而死的人，已经习惯随时随地都战战兢兢，提心吊胆，为着防备别人，话到口边便咽下了。满心想把别人当成知己，无所不谈，却又顾虑重重，踌躇不已。太阳快当顶了，只得同张天翼分手告别，懊丧不安地、如有所失地踽踽独行，又回到那布满愁云的阴暗的住所。

一回来我就后悔，责怪自己，为什么不向一个同志，一个战友敞开胸怀，尽情抒发，把所有的痛苦交给他，把所有的希望告诉他？！尽管我应该有些顾虑，有所警惕，但对他抱有防备之心是不应该的。于是过不久，我又鼓起勇气走向张天翼的住处。这个住址是我在鸡鸣寺时问他要的，这条街道的名字现在我已记不起了。那时我在他住的大门口曾停了好一会儿，久久不能决定，最后才丢开顾虑走了进去；那种不知所措的心情至今也不会忘记。原来他住的不是一般独门独院的中式平房,而是一座两层楼房。大门口挂有五六块白底黑字,或黑底金字的招牌,是我弄不清楚的各种名称的机关办公的地方。自然这不是大机关,或者只是一些小单位,或者是一些空招牌,实际只是经营买卖的代号,也可能是某些私人联合经营办公务、做买卖的事务所。总之,这座楼房和它门口挂的那些招牌,使我当时认为很复杂,使我一时猜疑不定。可能只有我才会有这些猜测。我迟疑了好一会儿,最后认为既然张天翼住在里面,既然他能住,我为什么不可以大胆进去呢?难道明瓦廊,那个我现在的住所不比这里更复杂,更危机四伏吗?于是我大大方方闯了进去。这楼房里面并不豪华,张天翼的姑姑住在楼上。楼上似乎住了不少户,一点也不像是党国要人邵元冲的家宅。等不及仔细思索便敲了他们的房门。我还未进门就听见屋里的笑声和麻将牌碰撞的声音,原来张天翼正在和他的姑姑、外甥女,或者什么亲友在打麻将。张天翼看见我闯进门来,好像很平常,对我点了点头,打了一下招呼,没有离开牌桌,仍然注意他手里的牌。他的姑姑拉了一张椅子让我坐,我就坐在她的旁边看他们打牌。我以为张天翼会明白,我是特地来找他的,不是来玩,来闲坐,是有正事,是有求于他才来的。我焦急地看着他。可是他好像完全不理解我的来意。他打了一局又一局,他一家人,他姑姑,他外甥女儿,大家欢乐地有说有笑。我坐在旁边的冷板凳上,呆呆地望着他们,我心急如焚。我找不到机会,哪怕说上一句话也好。我完全可以大声说:"天翼,我有事找你,想和你单独说几句话。"可是我总抹不开,我不知道怕什么。看样子他们很宽大,并不怪我打扰了他们,只是好像没有我这个人似的。我在敌人面前是受尽折磨的,但在朋友面前,忍受着这样的冷淡,却是第一次。我勉强撑着,不愿伤心,但到底坐不下去,看着他们不会因为我而停止雀战,我只得慢慢站起身来告别。主人既不留也不送。像我进门时那样点了一点头,就算招呼过了。我的心像悬在空中,像浮在水上,脚不感觉是踩在地上那样一步一步地走出那幢楼房。究竟是怎样回到住所的,我一点也想不起来了。

从此,一天到晚我重又浸泡在失望里,隐隐地难受。我不理解张天翼,只觉得自己是被遗忘的。这种心情,直到几十年后,经过了几十年痛苦之后,才慢慢悟出当时张天翼对我这般冷淡的因由,我是不能责怪朋友的。我是陷在那样一个泥潭里,敌人又捏造和散布了许多谣言假象,为什么朋友们不应该对我采取谨慎疏远的态度?为什么当时我没有想到,凡过去认识我的,知道我的,有点社会经验的人都可能要揣测我,估量我,甚至有所怀疑呢?我应该理解,国民党和他们执行的阴险政策把我推到一个被审查的地位,我首先应该设法取得朋友对我的信任。我怎能主观地以为谁都应该相信我,毫不怀疑我而真心帮助我呢?

以后在南京,我再也没有去过那幢楼房。后来我搬到首蓿园去后,天翼来看过我;而且最后在一九三六年,还是他带来了党给我的信息,并且由他的外甥女陪同我一道离开南京去到上海。因此我对他一直是充满着感激,我永远不会忘记当年他为我冒过的风险,给予我的慷慨的有效的援助。

十九 方令孺女士的友情

一九三四年十月初我在医院生了祖慧。我这时的心境像掉进

我怎样飞向了自由的天地

了枯井那样幽暗与悲伤。回忆一九三〇年我生了祖麟,只两个多月,他父亲就被捕,三个月他父亲就被杀害了。我不得不把婴儿送回湖南交托给我母亲,我只身返回上海,继续苦斗。一个做母亲的,一个有着母性本能的人已经太难忍受那抛离亲生儿子的痛苦了;而这个女孩却使我更加悲苦。这不是我希望有的,但是我生的。我能把她丢到垃圾箱里去吗?我能把她送到育婴堂、孤儿院吗?我能留给她的父亲,使她终生也蒙受羞辱吗?我只能把她留在我的身边,我是母亲,我应该对她负责,不只哺育她成长,而且要尽心守护她,不让她受羞辱,尽心教育她,使她成为革命者。因此我得首先背负着一时无法分说的耻辱,也许还得就此终我一生。十月半我从医院搬到中山大街。因为我不愿再回到螺丝转弯,我要离开那变相的地狱。在那里我们的前院旁院都住着一些身份暧昧的人;进进出出我都得经过他们的住处,任人侧目审视。我常常喊叫,既然说是自由居住,就应该让我自己去租住民房,无论如何我是不回那住过的地方。因此,当我住院时,冯达和姚蓬子几次商量,才租了这幢房子。这是在中山大街向东拐进去的一条小街上的一幢小楼,上下各三间。我们一家住楼上,姚蓬子一家住楼下。在这里大约住了两个月,我几乎没有下过楼,国民党也没有派人再来这里骚扰我。我在这里只是养病。不过意外的,我在这里却遇见了一个终身难忘的朋友。

十月底的一天,方令孺女士作为不速之客忽然降临了。她那时不到四十岁,长得很好看。她的眼睛由于甲状腺肿大,动过手术,显得稍稍有点突出。但她的那种温柔大方却使我很注意。她的身后站着一位十五六岁的俊俏的少女,乃是她的大女儿陈庆纹。她谦虚地自我介绍道:"我叫方令孺,是特别来看你的。我不是国民党,也不是共产党。我非常同情你的遭遇,我很喜欢你的小说。我想你在这里一定太寂寞,我能为你分点忧愁吗?有什么事我能帮助你吗?"怎么听到的又是这一番话!我不免用怀疑的眼光望着她,心里在想,是否又是国民党派来的?她要干什么呢?她看见我很冷淡,便不多说;只对我的母亲表示一点尊敬,说了几句恭维话,又对我的子女称赞了几句。然后便文静地告辞了。我不安的心还在嘀咕:"真是莫名其妙。"

她怎么知道我的住处的,当时忘记问她了。我压根不曾想到我的住处能够保密,我以为任何人都可以随便闯来的。此后,她每过一个月,或两个月便来我这里一次。她从不同我谈政治,也不问我的生活情况,只是点点滴滴同我谈她的心曲,如读书后的感想,多半是些外国书,翻译过来的,或还没有翻译的。谈她认识的一些文人的印象,这些人多半是我不认识的,是她在青岛大学的一些同事,老一辈的所谓新学家。这些她都当故事娓娓道来,在我只有一颗十分空虚的、寂寞的心的时候,也能勉强听下去。后来她便谈她的家庭生活,她的不幸的爱情。谈这些她也不动感情,只是放在心底,仍然像在讲一部写得非常细腻动人的小说。我真同情她。好像中国的老老少少的妇女,都能引起我的同情,特别是像她这样有着一颗美丽的心灵的知识分子。后来我也到她的家里去。她住在我这条街的对过,叫娃娃桥。她是著名的桐城派方东树的后裔。她的那个大家庭是一个亦官亦商的人家,有很多房子。她住在侧院的三间大厅,后边是院子,前边是小花园。绕过她的厅子,还可以进入她家的一个更大的花园,只是那个园门不是常打开的。她住的三间厅子布置得很好。她带着三个女儿,用一个娘姨。她的丈夫另有外室住在上海。她家里非常安静,很少客来。我慢慢认识到,我和她来往,是无害的,便逐渐放宽了心。后来,一九三六年我和党取得联系,就曾把她的家作为党与我通信联系的地点。

方令孺是一个诚实大方的人。抗战初期,我在延安时,曾经向她要过一部《昭明文选》;那是因为毛主席曾经对我说,他缺少一部《昭明文选》。她特地买了这部书寄给我。我们从来都没有对人说过,只是悄悄地高兴为别人尽了一点力。她知道我是为谁要的。

全国解放,新中国成立后,她到北京时总来看我,还在我家住过。她的仪态仍然与那时一样,总是很文静地对我谈一点她的新的感受。一九五七年,继全国作协的批斗大会后,在全国妇联召开的一次批斗我的大会上,我望见她了。我为她很不安了一阵。我深切了解她,她一定为我非常非常的难过,可是这时她无法对我表示同情,也无法安慰我,分担我的忧愁了。二十二年后,一九七九年,我回到北京,打听到她已经逝世,我不免凄然欲泣。我常想念她的一生,她的为人,想到她曾为我分担苦痛。她是一个普通人,是一个有非常美丽灵魂的人,是一个好人,我一定还要写她,将来有时间,我一定要任情呼唤你,方令孺同志!

二十　母亲呵,何时再见?

母亲完全不像以前的母亲了。记得我小时候,不管她经受了多么大的挫折痛苦,她总能保持她的那种意气风发的神态。她冲破封建习俗,入学读书,勤奋好学,抱负远大,以救国为己任。我弟弟死后,她从绝望中努力自拔,四处奔走,为贫苦人家子女办工读学校。"五四"、"五卅"运动时,她热情澎湃,带领学生教员去大街讲演。我有时也曾看见她烦闷过,甚至唉声叹息,但不多久,她便又奋发振作。我们母女一直是心心相印、互相体贴的。一九二七年大革命失败后,她为大势所迫,难舍难分地离开了心爱的学校,但仍是满怀豪情。一九二九年在杭州与我们同游西湖,饮酒赋诗,似乎是一个完全不知忧愁为何事的幸福老人。我和也频陪她都觉得自己的精力不够用。一九三一年也频牺牲后,我送麟儿回湖南老家,我抑制痛苦,强打精神,把死讯隐瞒着,骗过了她,她慷慨勇敢地担起抚育幼儿的责任。但现在,我看见的母亲老了;不只年龄、面容老了,而且心情显得寂寥,似乎同我隐隐有点距离。为什么她从来不问一声也频的事呢?她什么时候知道他牺牲的消息的呢?我压根没有告诉她,她也从来不问我。现在我们身边多了一个她完全不理解的陌生人,她也不问;好像她老早就知道,就认识,而无须打听。我想她什么都不知道也好;她不问,我便也不说,我们都装做若无其事的样子,都怕碰着这些充满苦涩的现实。妈妈呵!你叫我怎么向你说呢?我知道你看见我现在这个样子,你会痛苦的。但假如我把什么全告诉你,你会更痛苦。你为我辛苦半生,你把希望放在我身上,无条件地支持我;而现在我却连累你,把你拖在这样艰难困苦的环境中,叫我怎么说呢?母亲在明瓦廊住了不到一个月,便提出要到上海去,她的一些朋友们在那里等她。她参加了一个什么会,又作气功又治病。妈说她对世界,对人类都不能再有什么作为了,于是她学气功,学治病,扶困济贫,总还有点用处。我心想这也许是一个搞封建迷信的会道门。但母亲坚持说这不是迷信,她是把这当成科学来认真学的。她承认这里面可能有一部分人是死脑筋,迷信,可是她是用这个方法来修身养性,治病救人的;她是不能饱食终日,无所事事的。她一定要去上海,在上海把功夫学深一点;她应许我一百天以后再回来看我。我只得让她走了。我很想托她在上海找党的关系,但又觉得她是办不到的。上海的朋友中她只认得王会悟,而王会悟这时已随李达去了北平。我把这话忍住没有说出来。我只要求她一定回来,因为我实在希望她能把孩子们带回湖南。九月下旬她回来了,在上海只住了九十天。但回到南京没有住上二十天,便无论怎样要返回湖南。她说家里还有许多未了之事,来时也只打算把孩子交给我了就回去的。现在已是秋天,再拖下去天气冷了,洞庭湖水低落,路上便不好走了;而且她带出来的那个女佣人想家,也吵着要回去。我很明白,此地本非我们母女久留之地。她是不能把老家的房子和一些牵牵绊绊的杂务、人事完全弃之不顾的,她还需要生活。但现在就要她带两个小孩回去,的确是太难了。不过孩子迟早一定也要走开的,我不能让孩子困住我。我现在要用孩子和妈妈,暂时留在南京作为人质(国民党不就是这样希望和安排的吗?),换得敌人对我的疏忽、松懈对我的防范。有朝一日,到了那一天,我能远走高飞时,我一定要想办法预先安置他们,让他们都回湖南去。老家的那个安身之地,那个简陋的窠还是很重要的。我现在是再无别人可以依赖的了,归根结底还是只有母亲呵!这样,我只得同意。十月中旬她就带着那个女佣人乘船先回湖南去了。亲爱的妈妈,你一定要回来!我们何时再相见呢?

1923年，丁玲与母亲余曼贞在湖南常德合影。

二十一　苜蓿园

十一月初，冯达检查身体，医生说是三期肺病，不能工作，要卧床平躺休息，还要吃有营养的食品。那时治肺病没有什么有效的药，只是用钙片把病灶包围起来，让结核区逐渐缩小。这样，他请假在家，一天到晚无声地躺着，很想回老家广东去，但又说不愿在此时此境留下我独自受困。我却打算从此分手，带着孩子回湖南去。可是，三三年国民党不准我自由回湖南，现在又怎会放虎归山？如果提出来被拒绝，那就不如仍然暂时不提。可是这日子怎么过？麟儿思亲，整天怀念刚离去的祖母；婴儿缺奶，日夜不断地啼哭。我自己向来是天涯游子，从来没有操过家务。现在困住囚笼，一天到晚衣食住行，叫我怎样安排？再求我母亲出来，一时是不可能的。冯达已经垮了，对我也是负担。他

·我怎样飞向了自由的天地·

认为他在国民党人的眼里是一个小人物,无足轻重。既然病成这样,就可以释放回家,顶多再由家里具一个铺保了结。可是他总是表白,自己光身一人走了,把我和孩子扔在这里受罪,心里觉得惭愧,只好拖过一段日子再说。

这时姚蓬子接受国民党给他安排的差事,到芜湖去编辑《芜湖日报》。这报是国民党办的,他去当主编,却没有实权;他原也不是搞报纸编辑工作的。他去,只是表明他听话,俯首帖耳跟着国民党。因此他不愿带妻子儿女去,他每月有一百元钱,和妻儿两地生活,自然花费要多些。我同样也感到经济的拮据。冯达治病,要花钱,小孩雇奶妈,也要花钱;我又不会操持家务,从没有管理过家庭钱财。这样我们两家都愿意节省开支,合伙吃饭,减少佣人,日用开销都由姚蓬子老婆经营;而且他们夫妇去另找了房子,在城北一个比较僻静的新造的两楼两底的屋子里,租赁了楼上的三间。姚蓬子的妻子带着孩子住一间大些的兼吃饭。冯达一个人住一间小些的养病。我带孩子们住另一间。房子很挤,但房租便宜多了,这时,我总想躲开人,越远越好。在这里过了几个月,我又借口城外空气好,想法要搬到城外乡下去。恨不能一下搬到国民党管不到的地方,那就更好了。终于在一九三五年春天,便又搬到苜蓿园。我想隐居在这城外的陋巷,暂度时光,以后再说。

苜蓿园坐落在中山门外一个小村庄里,是左恭替我找到的。左恭是一九二四年我在北京时认识的。那时他同曹女士初恋,曹女士与我同在一个补习学校。二五年春季,我几乎每天都到他家去。我们那时都没有党派关系,都崇拜鲁迅,都渴望自由,都对将来满怀希望。大革命失败后,不知怎么搞的,他们去了南京，我到上海，可能是我对他们选择的道路有些不满；而他们也认为我过于骄傲，我们就疏远了。但是左恭和我始终没有断过联系。我们不谈政治，不触及我们或许有过的分歧，我们保持着一丝旧谊。这时我需要有人帮助，便设法找了他。他那时在南京中山文化教育馆工作，已经同曹女士分居，或者也有了新的女朋友。他愿意帮助我，便在中山门外，找到这幢五间房的茅屋，茅屋周围有些空地，竹子围篱。屋子小，质量不高，房租也不贵，有点像隐士的居处，恰合我意。正房后边还有两间灶屋。我和姚蓬子两家人于一九三五年春天搬了进去。左恭从来没有来过我这里，我却两次去找他。他对我的思想、打算、处境从不询问。我对他的生活也不调查。但我相信他不会害我，事实上他也总是愿意帮助我。如果我还有什么事要求他，他会为我奔走的。但自然对于我真真想做的事，他是无能为力的，因此我什么也不会告诉他。后来我们便没有来往了。新中国成立后，我听到过有人谈起他，说他在抗战前就同"我们"，同我们地下党有些联系，一九五〇年我在北京，他来看过我一次。我们相对坐了一会儿，都没有把我们想说的话说出来，想问的事问一声。大约觉得我们相近过，也互有了解，却长时间隔离得太远，好像雾中山水，总有点朦胧一片，须要问的太多，就又都克制住了。后来当我回忆到一九二五年的北京西牛角胡同，以及三一年夏天他陪我去玩燕子矶，马车在行人稀少的卵石路上嗒嗒走着的情景，我曾后悔，我是应该多了解他一些的。我们为什么谈得那样少，特别是关于我们的政治经历和思想见解。现在想起来，可能是我们都不愿因为曾有过的分歧影响那脆弱的友情。我们可能都太珍惜友情，却又因此使我们有所隔离，反而只剩下一点空虚和淡漠。

二十二 伤寒病

苜蓿园像荒村里的一座草庵，我奄奄一息地蛰居在这里，似乎应该打扫尘心，安心等待末日的到来，然而我心里整日翻腾，夜不能寐。在春雨绵绵的时候，在夏蝉喧噪的炎日，我常常独自伫立在屋檐下，仰望云天，辗转思谋，下一步棋该怎样走呢？母亲终于又来了。她是无法拒绝在困境中的女儿的请求的。冯达病假超过半年，不能再领工薪，他是我的负担，精神上的、物质上的，但我不能一下把他推掉，因为我还可以借助他。我把他安顿在后边的灶屋住，隔离开来。现在他的作用，只是让国民党人看来，我还是不忍弃他于不顾。他也只表明他的无可奈何勉强陪我度过这难熬的岁月。表面上我们还是夫妻，他的存在，还可以掩护我，让国民党放心，似乎我已消沉，没有任何非分的想法了。正当我暗自打算如何跨出新的步子的时候，我感到我的身体无法支持。不知为什么我每天下午发烧，时间长了，人没有一点精神，疲累不堪，我怀疑是不是我传染上了肺病。我去医院照了片子，但没有结果。这个医生这样说，那个医生那样说，吃了一些药，毫无效果。就这样每天继续发烧。我先还瞒着母亲，一人放在心里着急。后来病越来越厉害，整日整夜咳嗽，咳得头痛脑胀，不能平睡。我真害怕了，我不能不担忧。假如我的病治不好，我将怎样呢？各种各样的想法，啃着我的心。我已经受尽了罪，如果就此死去，好像对我倒是一种解脱。人世间任什么我都可以不留恋，都不牵挂，母亲也好，孩子也好，我都能狠心丢掉。但我只有一桩至死难忘的心愿，我一定要回去，要回到党里去，我要向党说：我回来了，我没有什么错误。我在什么时候，什么地方，什么条件下都顶住了,我没有做一件对不起党的事。但我知道,由于敌人散布的谣言,现在我处在不明不白的冤屈中,我得忍受着,无法为自己辩白,洗清倾倒在我满身的污水,我还陷在深井里。这样又拖了一个多月。病毫无转机,我只得向母亲说:"妈!我得花一笔钱了。不是住普通病房,我要找中央医院的内科主任替我治病。听说这个主任医术高,只是非常势利眼,对头等病房的人才看得仔细,对普通病房的人就差得多了。妈妈,我得设法弄钱。可是从哪里来钱呢?只得向姚蓬子暂借二百元。我想他是能答应的,他父亲有钱;不过一定得还他。你看你还能从家乡想点法子吗?"我母亲看见我的态度认真,感到事态严重。她担心地说:"你自己的病你自己应该清楚。你自己做主,该怎么办就怎么办。我的为人,你是了解的。我一生都不求人。凭我几十年在家乡的一点信用,几百元钱还是可以张罗得到的。你千万不能耽误,先借点钱,治了病再说。"我小的时候,父亲病重时,母亲即刻把她的陪嫁衣服、首饰、古玩、家具全都卖了,替他请医买药。父亲死后留给她一笔一笔大大小小的债务。她便把全部房屋田地变卖得干干净净,还清债务,只剩下一担儿女压在肩上,离开故土,到县城里自力更生,以小学教员的微薄薪金养育我长大。后来我能写作拿点稿费,却因自办出版社亏本负债,最后还是她寄来三百五十元偿清债款。这两年,我自然更没有分文能给她。在湖南乡下,麟儿就全靠她双手撑持,我连问都不敢问他们是怎样熬过来的。现在在如此险恶的处境中,我又病倒,除了再向她伸手,别无办法。母亲几十年来省吃俭用,节衣缩食,把什么都耗在我这个孤女身上了,我什么时候才能为她的苦心痛痛快快地哭它一场!?妈妈呵!这是由于我的不孝吗?是你的命苦吗?你是那样热情地以助人为乐,那样胸怀坦荡,把痛苦踩在脚下。我是你唯一的女儿,我什么也没有给你,却总是拖累你。我一定要学到如你那样坚强,我要活下去,为人民做事,对国家作贡献。我不能倒下去!至少我不能把我个人应该承担的负担再交给你,我应该洗清自己,还你一个干净的女儿。那么,好吧,让我先治好病,然后再一步步地向前走。有你,亲爱的妈妈,我应该无所畏惧了!

第二天姚蓬子从芜湖回来。我请来中央医院的内科主任就诊。他显得很有把握似的说是肋膜炎,需要住院治疗。我住进了二等病房,单间,一天要四五元。我落落大方一次交了两百元住院费。果然,医生、护士川流不息地来到病房。主任说先治咳嗽,又照片子,又电疗,又打针。可是仍不退烧,热度有增无减。白天,我烧得认不清人;方令孺来看我,守在我身边,我也不知道。但到了夜晚,由于用冰凉的酒精擦身,我才比较清醒。我按医生说的,临时雇了一个保姆守夜,她为我全身按摩,这样我才感到稍安。我心里昏沉沉地,灰暗暗地,什么痛苦,全无所感觉,人都麻木了。但我仍有心香一炷,默默祷告着:"我不要死呵!不能死呵!天可怜见,让我活下去呵!"我注视着窗外,万籁俱静,我揣测着明天,盼望有一个好天气。

就这样,我盼望着,拖着,人消瘦了,满头的头发脱光了,但却慢慢活过来了。内科主任说得的是伤寒病。我不知道是不是那位内科主任把我救活的,还是我自己逐渐好起来的。我住医院的钱花光了。秋天了,我可以出院了,我该出院了。一天,我又悄然回到了苜蓿园。苜蓿园自然不是家,但它是我暂时栖息的地方,也是我将重新起飞的地方。

三五年的一个冬天完全是母亲一个人撑持着熬过来的。她现在无心给旁人看病了,也不再谈那些治病救人的事,只一心一意照看我一个人,这个她从小带大的唯一的女儿。她已经是一个老妇人了,又离开了故乡故土,对别的都是无能为力的了。她要服侍重病初愈的我,还要照顾两个孩子。她已没有什么可以安慰我的,她只用她的坚定的耐心,顽强的沉默,让我相信她还是可以把担子挑下去的。她把她最后的一点存款,是每月存三元,集攒了五六年,为麟儿存的一笔零存整取的定期储蓄,计划十五年后一次可以拿上几百元,这是老祖母最后苦心为她可怜的孙子一点一滴省下来的血汗钱。这时一共也才有二百来元。我一起拿来还了姚蓬子。姚蓬子知道我的性格,把钱收下了。他问我是否愿意化名写点不相干的小文章,他拿去在《芜湖日报》发表,可以多给我稿费,度过这艰难的日子。我推脱说,日子可以过得去,拒绝了。我心里想:《芜湖日报》不是国民党报纸吗?我现在落在国民党的陷阱里,在敌人控制下,我怎能在姚蓬子编辑的国民党的报纸上写文章呢?即使我的文章不反动,甚至是有革命倾向的,当时我的感情也决不允许我在国民党的报纸或刊物上发表。我想革命者发表文章、唱歌、演戏……总应该分清在什么场合嘛!化名是骗人,也是骗自己。欺骗总是经不起历史考验的。我如果要写文章,一不能用假名,二不能在国民党的报纸刊物上发表。过去生命可以不顾,坚持过来,目前这一点困难却不能忍耐熬过吗?冬天虽然寒冷,是可以熬过的。过了冬天,就该是春天了!不会没有春天的。我就像一条死而不僵的小虫,带着两个小孩,在慈母的怀里,再熬过这个冬天吧。

二十三　春暖待花开

首蓿园是不会有春天的,但世界上却依然波涛汹涌,激奋人心。我在床上读到报纸,看到"一二·九"青年学子的进军,我的心随着大队滚滚前进。我要跃起,要飞出去,要投身到革命的烈火里去。但是目前我的处境,我该怎样呢?我没有忘记我是不自由的。我怎样才能逃出这四壁铁墙似的囚笼?逃出来了又到哪里去?哪里能够安生?哪里能有革命者的自由?怎样才能成功?才能万无一失?我反复思忖,如果我不放出信息,我自己不主动,党怎能知道我正在南京盼星星,盼月亮等着她的援救呢?我想,第一步便是要写文章。我本来是写文章的,是作家,只能透过自己的文章,发出信号。于是我努力振作起来,拿起搁置了两年多几乎生了锈的笔,我沿着自己的创作路子,用心用意,写了《松子》,接着是《一月二十三日》、《团聚》等。《松子》发表于萧乾编的一九三六年四月十九日《大公报》的副刊《文艺》。《一月二十三日》发表于一九三六年七月叶圣陶主编的纪念开明书店成立十周年的专辑《十年》。《团聚》发表在一九三六年九月《文季月刊》一卷四期。《文季月刊》和萧乾主编的《文艺》都是以鲁迅等左翼战士为支柱的。叶圣陶从二十年代起,长期来一直都是站在民主革命的一边,在复杂险恶的环境里,始终洁身自好,忠实地维护革命。他们都是中间偏左,与反革命的国民党是绝不调和的。国民党也讨厌他们,不会放松他们,但知道他们并不是共产党,不得不表面上缓和一点,宽容一点,以装潢他们的反革命的狰狞面目。

第二步,我稍稍开了一点门。老朋友谭惕吾来看我了。当年她虽是国民党党员，以国民党员的面貌来看我，却仍然保持着一九二四年时对我的纯真的爱护与关心。她告诉我，听说我被绑架后，她曾经四处打听我的消息；她明说国民党对我是不会宽容的，曾想杀我灭口。只是因为有宋庆龄、蔡元培、鲁迅等世界名人的援救，才没有敢动手。沈从文也来这里看我了，但我们两个人的心里，都隐隐有一点芥蒂。原来在一九三三年我被秘密绑架后，社会上传说纷纭，国民党却拒不承认。左联同志不能出面，为营救我，想方设法托王会悟和他商量，拟用他的名义，把我母亲从湖南接到上海来，出面同国民党打官司，向国民党要人；因为他同我母亲也熟。一九二九年我们两家曾经同住上海萨坡赛路二○四号，他同他的母亲、妹妹住三层楼，我们和我母亲住二层楼。一九三一年也频牺牲后，我送孩子回湖南，他曾陪我同去，住在我家中。这次我被绑架后的第十一天，即五月廿五日，沈从文还写了一篇短文，题为《丁玲女士被捕》，抗议政府当局的非法，为我鸣不平。文章发表在六月四日出版的《独立评论》第五十二号、五十三号合刊上。但发表时，刊物主编胡适写了一则附记，说是沈文"排成后，已校对上版了，今日得着上海市长吴铁城先生来电，说'报载丁玲女士被捕，并无其事。此间凡关于一切反动案件，不解中央，即送地方法院。万目睽睽，决不敢使人权受非法摧残；此电使我们很放心。因版已排成，无法抽出此文，故附记此最近消息于此，以代更正（胡适，六月一日）。"可能就是因为有了这一大有来头的更正，沈先生这时回信给王会悟说，丁玲并未被捕，而且他同我早已没有来往了。此后一九三四年他返湘西，路过常德，住在第二师范学校，有师生建议他应该去看一看我母亲，但他不去；第二师范的同学们就自行去我家看望我母亲,并在我母亲面前说了一些不平的话。原来那时沈从文正以挚友的身份在报纸上发表《记丁玲》的长文。我母亲是饱经人情冷暖、世态炎凉的过来人,对此倒没有什么很多的感慨,只觉得这是一件很平常的事,值不得大惊小怪;她曾经把这些事当成别人的事那样讲给我听。而我心里却有点难受。我对这个人的为人是知道得很清楚的。在那种风风雨雨的浪涛里,他向来胆小,怕受牵连,自是不必责怪的。我理解他并且原谅他。只是再次见面时,总有一丝不自然。他呢,可能也有点不自然,他现在来看我总算很好,也是同情嘛,我是应该感谢他的,只是我们都没有敞开心怀,谈得很少。他见我在一场大病后,身体没有复元,劝我做点事,弄点钱,养息身体。他说,如果我愿意的话,他可以向王世杰去说,请他帮忙。王世杰是国民党政府的教育部长,我自然不会同意去国民党的教育部做事,我谢绝了这番好意。

跟着翻译家高植也来了。萧乾也来了,他是为《大公报》的"文艺"拉稿子的。现在表面上我有了点自由,我可以自由会客了。但实际上,我只是为着要飞出去,希望要找到我想找的人而制作的一些烟幕。我希望我能给人一点印象,在国民党的眼中,如今我真的成了一个顺天知命的人、侍奉老母的孝女,安心于有一个可以苟安的窠巢。我以这种姿态迷惑敌人,松懈敌人的防范,然后我才有可乘之机,才能远走高飞。那么暂时就让一群不理解我的人,甚至是不可能理解我的人.好心也罢,坏心也罢,去猜测,去胡言乱道吧。

这时,我得到一个对于我是最好的消息,就是我得到李达夫妇的消息,他们于一九三三年迁居北平;现在李达仍是一个著名教授。果真如此,我可以从他那里找到一条缝隙了,这条缝隙也许能透出一缕阳光,真是太好了!

李达是一九二一年中国共产党建党时一大的代表。一大最后一天的会议移在浙江嘉兴南湖举行,便是李达的夫人王会悟联系布置的。一九二七年大革命失败,他曾在上海声明脱党,不参与政治活动,而专门从事马列主义的学术研究。他翻译论述唯物辩证法的专著很多,成了著名的学者。一九二二年我在党创办的上海平民女校读书,曾是他的学生。那时他主持平民女校的工作。一九二八年以后我在上海,与他们夫妇过从甚密。一九三一年胡也频被捕遇害,我曾避居他家。他虽然不倦地研究和传播马克思主义,但对党内某些工作,某些人的工作作风,一直有不同的看法。因此过去我

1928年,丁玲(左二)、胡也频(左一)与母亲余曼贞(右一)及母亲的挚友蒋毅仁(右二)合影于杭州。

们谈话时,他曾几次劝我和也频只从事文学创作,不要卷入政治漩涡。我们没有听他的,一个牺牲了,一个又陷进牢笼;但他始终是而且经常是照顾我的。他在政治上一直是一个严肃的、认真的马克思主义者。平时,还常有个别党员同志去他那里。因此,现在我认为如果找着他,便可以从他那里找到与党联系的机会,我要立刻与他们通信,得到回信后,我就去北平。

第三步,便是安排母亲和孩子们回湖南。这时,我不能把我的全部打算对母亲说。但母亲似乎懂得我的心情,她也什么都不说,好像命运已经这样安排定了,她情愿挑着这副重担,带着我的一对儿女,勇气十足地于一九三六年四月底回湖南去了。是的,即使我什么也没有说,她也不问,但她察言观色,能够体会到女儿的痛苦,女儿的向往,而且勇于挑起重担,与我分扰。她在一九三七年收到我从延安寄给她的信后回信说:"我知道你一定要回到你的大家去的,也相信你不会舍弃我们这个小家的。"多好的母亲呵!我把当时几篇文章换来的稿费全给了她。她来信让我宽心,说她的挚友蒋毅仁可以照顾她。蒋毅仁的丈夫是地主,但她在家是受歧视和排挤的,因此她长期独住在常德。母亲便住的常德忠靖街蒋毅仁的房子,可以不付房钱,而且还可以把租出去的另外几间的租金,每月挪来作家用。这幢房子是用我母亲的名义、实际是她的女友蒋毅仁平日一点积蓄买下来,为自己养老送终作准备的。母亲告诉我这些,是让我知道,在困难中,在战乱的年月,蒋毅仁对她、对我的子女都有一份很重的情谊。一九四九年全国解放,我把母亲接到北京,毅仁不愿离开故土,我便按月寄十五元生活费给她,直到她离开这个人世。

二十四 今天是我的生日

一九三六年的五月十四日,是我三年前被绑架的日子,我去北平的准备工作已经完成。我从沈岳萌(沈从文的胞妹)处要到一张去北平的往返免票。那时她在南京铁道部工作,每年都有四张二等卧车厢的免票。这种免票凡是铁道部的职员都有,不论旅途远近,都可以乘坐。同时我去信给李达夫人王会悟,告诉她我要到北平看望他们。我故意向姚蓬子透露我去北平探望王会悟的打算,说大约两个星期可以回来。我还假意托他们好好照料病中的冯达,但是我没有告诉他启程的日期。姚蓬子是否把这事报告了国民党和怎样报告的,我都不知道。这天谭惕吾、方令孺恰巧都来看我,看见我情绪很好,都诧异地问我:"有什么高兴的事吗?"我说:"今天是我的生日;这一天曾经是我的死日,现在又变成是生日了。"她们始终没有弄懂,还以为真是我的生日。

大约就在一两天后,我一个人悄然地离开了苜蓿园。我带了几件换洗衣服,装在一个普通的麦秸编织的提包里。走到路口,我回首望了望这屋子的茅草顶,也许就要同这间屋子永别了,同这三年来的痛苦永别了,我可以找到党的关系了,我可以开始新的生活了。我压制不住心的跳动,真以为自己长高了一截,脚不是站在地上似的。

我刚走到中山路口,准备乘公共汽车,斜路忽然走出来一个人,顺手把我的提包抢了过去。我大吃一惊,转头一望,原来是韩侍桁。韩侍桁是一九三一年我在上海时认识的。那时左联常派自己的盟员去大专学校讲演,在学校建立左联小组或左联领导的文学研究会,我和韩侍桁曾有几次一道去;我还去过他的家。后来不知道为什么他离开了左联,仿佛听到过有人传说他的坏话,但不很确实,我只能将信将疑。这时他在南京正为中山文化教育馆翻译一本《十九世纪欧洲文学》(大概是这样一本书,书名记不清了);我搬到苜蓿园后,他跟着姚蓬子来过一次;这年春天,来得多了几次,暑假中还问我要稿子。他说他打算编辑一个杂志,定名《今代文艺》。他表明,这个刊物是另一个左翼刊物《文学界》的外围,是接近于周扬等一群人的。我那时与上海文艺界完全隔离,只知道周扬是左联的一名成员;《今代文艺》果真是倾向他们那就可以给他们稿件。因此我给了他一篇短文,《八月生活——报告文学试写》。文章后来刊登在一九三六年八月二十日的《今代文艺》。九月刊物便被查禁了。但这时,我正要出走的关头,他忽然出现在我的身边,不能不使我吓了一跳。因为我不真正了解他,摸不清他的思想倾向和政治身份。看他平日对我的言论,好像他只专注于他的翻译;但在我脑中也曾有过一个问号:他搞翻译何必要住在南京呢?除了和中山文化教育馆的关系外,他究竟还有什么别的关系,我是摸不清的。这时我有一点慌张,我忙说:"我要到火车站去接一个朋友。"他笑了,说:"你有什么朋友?有朋友还要你自己去接?我不信。"我再三说"就是接朋友",他只是摇头,不将手提包还我。正在这时,公共汽车来了,我要上车。他推着我上去,跟着他自己也跳上车,还说:"我陪你同去。"我真没有办法了。车子一直往北走,我不由得不审视他,而且惶恐地思索着,难道他是一个坏家伙,是国民党养的一条狗,他是在跟踪侦缉我吗?如果到了火车站,他发现我并不是来接朋友的,他会不会把我交给警察,交给国民党？他会不会……我只得镇静地对他说："你真聪明！我不是去火车站接朋友，我没有朋友，我是要去北平看望李达的夫人，姚蓬子知道我去，我告诉他两个星期就回来；他答应我不声张出去。你怎么样？我希望你也不要声张，声张出去对我不好。我如果走不成，还会引起麻烦。我两个星期就回来。冯达一直病在床上，等我照顾呢。"他不再说什么，友好地送我上了火车，我才勉强放下心来。但是一波刚平，一波又起。临上车前一刻，他忽然又带来一个高个儿男人，并把我介绍给那个人。那人非常高兴地伸出手来，自己报名说："我是王昆仑。你去北平吗？我也去北平，我们一路吧。"我真是目瞪口呆了，想不上车，也不行了，我提心吊胆，心不在焉地同韩侍桁告别。汽笛一声，我走进二等卧铺车厢；望着车外朝后方退去的景物，惘然地倒在铺上。为什么我这样倒霉，这样多难？北平之行的前途将是怎样呢？

二十五 火车上的邂逅

谁都知道，王昆仑在国民党是一个高级人士，是大人物，想当然是国民党员。我知道他正在同我过去的好朋友曹孟君女士谈恋爱。我向来不喜欢谈论关于别人私生活的事；而且因我近年的处境，他和孟君的关系，也不能引起我的兴趣。但我现在却怕他。怕什么呢？他这个国民党的高级人物，知道了我的行踪，会不会破坏我的计划，使我功亏一篑呢？我将怎样敷衍他呢？自从曹孟君在南京任职后，我们的友情就逐渐淡薄了。一九三一年，为营救在龙华狱中的胡也频，我到南京找邵力子先生，曾住在她的家里，我觉得她比较冷淡。她原是一个热情的人，也是事业心很强的人,为什么变得这样冷静、淡漠?也许是因为生活的变化引起了感情的变动。不过,这只是些小事。问题是:现在在重要的关口,我遇见了她的新朋友,是国民党的一个著名的高级人士,我将怎样对待呢?

我正辗转思虑,不知所措的时候,车厢外面有人敲了两下门。我赶快坐起来,出现在门口的这位瘦高个儿正是我担心见到的人。这时他显得非常随便,像老朋友似的,邀我上餐车去吃晚饭。我只得随着他走进餐车,找了一个座位坐下来。那时餐车都是吃西餐,价钱很贵,就餐的人很少。我们一边吃饭一边闲谈。王昆仑很健谈,同我谈高尔基,谈果戈理,谈托尔斯泰,好像他知道我最喜欢读这些作家的作品;好像我的作品他也都读过似的那样熟悉。我慢慢竟忘了我当时的处境,我的不安,好像遇到了一个多年不见的老朋友。我也忘记了孟君曾对我的冷淡,忘记了他是孟君的新的爱人;又好像我过去不是和孟君熟,而是和他王昆仑熟一样的。谈话中他好像在为我设想似的,说:"你要做高尔基是困难的,因为你没有生活,但是你可以成为果戈理,你可以写官僚社会,我就是一个官僚,我还可以介绍你许多人物、许多官僚,许多材料、腐朽的官僚阶级的生活……"自然,我不会听从他的,走进他的官僚阶层;但他的表情,他说这些话时,那种坦然、率直的神情,却是很吸引人的。

我们已经吃完了这一顿美好的晚餐,我完全忘记了刚见面时的那种担心、局促与不安,觉得餐车上的饭菜真好吃呀。当我们喝最后一杯咖啡时,王昆仑仍像若无其事的样子,指点我看看稍远一点的餐桌。不知什么时候,那里坐着四个人在喝酒。王昆仑说:"很可能你到北平的消息明天就要见报了。那四个人里面有一个《晨报》的记者。"他说话的语调很平淡,好像在说一件极不相干的小事。我却几乎跳了起来:"那怎么成呢?"我又傻了。王昆仑又轻松地说:"我可以对他说:要他暂时不发这条新闻。你不是在北平停两个星期吗?我告诉他过两个星期以后再发。报纸会把这当着一条重要新闻,完全禁止是禁不住的。"我只好央求他:"请早点对他说吧。最好不发新闻;一定要发,就晚一点,越晚越好。我有许多说不出来的苦衷呀。"到了北平以后,王昆仑还特意到李达家里来看我。我虽然感谢他在火车上表示的对我的关心,也很愿意听他谈话,但又总存有一分疑惧和戒心。两个星期后我回到了南京,他又与他的妹妹王枫同来苜蓿园,那时我就不想多敷衍他了。后来,一九三七年春天,我在延安时,冯雪峰从上海回延安向中央汇报工作,我见到他,同他谈到王昆仑,他说那时他同王昆仑便已有联系,说王昆仑同我们的关系很好。这些关系真把我弄糊涂了,我一时什么也看不透,什么也不理解。难道真是这样?直到一九八〇年四月,我在《鲁迅研究动态》看到楼适夷写的《为了忘却,为了团结》一文的附注,才知道,果然早在一九三六年七八月间,在上海潘汉年那里,他们就已经互相认识了。全国解放以后,我曾很想和王昆仑详细谈谈那时的生活,但一直没有机会和他叙旧,问清这些似乎是很难理解的谜。八四年二月在北京朗诵艺术团举行的一次晚会上,我又遇见王昆仑了。问他这段往事,他说:"是的,那一年我同你乘同一趟火车到北平的,可是许多事都记不清了。"我真感到遗憾,但已没有法子了。直到八五年他逝世后,从他的生平介绍中,我才第一次知道,早在一九三三年,他就是一名中国共产党的正式党员了。王昆仑同志,现在我就用这一段文字来纪念我们在那次北上车厢里相遇时的同志式的友谊吧。

二十六 探索

这天清晨,我在前门车站雇了一辆人力车,赶到复兴门宗帽胡同三号。我跨进大门,直奔外院的北屋。王会悟刚从床上起身,还没扣好衣服,一见是我便大叫起来;她的孩子们也都从里屋跑出围了上来。王会悟什么话都来不及说,拉着我问道:"你来北平太好了。我问你,你准备住在哪里?"我答:"就住在你这儿。"她大笑道:"这就好了,你要是住沈从文家,我可不答应。"我答道:"我怎么会住在沈家呢。"

我很奇怪为什么她对沈先生有那么深的意见。后来才知道,就因为一九三三年我被绑架后,王会悟仍在上海,她写了好多封信到湖南安慰我母亲,说我平安无事,说有许多人在营救我。她怕我母亲不相信而难过,便今天写信用这个人的名字,明天又用那个人的名字;还用过沈从文的名字。哪里料到,后来沈先生却不愿意借用他的名义接我母亲到上海向国民党要还女儿。沈先生当时自然也有自己的困难,没有什么可以厚非的,可是王会悟至今还像一个年轻姑娘那样单纯、那样热情,那样看重朋友之间的友谊。

李达也表示高兴我的到来,不过他一本正经地诚恳地对我说:"以后你千万别再搞政治了,就埋头写文章,你是有才华的。"第二天他还拿出大张宣纸,兴致勃勃地给我写了一幅中堂,勉励我专门从事文学创作。这一来,他一下就把我想要向他说的话,全堵住了。他虽是书生学者,可是比起我来自然是老谋深算,他可能猜想到我这次来北平找他的本意。他一点不谈,也不问,只带着我去俱乐部游玩,打球、喝茶、吃冰淇淋。他背着照相机,给我拍照,把他同一个女友的放大照片给我欣赏。他几乎天天都有宴会,在北平的一群大学教授轮流请客。他的确变了,变得风流潇洒。可是我总怀疑他是装的,是装给我看的,也是装给许多人看的:好像李达已经不再是红色教授,不特不参加实际斗争,而且看破红尘,是一个很随和、无所谓、无党派背景的一般教授罢了。他担心什么呢?他不是刚从泰山、从冯玉祥将军那里回来不久吗?他不是曾向冯将军讲授《资本论》吗?他顾虑什么呢?我也注意到有几个年轻的人,一来他家就到正院南屋的一间大客厅里去了。这些人从不进北屋,也不在这里吃饭。王会悟和孩子们也不和客人接触。这些到底是一群什么人呢?我怀疑其中一定有党员,或者有靠近党的人。但李达不让我见他们,在我面前也从不提到他们。有一次,大约是我到他家已经四五天的时候,李达忽然提醒我去看女作家谢冰心。我不理解为什么,他还特地派了一位女士陪我一道去。我过去见过谢冰心一面,那是一九二六年,我在北京跟着胡也频,沈从文,还有沈从文的熟人谢冰心的弟弟谢冰季一块去的,我是以一个年轻小作家的妻子的身份跟着去看望一位名作家的。她或者只把我当成一个"小读者",看成是她小弟弟的朋友而已。那一次她跟我谈话了没有,我却不记得了。一九三一年我在上海编《北斗》,曾写信向她约稿,她慷慨地给了我一篇,增加了我对她的好感。现在忽然去看她,这中间又经历了也频的惨死和我的被绑架,是否显得唐突冒昧?我们之间能谈些什么呢?李达这位教授我是清楚的,我对他充满了信任和尊敬。他的著作,他研究的、宣扬的都是马克思主义,但在家里处理家庭生活,他对待王会悟,却实在有些封建气味。但我能始终被他照顾,始终保持和王会悟的友谊,能够和她经常来往,谈心,就在于我看到并且了解他这一点,我小心注意丝毫不去触犯他,我只是他的一个忠实的学生。我总愿意保存我和王会悟的友谊,我认为王会悟也需要我这样一个朋友。

陪我去访问冰心的那位女士,好像姓夏,可是谁知道她的真姓名?她似乎认识冰心,或者就是她的学生。冰心那时住在燕京大学校园内的一幢教授小楼里。我在她面前自然要矮一点,即使我平日有傲气这时也拿不出来,我只是听她说话。她和我相反,很会照顾人,说话文气、得体。我在敌人面前,还有一股犟劲,横眉冷对,甚至谈笑自如;现在一碰到她这样的温柔多情,自己反而现出一种别扭和手足无措,浑身不得劲儿。可能是这次见她,在思想上毫无准备的缘故,我留给她的印象一定是"莫名其妙",或者只像一个笨拙的处境不顺的小作家去高攀一个老作家似的。

访问自然没有什么结果,不可能有什么结果,也不需要有什么结果。但对李达对我自己都可能有一点帮助。这个消息如果传出去,就能说明丁玲现在是没有什么政治色彩的人;她这次来北平没有什么政治目的,纯是为了散散心,随便会会朋友而已。她可以住在李达家,也可以去拜访冰心女士。我体会到李达的用心,也很谅解。但我心里却开始明白,要从李达这里找党,是没有希望的。我很失望,但仍希冀或者有一个偶然的机会,能让我抓住。

果然,有一天,我同他们闲谈到王一知。李达显然不希望她来他们家里,可是我却非常高兴,因为王一知是和我一道在一九二二年到上海进平民女校的同学。以前我在桃源女子第二师范学校时,她也在那里,是本科三年级的学生。"五四"运动时,她和王剑虹都是我们学生运动的带头人,可算是湘西一带女学生中的先觉者。后来她到上海不久就参加了共产党,是走在我前边的人,我们是老朋友。一九二九、一九三〇年她都在上海,我们还时有来往。后来我也参加了党,担任了一些党的工作,环境不允许,就停止来往了。这次我来北平就是为了寻找党的关系;她现在既在北平,我怎能不高兴呢?不过看样子,李达不欢迎我把她领进家里来。我就说:"老朋友了,我去看看她吧。"王一知住在一所颇大的宅第里,是老式的洋房,房子很大,质量很好,院内有花园,花园里还有亭子。据说这房子是军阀时代的外交总长王正廷的公馆。现在他们租居,一家人住得很舒服。她和她的爱人,还有三个孩子。爱人在华洋义赈会工作,外文很好,工资不少,职位可靠。初见面我不便仔细打听,看表面样子似乎不像党员。但王一知这人,我是知道的,是一个很善良的人,过去我们还是能相处的,也还相信她。现在看见她同一个不像党员、而是吃洋饭的年轻人住在一块,心里不免发生怀疑,我小心在一旁观察,不愿一下把我的真实思想对她倾吐。我在她家住了两三天,她请我看戏,请我吃饭。她还说她想学日文,搞点翻译;她把在小报上登的短文给我看。我大胆地试探着问她,说我想去陕北,不知是否有可能从她认识的人中找到线索。她回答说,去陕北很困难,她也找不到合适的人。这样我就不再往下说了,失望又悄悄地啃咬着我的心。我承认那时可能我太胆小了。不过我相信那时她的确无法帮助我。也可能我几年来所处的环境，使得她不能一下消除对我产生的隔阂，不敢轻易地完全相信我，因之缺少足够的热情。一九四九年全国解放，我们又相见。她告诉过我，她的党龄仍从一九二二年算起，不过，在北京有一段时间不算。想来那时她可能与党的关系一度有点不正常。

二十七　希望的阳光

后来，我又向王会悟打听北平其他一些熟人的情况时，王会悟告诉我，曹靖华在中国大学教书，王会悟正在中国大学任会计，所以认识他。我并不认识曹靖华，但一听到他的名字，就像在黑暗中见到一点火光那样高兴，好像有一种本能的对他的信任，我立刻请王会悟转告他，说我要见他。他慨然允诺；可以说他热情地答应了我。第二天我就赶去看他，看到《铁流》的译者，他是瞿秋白同志在莫斯科的老朋友，同鲁迅先生有很亲密的交往。就在这几十分钟的会面中，解开了我几年来的苦痛和积虑，打开了我回到党里的大门，尽管曹靖华那时还不是党员。我便从这一点缝隙中得到了阳光，我是从这一条涓涓细流中流出去，而奔归大海的。我的新的生命便从这里开始。曹靖华决不会想到在这几十分钟里他发生的巨大作用；他决没有想到从此产生的我对他的深厚的终身感激之情。

那天去见他，我们几乎都来不及互相打量、寒暄。他第一句问话就是："你现在生活怎样？"我第一句答话也是从心里迸出来的："太痛苦了。"

于是我把心事全部向一个第一次见面的陌生人，不，应该说是朋友，打开了。我告诉他，我一定要找到党。如果找不到党，我即使能暂时住在北平,或别的什么地方,我仍是一个黑人,不能有什么活动,也无法向人民表白心意,说我自己要说的话。但我现在苦于无从找到党。他听了很感动,我们像一对老朋友,像亲密的战友商量开了。我们两人估计,鲁迅先生那里一定会有党的关系,可以从他那里间接找到党,但我自己直接去找鲁迅是很困难的,也有危险。我深知不但我的周围有特务,鲁迅先生从来更是在帝国主义和国民党的严密监视之下战斗和生活的。曹靖华慷慨地应允我,他设法写信转告鲁迅。这样,我们商定,我仍回南京等候消息。因为我如果久留北平容易发生意外;再者南京离上海近,如果找到了党,联系可能更方便一点。

我对北平别无留恋,第二天,我就告别李达夫妇,如约离开北平;曹靖华到车站送我上车。他再三说,信,他即日发出;他嘱我耐心等待;又说一定要尽早离开南京。

回到南京,我总算把姚蓬子的询问对付过去了。他知道我在北平没有很多朋友,只认识一个王会悟。至于王一知的情况,以及她与我的关系,他是一点也不知道的;他更不会想到我能见到曹靖华。冯达也是这样。他自然能猜测出我此行的动机,但也只能看出我对此行的失望。我不说,他便也不问。事情就这样过去了。

二十八 回到上海

一个多星期以后,张天翼忽然来看姚蓬子和我了。他同姚蓬子很熟,谈得很热闹。他找着一个机会,悄悄塞给我一张纸条。我跑回后房,急忙展开一看,上面只有简单的一句话:"知你急于回来,现派张天翼来接,你可与他商量。"没有具名,但我一下就认出这是冯雪峰的笔迹,我真是喜出望外。我一点也不敢暴露我此时的喜悦之情,极力装作若无其事的样子。但我找了一个间隙同张天翼约好再见面的地点。幸好姚蓬子粗心,一点也没有看出破绽。

第二天下雨,在一个小咖啡馆里我见到了张天翼。我们很快约定了我去上海的车次和车厢。他安排他的外甥女在那里等我并且和我同行。这时,我觉得他完全换了一副样子,天翼,天翼!你变得真可爱呵!变得真令人感到可亲呵!过去的冷漠的印象,一下就云消雾散了。就为了这一点,我永远感谢你。即使后来五八年由于种种原因而横生的误会与隔阂,我也毫不在意,我能理解你那时的处境困难,毫不影响我对你的感谢与尊重。一九六三年我从北大荒请假回北京看病时,特地到作家协会去看望你。一九七九年我调回北京,听说你患病,我第一个去看的便是病中的你,你满面笑容,可惜已经不能说话了。八十年代初,社会科学院文学研究所编辑出版《中国现代作家作品研究资料丛书》,《丁玲研究资料》中有人竟要把你一九五七年写的《关于莎菲女士》那篇应景文章收编进去,我认为这不公正,很为你不平,我几次向编辑同志表示我的反对。但是,文坛上的门户偏见,由来已久,积习极深。一些该有的文章却没有,一些不该有的文章却又有了。我被驱出文坛久矣,很不了解情况,我的意见,也不被人重视。既然丛书编委会的主持者早已成竹在胸,取舍已定,我是无能为力的。但我对你五七年的这篇文章是毫不在意的。我不能忘记你在一九三六年冒着风险,为党传书,带了那张条子给我,而且按照党的托付,为我布置了脱离南京的行程和办法。

又过了两天,那天下午,我信步走出我住的那间茅屋,一个人在小院里,在屋门口好像无事地散了一会步,然后就急速地悄然奔向车站。在车站,张天翼的外甥女已在那里等我,我会心地跟着她上了一节三等车厢。车厢里人很挤,全是贫苦的市民和农民。我穿着一件蓝布短衫,挤在人群中,一声不响,装出一副土里土气的样子。张天翼的外甥女坐得离我稍远,她像是一个走亲戚的普通少女。我们一同到了上海,我跟着她在车站外边坐上一部云飞汽车公司的出租车。她指挥司机把车开到泥城桥一带一条马路边上,叫司机停车,我跟着她下了车。马路旁边另有一部汽车停在那里。车门打开了,她把我推上车。车子里已有一个人等在那里,他伸出手来,紧紧地握着,又向司机说了一句什么,车子开动了。我借助街灯望着那张微微带笑的脸,一双炯炯发光的眼睛凝视着我。呵!过去我只见过这个人两次,但这时一下就认出他来了,这不就是张光人,是胡风吗?我像见到了许久未见到的家里人。我笑了,这艰难的笑呵!这是从内心深处发出来的甜蜜的笑。我们都笑着,互相望着。汽车走进北四川路,停在新的、我过去没有见过的一幢楼房门前。楼房大门口挂着俭德公寓的牌子,实际是一个普通的、比那些乱七八糟的又高级一点和新式一点的旅馆。胡风领着我走进早已预定好的一间房子。进门一坐下来,我不由得先开口说道:"这简直是到了天堂。"他告诉我这是雪峰要他准备的,说雪峰要过一两天才能来,他还有事忙着,要我安心住在这里。我看见桌子上摆了几本书,我忙着去翻看,全是几个新作家的书。如田间的诗,萧军的《八月的乡村》,萧红的《生死场》,叶紫的小说等等。胡风逐一向我介绍这些书和它们的作者,谈到这群新人的造就和希望。时间过得太快了,已经晚上九十点钟了,他约定明天再来看我,便向我告辞走了。

这个公寓有较好的条件,有大门、后门。客房很多,旅客可以在自己的房内用饭。这是我最愿意的。因为我怕见人,防备有人盯我,万一弄得不好,稍有粗心,再被绑回南京。因此我住在这里的时候,没有上过一次街,连去厕所也要看门外走廊有没有人。

第三天,雪峰来了。看到他我第一个感觉是他变了。怎么变了,变在什么地方,我说不清楚,也不可能细想下去;我只顾自己说话,说着说着就哭了起来。并不是说到什么伤心的地方才哭的,好像这眼泪已经准备了很长时间,准备了三年的时间,堵塞在我胸中、眼中已经三年了,三年来随时都想找一个地方把它全部倾泻出来。我已经忍无可忍,呵!我该流一次眼泪了。于是我尽情地哭起来了。我以为我会得着满腔同情无比安慰,然而我只听到一声冷峻的问话。雪峰说道:"你怎么感到只有你一个人在那里受罪?你应该想到,有许许多多人都同你一样在受罪;整个革命在这几年里也同你一道,一样受着罪咧。"这的确是我没有想到的。此时此刻,我唯一希望的是同情,是安慰,他却给了我一盆冷水。这当头一击,的确把我打懵了,但并没有把我打倒。他怎么这样不懂人情,可能他就变在这里,变得没有同情心了。他不是我的朋友了,他这种严厉在我当时是受不了的。但是转念一想,这一盆冷水使我清醒些了。可不是真的吗?受罪的哪里只有我一个人呢?死了多少人啊!他是经过长征的人,受过见过多少苦难,他的心变硬了,他想到的是整个革命,而我只想到自己。

于是我心胸立刻开阔了,坚强起来了,我更感到惭愧,觉得他的严厉是对的。他这是以高标准来要求我,这很好嘛。好像从我们最初见面认识起,他对我这个人,对我的文章总是表现出不满足。使我觉得委屈,但我一直感到他总是关注着我,提醒我,希望我能够更前进一步。这时我不哭了,他也不再问。他对我讲长征故事,讲毛主席,讲遵义会议,讲陕北,讲瓦窑堡。讲上海文坛,讲鲁迅。他心里只装着革命,装着两个伟人。我虽然仍觉得三年多来我已是遍体鳞伤,抚今追昔,痛苦呻吟,但在听了雪峰的热情的革命事迹的叙述,我抑制不住自己的欢欣,我到底已经冲出黑暗,接近光明了。我已回到自己人的队伍里,回到自己家里,我现在应该鼓起力量,迈上光明的前程。

二十九 转折

在俭德公寓住了两个星期。开始还好,以为希望开始实现了,今后将会万事如意,只要脚步一迈,我便可以到达党中央所在地的陕北苏区了。这期内有时胡风来,有时雪峰来,可以听到许多对我都是新鲜的事情,又有那么多的书可以看。虽说不能出公寓的门,很苦恼,但这究竟不算什么了。我提出来要去看望鲁迅。雪峰说,鲁迅近来身体很不好,须要静养。我去看他,定会引起他的情绪激动,暂时不去好。我有一点懊恼,觉得太不凑巧了。那时我没有意识到他病的严重性,没有想到以后就再也没有机会和他老人家见面了。后来雪峰来了,很忧戚地说:"怎么办呢?去陕北的交通又断了,一时不能走。没有适当的人和你同行,不能冒险。但长期住在这里,不能出大门,怕有一天会暴

·我怎样飞向了自由的天地·

露。我们考虑了,潘汉年的意思,如果你先回南京,设法争取公开到上海来做救亡工作,那是好事。上海的工作非常需要人。"等等。我听了心情非常沮丧,不管到哪里,再苦我也愿意。我决心去陕北,也知道那地方很苦。我乐意去,就是不能再回南京。不管雪峰说的多么有理由,也不能说服我。我甚至又哭了。雪峰啊!你太不理解这几年我心灵的痛苦的历程;我所有的力量、心计,都为应付国民党的阴险恶毒已经耗费尽了。我背负着的哪里只是一个十字架啊。好不容易熬到今天,我见到了党的人,见到了自己的同志,满心以为你们会伸出手来拉我一把,送我远走高飞,怎么能还让我回到那个地狱里去!你太不理解人了。你只知道长征的艰难。长征自然是很难的,可是你们是一支队伍,是无数亲密的好同志在一起,你们是在大太阳底下与敌人斗争。你没有体会到我独自一人在一群刽子手、白脸狐的魔窟里,在黑暗中一分钟、一秒钟,一点、一滴地忍受着熬煎!我们为这事几乎吵起来了。他再三向我解释,一时不能走,留在上海,又不能公开,又没有人照顾,的确为难。他为我分析当前的形势,说我们党正在与国民党谈判,要停止内战,要释放政治犯,要搞统一战线,要团结抗日。现在上海的广大的知识分子,许多民主人士和全国民众都在努力争取这个局面的早日实现。这一切都同过去不一样。这时如果你能争取公开来上海,出版一个刊物,你以一个自由民主主义者的身份来活动,是可能做得到的。从你个人来说,公开活动比地下活动更好,更有影响。国民党不是没有把你当成一个共产党员吗?那你就顺水推舟,可以装作你根本就不理解这些,很自然地到上海来公开活动。如不能到上海,就先到北平,总之要争取公开出来工作……。他设想的办法很多,好像寄一点生活费。我应该找个事做，找个差事，谋个职业，挣钱养家。做旁的事我没有本领，我只能编编刊物。我想到上海去编个刊物，你看行得通么？"

姚蓬子沉吟了一会儿说："你要编刊物，我看国民党会一口答应，他们会给你一个刊物。"

我说："不，我不替别人编，是我自己编刊物。你如果愿意，也可以去上海，我们合编。"蓬子摇头说："这恐怕没有可能。"我说："你不妨活动活动，试试看吧。"

不久姚蓬子告诉我，徐恩曾找我和他同去谈话。我实在不愿去，但为着争取公开离开南京，只得去了。

不记得是在徐的家里或是他的办公地方，我见到了徐恩曾。他说："听说你想到上海去编刊物，可以的。你要编一个什么样的刊物？你打算要多少钱，要用些什么人，你说说看，我们帮助你。"我心里想，他们果然要利用我替国民党编刊物，我决不会干的。我答道："我还没有过细地想，也没有具体的主张，我只是想找一家在上海的书店出版，自己编。"他说："当然是你编，你自己编，不过有时候，大家商量一下。"我便说："我想想再说。"这样，我们从徐恩曾那里出来。我对姚蓬子说："他想插手我的刊物，我不能答应，我宁可不编。"

这时，我就去找谭惕吾，我对她说，我想找事做，上海、北平都可以，到一个没有任何政治背景的机关谋个职位，可以领点薪水寄回湖南，养活母子。我请她帮忙。过了些日子，她回复我说，她的朋友顾颉刚先生正在南京。顾先生在北平主持平民教育促进会，组织通俗读物的编辑出版，需要人，我去正合适。但是顾先生希望我不再参加社会活动。这个条件我是不可能同意的。这样,自然就又没有成功。

我一方面感到懊恼,因为争取公开离开南京,公开出去活动,两次尝试都没有成功。另一方面,我却又感到庆幸,幸而没有成功,我还得秘密逃出南京,倘能远走高飞,也许能到我向往已久的另一个自由天地去!我急忙写信给上海冯雪峰,报告他公开出来已无希望,我要求到上海去,到我向往的地方去。

不久,冯雪峰回信寄到方令孺家里,他同意了我的要求,并且约定了时间,派人在上海火车站接我。

三十 起飞

离开南京前夕,我是在谭惕吾家中度过的。我向她商借二十元钱旅费,她慷慨地应允了,但钱在银行存着,要等到第二天才能取,这样我便睡在她家里。我手上原来还剩有十来块钱,离开南京时我把钱放在我桌子抽屉里,留给冯达。我希望在我走后,他可以用这笔钱回他的老家广东,离开国民党,不再在这伙狐群狗党淫威下苟延残喘混日子。他自己过去曾不止一次地向我这样表达过。

从我被绑架的第一天起,我恨他在敌人面前泄露了我们家的地址,我骂他朝秦暮楚,我也不相信他在我面前的忏悔,我向敌人几次提出要和他分开。同时我也……,虽然在被囚禁期间,再没有我们知道住址……受我们的连累。但我对他仍有"明知不是伴,……且相随"的一种无可奈何心情。特别是,长……我的真实的心情,急于想离开南京,重回革命队伍的心情,他是猜得出的,但他没有向敌人(包括姚蓬子)泄露,也没有劝阻妨碍过我。所以在我最后远走高飞离别南京的时候,我早已告别了老母和孩子,这时更不会对他还有任何留恋;我只希望他不要把自己陷落太深,越早离开南京回老家去越好。一九三八年我率西北战地服务团在西安工作时,收到他从广州寄到西安八路军办事处转给我的一封信。信中说广州沦陷在即,他要到香港去,希望我能为他介绍几个在香港文化界的朋友。我把这封信交给办事处主任林伯渠同志看过,没有给他回信,谁知他后来是什么下场呢?

有了第一次走出南京的经历,这次应该大胆一些了。但实际内心仍是十分兴奋和紧张。到苏区去,对上海的美好憧憬鼓舞着我;恶劣的环境,危险的旅程困扰着我,我必须千百倍的细心、谨慎,决不能功亏一篑,让美好的希望付诸流水。我一切言谈举止像往常一样,不让周围的人感觉有什么异样、破绽。我穿着整齐,极力压制自己,装做平静,像是到市场购物,又像去街头散步,我走出了苜蓿园,登上了火车,一颗急促跳动的心,才算平静下来,我恨这火车为什么走得这么慢,时间为什么这样长,上海怎么还没有到呢?

好不容易啊,火车的轰隆为车站上嘈杂的人声所代替,上海到了。我杂在乘客中,走下火车。眼光四面一扫,但见人头攒动,人群熙攘,却看不见一个熟识的人,没有人到车站来接我。我不敢在站台上久留,只得挤在下车旅客的人流中,跟着走向出口处。我极力回顾,仍然没有发现一个熟人。我是按规定的车次出来的,为什么没有人来接,是不是又出了意外?已经走近出口处,还不见有人来迎接,我正在惊疑不定时,忽然一个妇女隔着栏杆,喊了声冰姐。我应声一看,见一位穿着华丽,擦着胭脂口红的少女,隔着木栏杆,眼睛盯着我。她的面孔似乎在哪里见过,但又非常生疏。我装着没有听见,也没有停步,径直走出了出口处。这时她横拦在我前面,说了句规定接头的话,是什么内容我记不起了,没有错,是自己人。但是,不是说让一个认识我的熟人来接站吗?这个衣着漂亮的女人我并不认识嘛。是不是又出了什么事?我又可能落在敌人的魔掌里了?我怎么办?走,我一边想,一边走,而且加快了步伐。那个女人抢先拦着我,重复着那接头的暗语,她显得有些焦急紧张。她说,有汽车在等你。我没有时间再考虑、判断。我想暗语是对头的,但这个人怎么也记不起曾在哪里见过。她会是敌人吗?果真是敌人,我又落在敌人的圈套里了。我将如何对待呢?我就仍说是到上海来玩的嘛。我随她上了停在路边的汽车,她把我送到西藏路一品香旅馆。

第二天,雪峰同周文一起来看我,我又见到熟人了,很是兴奋。雪峰告诉我,关于我去陕北的事,中央已回电同意。为了保证旅途的安全,万无一失,我们要做一些准备,要物色一个同行的人。还要置办行装,你自己再想想,还有什么事,可以提出来,都和周文接头。周文同志和我曾在左联共事,他工作细致、踏实、责任心强,热情不外露,给我的印象很好。他告诉我,去车站接我的那个女同志便是和他住机关的伴侣郑育之同志,是见过面的老相识。但我没有认出她来。回想起昨天我在车站初见她时的那种惶惑不安的样子,一定是很可笑的。

在我安心等待去陕北的日子里,一次和周文谈到在湖南老家的母亲,我想设法筹钱寄去。以后我去陕北,关山阻隔,鸿雁难通,天长日久,母子将何以为生?我岂忍心让他们沦为乞丐在家乡讨吃飘零吗?兴奋愉快的心情中又夹杂着焦急和沮丧。周文极力宽慰我,替我出主意。原来三三年我被绑架后,左联的朋友们一面大力营救,一面把我没有发表过的稿件拿去发表,换点稿费,寄给了在湖南的母亲。母亲曾把这事告诉过我,只是说的简单一些就是。这时,周文建议把不久前刚发表过的《松子》、《一月二十三日》、《陈伯祥》、《八月生活》、《团聚》等五篇近作汇编成集,如果字数不够,可以再把我被绑架后,左联朋友从我一堆旧稿中选出送去发表的《杨妈的日记》、《不算情书》、《莎菲日记第二部》等加在一起,就差不多了。

这就是由赵家璧先生主持的上海良友图书印刷公司在一九三六年十一月出版的那本《意外集》。这稿费后来也汇到湖南给母亲作家用了。

这次一到上海,我便再一次向雪峰提出,要去拜望鲁迅先生,雪峰皱着眉头告诉我,先生病情仍不好,医生不准会客。特别是你吃了好几年的苦,现在出来了,马上要去西北,先生若见到你,情绪定会很激动,这对病很不利,还是不去吧。雪峰的话有理,我自然听从,我只好请雪峰在先生面前代我致意。

一天,雪峰又到旅馆来,对我说:孙夫人听说你出来了,要去西北,她很关心你;这是三百五十元,是孙夫人送你的。啊!孙夫人,宋庆龄女士,她是一位伟大的爱国的先行者,是我一向尊敬的伟大女性。她和鲁迅、蔡元培、杨杏佛、柳亚子等在我被绑架后从事的抗议运动和营救活动,在我被囚禁中,曾多么大地增加我对敌人斗争的勇气,给了我多么巨大的精神力量,他们为我,为一切革命者所做出的支持和牺牲,我是永远不能忘怀的。现在面对着这三百五十元钱,我的心感到灼热,感到温暖。三年多来,敌人对我制造了许多无耻下流的谣言,用软刀子杀我。一些不明真相的人，受了谣言的影响，也曾用怀疑的眼光审视我。这时孙夫人赠我的三百五十元所代表的对我政治上的信任，却比泰山还重，是千万两黄金难买的无价之宝，怎能不引起我由衷的感激之情呢？感谢你，敬爱的孙夫人！永生不忘你，敬爱的宋庆龄！

我马上就要去西北了，那里是充满希望的革命圣地，我将用自己的行动，回答孙夫人以及一切对我怀着信任，抱有希望的同志们和朋友们。我把这三百五十元全都寄给了在湖南乡下的老母亲和我的一双儿女。我现在安心等待，我将无所牵挂地奔向苏区，参加红军，在党中央的直接指挥下，为革命的胜利而奋斗献身。

别了，同志们！朋友们！别了，亲人们！我们大家努力奋斗吧，我们还会再见的。